폭
식

폭식

초판 1쇄 발행/2009년 12월 28일

지은이/김재영
펴낸이/고세현
책임편집/황혜숙 전성이
펴낸곳/(주)창비
등록/1986년 8월 5일 제85호
주소/413-756 경기도 파주시 교하읍 문발리 513-11
전화/031-955-3333
팩시밀리/영업 031-955-3399 · 편집 031-955-3400
홈페이지/www.changbi.com
전자우편/literat@changbi.com
인쇄처/상지사P&B

ⓒ 김재영 2009
ISBN 978-89-364-3711-4 03810

폭식

김재영 소설집

창비

차례

꽃가마배

방콕 후알람퐁 역에서 출발해 아유타야로 가는 열차는 잠을 청하기엔 빛이 너무 밝다. 차라리 책을 읽는 편이 더 낫다. 내가 읽고 있는 책의 저자는 『삼국유사』 글귀 하나하나에 관심을 기울였다. 오랫동안 기자로 일한 그의 책 2부 「물고기의 도시」에 적힌 내용을 간략하게 옮기면 이렇다.

"서기 48년 7월 27일, 이 고을이 쇠나라[金官國]로 불릴 때의 일이다. 이 지역 우두머리 아홉 사람이 수로왕께 아뢰었다. 대왕께서 아직 좋은 배필을 얻지 못하였으니, 청컨대 신들의 처녀들 가운데서 가장 뛰어난 자를 가려 왕후로 삼아주소서. 그러자 왕이 '천명'이라는 말로 답했다. 이 몸이 이곳에 내렸음이 천명이었듯이 왕후를 짝지음도 그러할 것이니 너무 심려치 마라. 얼마 뒤 음력 7월, 가을 기운이 감도는 낙동강 하구에 '진홍빛 꽃가마배'가 나타났다. 검붉은 돛을 달고 꼭두서니로 물들인 깃발을 휘날리면서 온 공주의 꽃가마배에는 주옥 같은 아름다움이 서려 있었다. 그 소식을 왕이 듣고 흔흔히 기뻐하였다. 왕은 우두머리들에게 손님맞이 꽃배를 몰고 가서 그 배에 타고 있을 공주를 모셔오라 일렀다. 이에 일행들이 영접선을 몰고 꽃가마배로 가서 수로왕의 분부를 전하였다. 그대들과는 생면부지거늘 어찌 그 배에 탈 수 있겠는가. 차고 단호한 공주의 대답이었다. 우두머리들이 그대로 전하니 수로왕은 과연 그럴 만하도다, 하면서 왕성 서남쪽에 행재소를 차려 신부를 맞기로 했다. '이 몸은 아유타국 공주이옵니다.' 그날밤 공주는 자기 신분을 이렇게 소개했다."*

여기까지 정리하면서 저자는 인도 공주의 가락국 당도를 전설이나 꾸민 이야기로만 볼 수 없다고 확신했다. 이 혼인이야기에는 언제, 이디서, 왜, 무엇을, 어떻게 했는지가 분명할 뿐 아니라 사건 전개의 장소며 등장인물 등이 한치의 어김없이 연계돼 있기 때문이다. 그는 이 수수께끼 같은 사실들이 『삼국유사』의 「가락국기」, 고산자의 『대동여지도』, 이병현의 『김해읍지』, 수로왕릉이 소장한 『숭선전지』에 적혀 있음을 재차 언급했다.

하지만 내가 알기로 수로왕비 허황옥이 인도 아유타국의 공주인가 하는 문제는 아직 학계에서 논란중이다. 허황옥의 출신지에 대해서는 여러가지 설이 존재하는데 그중 대표적인 것이 인도설이다. 능 앞에 있는 파사석탑과 납릉 정문의 쌍어문 양식이 그 증거이다. 실제로 아유타국은 인도 갠지즈 강 상류에 있던 불교 왕조인 아요디아 왕국을 일컫는 말이며, 수로왕릉 정문에 걸린 쌍어문 양식과 태양 장식은 현재 아요디아 주정부의 공식 문장이다. 그러나 파사석탑의 돌은 인도 뿐만 아니라 중국 남해지역에서도 생산된다. 오히려 김해지역에서는 중국과의 교류를 짐작게 하는 유물들이 많이 발견되었기에 허황옥은 중국계라는 설이 있다. 이 설을 뒷받침하는 근거 중의 하나는 수로왕 비릉 비문에 새겨진 '보주태후'라는 문구이다. '보주'라는 지명은 중국의 쓰촨(四川)성 안위에(安岳)현을 말하는데, 허황옥 일행은 바로 이곳 출신일 수 있다는 것이다. 몇년 전, 내가 아직 여고생일 때 한 인터넷 싸이트를 통해 알게 된 사실이다. 인터넷 정보란 세상에서 아무도 책임지지 않는 허점투성이지만 당시 나로서는 달리 궁금증을 풀방도가 없었다. "김해 김씨의 시조인 가야의 김수로왕이 외국인과 결혼했다던데 사실인가요?" 누군가 싸이트에 그런 질문을 올려놓았다. 조회수가 198회였고, 답변은 2회였다. 네티즌의 관심을 크게 끌 만한 주제가 아닌가보았다. 199번째 조회자인 나는 숨이 멈추는 긴장감을 느꼈다. "그럼 김해 김씨의 시조가 김수로왕이니…… 외국인의 피를 받은 게 되는 건지요?" 친절하게도 누군가 나 대신, 매우 노골적으로 물어줘서 정말 다행이었다. 두번째 답변자의 글은 이랬다. "김해 김씨가 외국인의 피를 받았다고 해도 벌써 수천년이 지난 일이니 인도인의 피는 완전히 사라졌다고 봐야겠지요. 참고로 김해 허씨 양천 허씨도 수로왕과 허황옥의 후손들이고 다같이 외국인의 피를 받은 것이니, 김해 김씨만 외국인의 피를 받았다고 억울해하지 마시길……" 억울이란 단어 때문이었을까. 순간 내 얼굴이 확 달아올랐고, 눈에 눈물이 맺혔다.

저자는 그 문제를 미국 위스콘씬 대학에 있는 아요디아 연구자의 견해를 빌려와 해명하고 있다. "기원전 1세기 초, 아요디아 왕족의 일부가 타이로 넘어가 메남 강 어귀에 나라를 세웠고, 지금은 '아유타야'라는 지명으로 남았어요. 그러니 아요디아의 태양 왕조 후예들의 동진이 그곳에서 멈추었다는 증거는 없지요." 인도 학자도 한마디 거들었다. "허황옥 공주가 타고 온 꽃가마배에서 휘날리던 붉은 기는 꼭두서니라는 식물 뿌리에서 우러난 빨강 물감으로 염색한 건데, 이는 아요디아의 깃발이었지요." 이어 저자는 토인비의 『역사의 연구』 별책 지도인 「서기 1세기 세계교류도」를 화보로 제시했다. 수천년 전의 세계를 그린 지도는 오래되어 누렇게 변색됐지만 보존상태가 매우 좋아 지형과 지명이 선명했다. 지도상에는 지금의 중국 푸져우(福州) 땅에 땅콩 모양의 국경선을 가진 '민—예 허왕국'이 있었다. 민—예 허왕국은 아유타 본국에서 해상 씰크로드를 따라 동진한 세력이 세운 아유타 해상별국이라고 한다. 그러니 항해술과 교역술이 발달한 아유타 해상별국의 공주가 가야로 시집온 것이 크게 이상하지 않다는 저자의 주장은 꽤나 일리가 있다.

석달 전, 미국행 비행기에 오른 남자친구를 배웅하고 돌아오는 길이었다. 발길닿는 대로 시내를 쏘다니다 들른 서점에서 이 책을 우연히 집어들었다. 어쩌면 우연이 아니었는지 모른다. 오래전부터 난 가야 땅의 수로왕비가 외국에서 시집왔으며 김해 김씨나 허씨의 시조라는 사실을 익히 알고 있었으니까. 책을 건성으로 들춰보다가 토인비의 지도 화보와 해상 씰크로드가 그려진 유럽-아시아 지도를 발견했다. 순간 가슴이 두근대기 시작했다. 내 시선을 끈 것은 '민—예', 즉 아유타 해상별국이 아니었다. 태국 중부, 방콕보다 조금 북쪽에 있는 아유타야국이었다. 아유타 본국의 식민지이기도 했다는 그 지명을 읽는 순간 문득 익숙한 여자 목소리가 귓가에서 생생하게 되살아났다. "내 고향은 아유타야, 내 이름은 능 르타이입니다." 나는 용돈을 털어 책을 샀다. 집으로 돌아와 내 방 침대 머리맡에 그 책을 놓았다. 그러고는 잠이 들었다. 파란 수국이 피어 있는 마당에서 노는 꿈을 꾸었다. 수국 꽃잎들은 바람이 불 때마다 화르르, 짙은 제 그림자 위로 떨어져내렸다. 마당 한가운데 섬처럼 만들어진 화단 옆에는 수도꼭지가 있고 그 밑엔 물받이 돌확이 놓여 있었다. 나는 친어머니가 팔뚝을 걷어올리고 어린 내 손을 비누로 씻어주곤 하던, 그 향기로운 수돗가로 다가갔다. 꽃이 가득 피어 있는 나무 밑 어두운 그늘 속, 거기에는 돌확 대신 붉은 플라스틱통이 놓여 있었다. 안을 들여다보니 배가 터지고 창자가 드러난 물고기 수십 마리가 있었다. 통 옆에 앉아 물고기 내장을 발라내는 여자 주변이 온통 빨갰다. 진한 비린내에 화들짝 놀라 깨어났을 때, 방 안 가득 어둠이 차 있었다. 빈속에 헛구역질이 일었다. 나는 오랜 습관대로 남자친구 전화번호를 눌렀다. '무서워, 마이클, 보고 싶어, 빨리 와줘.' 치미는 불안과 슬픔을 입밖으로 쏟아내야 살 것 같았다. 하지만 전화기는 이미 꺼져 있었다. 그날밤 내내 나는 신열에 시달렸다.

열차는 중간 역에서 잠깐 멈추었다가 천천히 몸을 흔들며 앞으로 나아간다. 냉커피를 마시면서 이국의 열대 풍경을 바라보고 있자니 뭐랄까, 생딸기 위에 뜨거운 초콜릿 시럽을 씌워 먹는 것처럼 기묘한 느낌이 든다.

저자의 주장에 반신반의하면서도 강한 호기심에 이끌려 나는 다시 책장을 넘긴다. 낙동강 어귀에 모습을 드러낸 아유타 공주의 꽃가마 배는 얼마나 아름다웠을까. 꼭두서니 깃발이 순풍에 펄럭이는 장면을 상상하면서 한장의 사진을 떠올린다. 잔잔한 물결처럼 보이는 시트 주름과 그 위에 붉은 돛단배처럼 떠 있던 혈흔…… 저자는 서기 48

년 음력 7월 27일을 재현해놓았다.

"이윽고 별포 나루에 배를 대고 상륙한 왕후는 수로왕의 행재소를 바라볼 수 있는 고갯마루에서 잠시 쉰 다음 혼전의식을 시작했다……"

「가락국기」는 왕후가 분명히 "입고 있던 비단 바지를 벗어서 산신에게 폐백드렸다(解所著綾袴爲贄 遺干山靈也)"고 기록하고 있으니 혼례식을 치를 새색시는 속곳이 없는 상태일 수밖에 없는데, 오늘날 어떤 관습으로도 납득할 수 없는 이 예식은 『리그 베다』 중 「혼인의 노래」의 한 구절을 보면 쉽게 이해가 갈 거라며 저자는 따로 노랫말을 소개했다.

"이는 정녕 검푸르고 붉도다, 주법(呪法)으로 오염은 찍히었도다. 그녀의 연고자는 번영하리라. 지아비는 주박에 묶이었도다. 더럽혀진 옷은 버려라. 바라문에게 재물을 나눠라. 이 주법은 발〔足〕을 얻어 아내로서 지아비에게 둔다."

노래에 따라 새색시는 신방에 들기 전에 신랑 쪽에서 마련한 속옷으로 갈아입어야 했다. 저자는 이를 처녀막이 손상된 색시가 핏자국을 미리 묻힌 속곳을 입고 초야를 치를 수 없게 하려는 조치라고 생각했다.

나는 "검푸르고 오염된 낙인"이 있는 사진 한장을 가지고 있다. 지난겨울, 여자의 사고 소식을 들은 다음날 찍은 거다. 함께 밤늦도록 술 마신 남자친구 말에 따르면 나는 알아들을 수 없는 말을 한없이 지껄이다가 신촌 사거리에서 완전히 넋을 잃었다. 다음날 눈을 뜨니 허름한 모텔이었다. 영어학원 강사인 마이클은 오전에 토플 강의가 있다며 아침 일찍 방을 나갔기 때문에 혼자였다. 흰 시트엔 맨드라미 꽃잎을 짓이겨놓은 듯한 혈흔이 묻어 있었다. 디지털사진기로 그 풍경을 찍은 다음 집으로 돌아와 한참 들여다보았다. 지금이라도 남자친구에게 사진을 보낼까. 나는 재빠르게 머리를 굴려본다. 과연 남자친구를 주박에 묶어둘 정도의 위력을 갖기나 한 걸까. 오히려 사진 따위에나 매달려 애정을 요구하는 내 절박한 처지를 드러낼 뿐이지 않은가. 어리석고 구차하다. 하지만 만약 아버지의 여자였다면…… 경우가 전혀 다르다. 속옷을 벗어 보이듯이 분명하게 여자는 고모한테 자신을 보여줬어야 했다. 방콕 변두리의 허름한 사진관에 들러 어색한 웃음을 지은 채 아버지와 나란히 앉아 찍은 사진만으론 어떤 진실도 증명할 수 없으니까. 처음부터 여자는 고모와 혼인한 거나 마찬가지였으니까.

도저히 안되겠어. 누구든 데려와야지 더이상은 못살아.

내가 중학교 삼학년이 되던 해 봄이었다. 현관에서 신을 벗다 말고 고모는 아버지 슬리퍼를 내던지며 고함쳤다. 날카롭게 찢어지는 고모 목소리에 귀가 다 먹먹했다. 잔뜩 부푼 배를 한손으로 받쳐든 고모가 그 말을 뱉어냈을 때, 나는 영어학원에서 막 돌아와 있었다. 얼른 아버지의 휠체어를 고모 손에서 빼내어 단단히 쥐며 눈치를 살폈다. 곧 쌍둥이 엄마가 될 고모가 종일 아버지 시중을 들었으니 그럴 만도 했다. 둘째 아이들을 배 속에 둔 고모의 얼굴엔 검은 기미가 잔뜩 끼었고, 피로와 분노와 안타까움이 잔주름 곳곳에 배어 있었다. 고모네 집은 우리집에서 십여분 걸어가는 가까운 거리에 있었지만, 임산부가 매일 드나들며 두집살림하기에는 아무래도 무리였다. 초등학교에 다닐 때만 해도 나는 학교가 파하자마자 집으로 돌아와서 아버지의 휠체어를 밀고 밖으로 나갔다. 그 나들이는 종일 갇혀 답답하던 아버지의 유일한 즐거움이었을 것이다. 시장에 들러 찬거리를 사기도 했다. 하지만 그즈음엔 나도 공부에 집중해야 했다. 난 근처에 있는 꽤 유명한 외국어고등학교에 진학하고 싶었다. 어떻게든 그 변두리 동네에서 벗어나고 싶었다. 하반신이 마비된 아버지는 누군가의 도움 없인 절대 집밖으로 나가지 않았다. 그건 성격 탓이기도 했다. 남들처럼 목발을 짚거나 휠체어를 타고 혼자 산책할 수도 있었지만, 아버지는 그러지 않았다. 장애인 판정을 받은 지 벌써 수년이 지났는데도 말이다. 예전에는, 그러니까 아버지가 교통사고를 당하고, 자동차 옆자리에 앉아 있던 어머니와 사별하기 전까지는 그 자존심 강하고 내성적인 성격이 크게 문제가 된 적이 없었다. 하지만 그즈음엔 아니었다. 아버지는 어두운 구석에 처박혀 밖으로 나오지 않으려 했고, 취하도록 술을 마셨으며, 밤이면 상처입은 짐승 같은 신음을 내질렀다. 말을 잃어버린 지는 이미 오래되었다.

고모가 아버지의 재혼을 추진하기 시작한 건 그 무렵이었다. 재혼이라니. 어떤 여자가 하반신이 마비된 중년 홀아비한테 시집온단 말인가. 중학생 딸이 있는데다. 사고 전에 다니던 농협에서 나오는 연금으로 겨우 살아가는 우울한 사내에게. 그저 하소연할 데 없는 고모의 빈말이려니 생각했다. 그런데 그게 아니었다. 며칠 뒤 결혼정보회사 안내책자가 집으로 배달되었고 고모는 아버지를 데리고 역 앞 사진관에 가 여권사진을 찍었다. 고모는 수시로 동남아 풍경과 이국의 처녀 사진이 가득 실린 책자를 아버지 눈앞에 들이밀었다. 베트남? 중국? 필리핀? 얼마든지 고를 수 있대. 여, 여기 좀 봐. 캄보디아도 있고 태국도 있네. 다들 예쁘지? 이 여자들 정말 쎅시하다, 그치? 아버지 눈길은 여전히 낡은 경대 위에 놓인 엄마 사진에 가 있었다. 깊고 어두운 동굴 같은 아버지의 눈을 내리덮은 곱슬머리가 어느새 반백이 되어 있었다. 어릴 적에 종종 내 뺨을 간질이던, 검고 탄력있던 턱수염조차 희끗희끗 무기력해 보였다. 오빠가 싫어도 할 수 없어. 이제 곧 쌍둥이가 태어날 거고, 수경이 쟤는 입시준비로 바쁘잖아. 그럼 누가 오빠를 돌봐. 이게 훨씬 더 싸. 파출부 부르는 거보다 색시 들이는 게 훨씬 싸다니까. 월급 안 주고 밥만 먹여주면 되니까. 그때 아버지 손가락이 아무렇게나 사진 위로 떨어졌다. 고모 얼굴이 밝아졌다. 태국? 왜 하필 태국이래? 이 아가씨가 예뻐? 그래, 그럼, 태국으로 가자고.

내 계모는 그렇게 결정되었다. 부처님 오신 날 고모와 아버지는 태국행 비행기를 탔다. 나는 일주일가량 혼자 살았다. 처음으로 아버지가, 그리고 고모가 없는 나만의 세계를 누렸다. 자유 속에서 나는 더 이상 불구자의 딸이 아니었고, 어머니를 잃고 고모 손에서 자란 가여운 여자애가 아니었다. 막힌 숨이 뚫리는 기분이었다. 어른들은 모두 해외여행 갔거든. 혼자 지내기가 무서워. 나는 친구들을 집으로 데려와 떡볶이와 인스턴트 자장면을 만들어 먹기도 하고, 하루에 서너 편의 비디오를 보기도 했다.

태국에 간 아버지와 고모는 방콕의 호텔에 머물면서 중개업자를 따라다니며 맞선보느라 몹시 바빴나보았다. 귀국 후 고모한테 들은 바에 따르면 어떤 날은 하루에 수십명을 보기도 했다. 한번 선볼 때마다 열 명 이상의 아가씨들이 맞선 방으로 들어왔는데, 아가씨들은 대체로 아버지를 보자마자 얼굴을 찡그리며 방을 나갔다. 하지만 그중 몇몇은 신랑이 그 어떤 사람이어도 상관없다는 듯이 뜻모를 웃음을 베물고 자리에 남아 있었다. 아버지는 얼굴을 붉히고 진땀을 흘리면서 시선을 이리저리 피했다. 하긴 이제 겨우 스물이 될까 말까 한, 한마디로 딸아이 정도의 나이로밖에 보이지 않는 처녀들이 색시가 되겠다고 하니 아버지처럼 내성적이고 양심적인 사람으로선 민망함을 견뎌내기 힘들었을 거다. 보지 않아도 알 것 같다. 아버지는 몇번이고 그냥 집으로 돌아가겠다고 우겼을 테고, 고모와 중개업자는 그런 아버지를 사납게 노려보며 기어이 아가씨를 선택하길 강요했으리라. 주말 비행기로 떠난 아버지와 고모는 그 다음주 금요일에야 돌아왔다. 늘 방 안에만 있던 아버지의 피부는 검게 그을어 건강하고 생기있어 보였다. 고모는 남국의 강한 햇볕 때문인지, 여행의 피로 때문인지 기미와 주름이 한결 짙어져서 돌아왔다. 고모는 내게 물소 뿔로 만든 펜던트가 달린 목걸이를 기념선물로 주었다. 몇장의 사진도 보여주었다.

화려한 팟퐁 야시장과 미소짓는 거대한 와불상, 그리고 황금빛 날개와 머리를 가진 가루다를 배경으로 찍은 사진들이었다. 이국의 낯선 풍경, 지나치리만치 밝은 햇빛 속에서 아버지와 고모는 어딘가 초조하면서도 어리벙벙한 표정을 하고 있었다. 휠체어 바퀴만이 금빛 찬란한 왕궁과 불상 앞에서 금속성의 빛을 발했다. 휠체어 바퀴 때문에 빛이 들어갔어. 사진 찍을 때는 옷자락으로 살짝 가리라고 했잖아, 고모. 사진을 다 보고 나서 내가 아무렇지도 않게 다시 건네자 고모가 놀란 눈으로 쳐다봤다. 너 정말 괜찮은 거니? 고모가 조심스레 물었다. 태국 전통의 울긋불긋한 신부복을 입은 자그마한 여자가 아버지 옆에 나란히 앉아 있는 사진 때문인 것 같았다. 여자의 왼쪽 귀 뒤에 꽂혀 있는 술 달린 붉은 꽃이 눈에 거슬리긴 했다. 길고 가느다란 술을 파르르 떨며 상대를 현혹하려는, 교태가 느껴지는 꽃이었다. 어차피 일하는 여자 들이는 거라고 했잖아, 고모가. 샤워를 하기 위해 수건을 들고 욕실로 들어가며 나는 짧게 대답했다.

터널을 빠져나온 열차는 야자나무 농장을 지나 벼가 자라는 짙푸른 들녘을 달리고 있다. 열차의 흔들림 탓인지, 빛 때문인지 눈이 아파온다. 등받이에 몸을 기대고서 눈을 감아본다. 촉촉한 물기가 망막을 적셔 시린 기운이 잦아든다. 한낮의 빛은 감긴 눈꺼풀 안에서 부드러운 망고빛으로 변한다. 망고의 달콤한 맛과 향이 입안에서 생생하게 살아난다. 자그마한 여행가방 하나를 들고 처음 집 안으로 들어서던 날의 여자 모습이 떠오른다. 초가을이었다. 마당에는 가을비에 떨어져내린 풋감이 데굴데굴 굴러다녔다. 여자는 두 손을 모으고 정중히 허리를 굽혔다. 태국말로 와이라 부르는 인사법이었다.

내 이름은 능 르타이입니다.

여자 목소리가 가까이서 들리는 것 같다. 말끝을 경쾌하게 추켜올리는 특유의 말투다. 그 말투는 언제나 사원의 처마 끝을 연상케 한다. 하늘을 향해 치솟은 섬세한 황금 장식…… 에메랄드라는 이름이 붙은 태국 사원을 나는 여자 앞으로 가끔 배달되던 그림엽서에서 처음 보았다. 방콕 왕궁 안에 있다는 그 사원은 매우 화려하고 아름다웠다. 엽서엔 뜻을 전혀 알 수 없는 글자가 빼곡했다. 단정한 필치의 태국 문자는 일년생 풀과 꽃이 심긴 화분을 일렬로 세워놓은 다음 옆에서 그대로 그려놓은 펜화처럼 보였다. 우편함에서 꺼내온 여러개의 우편물 중에서 그 엽서를 찾아내 건네주자 여자가 몹시 기뻐하며 내게 수없이 와이를 했다. 난 여자의 와이에 답해주지 않았다. 이제 와 생각하니 나는 여자의 와이에 한번도 제대로 답해준 적이 없었다. 처음엔 낯설어서, 나중엔 여자를 무시하려고 일부러 그랬다. 하지만 여자는 몸에 밴 와이 인사 습관을 버리지 못했다. 두 손을 모았다가는 화들짝 놀라 다시 손을 내려놓곤 했다. 그날, 엽서를 받자마자 읽어내려가던 여자 표정이 생각난다.

사원의 종소리가 조용히 야자나무숲을 흔드는 고향 풍경이 머릿속으로 펼쳐지기라도 한 걸까. 여자의 입가엔 엷은 미소가 어리고 양쪽 뺨은 발그레해졌다. 글썽이는 여자의 크고 둥근 눈이 한쌍의 은빛 물고기처럼 빛났다. 마침 고모가 쌍둥이를 태운 유모차를 끌고 마당으로 들어섰다. 여자는 당황한 표정으로 허둥대며 손에 들고 있던 엽서를 앞치마 안으로 숨겼다. 눈치빠른 고모가 여자의 앞치마를 들췄다. 무슨 비밀이라도 되나보지? 이리 줘봐. 고모 눈초리가 심하게 외돌았다. 쯧쯧, 이게 글자야 벌레야, 뭐가 뭔지 통 모르겠네. 엽서를 빼앗아 한참을 들여다보던 고모는 안절부절못하는 여자에게 내던지듯 되돌려주며 강하게 쏘아붙였다. 자네, 우리 모르게 수작부리다간 큰코다쳐.

여자는 고모 말뜻을 알아차린 것처럼 보였다. 그즈음 여자의 한국말 실력은 고작 안녕하세요, 감사합니다. 정도여서 수작이라든가 큰코다친다는 말을 알아들을 리 없었을 텐데도. 여자는 두려움으로 가득 찬 눈을 조용히 내리뜨며 바르르 몸을 떨었다.

저자는 수로왕릉 정문 위에 새겨진 물고기 모양의 장식판에 특히 주목했다. 좌우로 흰 물고기 한쌍이 마주 보고 있으며 중앙에는 남방식 하얀 탑 하나가, 그리고 탑 위에는 활과 코끼리, 연꽃 문양이 도려낸 목판의 구획을 따라 화려하게 채색된 장식판이었다. 신기하게도 이 문양은 인도의 아유타 지역에서 쉽게 발견된다고 했다. 돌로 된 성문에도, 거리를 달리는 화물차에도 모두 큼직한 물고기가 새겨져 있다고 했다. 저자는 인도 사제에게 물어 새로운 사실을 알아냈다. "그건 '성스러운 물고기'를 뜻하지요. 집에 물이 들어오면 이 물고기가 집안사람들 안전을 지켜준다고 믿었답니다."

'성스러운 물고기'는 곧 '신어(神魚)'일 수 있다면서 저자는 김해시 동쪽 산봉우리를 예로부터 신어산(神魚山)이라 일컬어온 것도 단순한 우연이 아닐 것이라고 힘주어 말했다. 추정의 근거를 발견한 사람이 가지게 마련인 들뜬 흥분의 기운이 글 속에서 느껴진다.

아유타야에서 온 여자는 유독 물고기 요리를 자주 했다. '늑맘'이란 어장(魚醬)을 음식에 넣기도 했다. 난 태국의 낯선 음식을 먹지 않았다. 그럴 땐 여자 혼자 다 먹었다. 여자 역시 우리 김치와 된장을 잘 먹지 못했다. 우리는 한 밥상에서 각자 다른 음식을 먹었다. 아버지만 이 두가지를 다 먹었다. 도대체 생선밖에 먹을 게 없다고 내가 반찬 투정을 심하게 한 어느 저녁이었다.

"아유타야는 원래 메남 차오프라야, 파삭 강, 그리고 롭부리 강을 끼고 있어서 수산물이 풍부하단다. 한때 주변 국가는 물론 아랍인들에게까지 중요한 무역항이었지. 그래서 물고기 요리가 발달했나봐."

아버지가 생선조림에 젓가락을 가져가며 길게 설명했다. 나는 뒤로 넘어가는 줄 알았다. 종일 구석에 처박혀 죽은 아내를 그리워하던 아버지였다. 그런 아버지가 한동안 인터넷에 매달린다 싶었는데, 그게 모두 그 여자와 관련된 정보를 알기 위해서였다니. 갑자기 속에서 분노가 부글부글 끓어올랐다. 나는 밥상에 숟가락을 거칠게 내려놓고 일어나 방으로 들어갔다. 아버지의 휠체어 끄는 소리가 방문 앞에 와서 멈추었다. 아버지가 방문을 두드렸다. 나는 아버지 마음을 갈기갈기 찢어 피가 철철 흐르게 하고 싶었다. 나는 펑펑 소리내어 울기 시작했다. 아버지 마음속에서 어머니를 밀어내고 서식처를 마련하기 시작한 여자가 내겐 교활한 악어처럼 보였다. 실제로 여자는 먹이를 구하기 위해 거짓 눈물을 흘리는 악어처럼 툭하면 눈물을 보이곤 했다. 나는 아버지가 어머니에 대한 그리움에서 벗어나 다른 여자에게 마음을 주는 걸 받아들이지 못했다. 어머니가 아끼던 수국이 남아 있는 한 어머니를 잊을 수 없었다.

어머니는 경의선 열차가 잠시 멈추었다 지나가는 작은 농촌마을에선 드물게 대학교육을 받은 사람이었다. 내가 겨우 걸음마를 시작했을 때 어머니는 우리집에 작은 놀이방을 차렸다. 우리집은 누대로 살아온 고옥이어서 마당도 넓고 빈방도 많았다. 어머니는 그 방들을 손수 개조했다. 동물 그림의 벽지를 바르고, 창호지에 마른 꽃을 보기 좋게 붙여놓았다. 마당에는 알록달록한 작은 미끄럼틀과 모래놀이터가 있었다. 놀이방은 그다지 잘되지 않았다. 읍내 어린이집에서 운행하는 버스가 마을까지 들어왔기 때문이다. 하지만 읍내까지 가기엔 너무 어린 아이들 서너 명은 늘 있었다. 나는 그 아이들과 함께 어린 시절을 보냈다. 아침나절엔 노래와 춤을 배우고 한낮엔 모래놀이를 했다. 마루에 호박전과 시금치나물, 닭강정 따위가 있는 정갈한 밥상이 차려지기 전까지 우리는 마당을 휘저으며 맘껏 뛰놀았다. 점심준비가 끝나면 어머니는 아이들을 수돗가에 한줄로 세웠다. 그러고는 돌확에서 떨어지는 물줄기에 대고 아이들 손을 일일이 씻겼다. 어머, 이 땟국물 좀 봐. 물만 묻히고 도망치는 나를 붙잡아 세게 문지르던, 두꺼우면서도 조금 가칠하던 어머니의 손길……

나는 궁금했다. 내 어깨에도 미치지 못하는 작은 키에 까맣고 보잘

것없는, 말도 통하지 않는, 나보다 겨우 다섯살이 더 많은 어린 여자를 아버지는 아내로 맞이한 걸까. 정말 그녀를 사랑하는 걸까. 아닐 거야. 부모를 떠나 먼곳까지 온 여자를 가엾게 여길 따름이겠지. 그저 부모된 심정으로 돌봐주려는 걸 테지. 그래. 밥을 해주고, 옷을 빨아주고, 세수를 시켜주고, 바지를 입혀주는 손길이 고마워서 친절히 대할 뿐이야. 그때까지만 해도 나는 아버지와 여자가 다정하게 함께 있는 장면을 본 적이 없었다.

처음부터 고모는 여자를 믿지 못했다. 고모가 여자를 의심하는 데는 이유가 있었는데, 그건 여자가 돈을 벌기 위해 아버지한테 시집온 사실을 누구보다 잘 알기 때문이었다. 아버지는 매달 여자네 집으로 얼마의 돈을 부쳤다. 그 돈으로 여자네 병든 어머니와 사업 실패로 알거지가 된 아버지, 그리고 어린 동생들이 먹고산다고 했다. 그런 고모의 속마음을 아는지 모르는지 여자는 자주 고모한테 말했다. 태풍 때문에 강이 뒤집혔어요. 내 아버지 양어장, 홍수에 쓸려나갔어요. 우리 집 괜찮았는데, 가난해졌어요. 우리 식구 살기 힘들어요. 그래서 나 시집왔어요. 나 아저씨 좋아요. 나 술집에서 일한 적 없어요. 여자는 한국말을 꽤 빨리 배웠다. 말끝을 추켜올리는 이상한 억양도 많이 누그러졌고, 피부도 한결 하얘졌다. 그럴수록 고모는 여자를 더 경계했다. 고모는 여자를 집밖에 나가지 못하게 했다. 집 근처 가게에서 물건을 사는 것 말고는 거의 아무데도 가지 못하게 했다. 아버지 수발이나 열심히 들면 된다고 했다. 하지만 여자는 점차 바깥구경을 하고 싶어했다. 가끔 알아들을 수 없는 태국말을 내뱉곤 했다. 나중에 알게 되었지만 "나는 야자껍질 속 지렁이로 살고 싶지 않아요"라는 뜻이었다. 하긴 야자껍질 속에서만 살기에는 너무 젊었다. 여자는 가끔 아버지 산책을 핑계로 역 근처 대형할인점까지 가기도 했고, 피씨방이며 노래방, 술집이 즐비한 골목을 지나다니기도 했다. 호기심 가득한 여자는 가끔 아버지를 완전히 잊고 휠체어를 끌다 몇차례 장애물에 부딪히기도 했다. 아버지 이마에 툭 튀어나온 혹을 본 고모는 목소리 높여 여자를 나무랐다.

여자가 시집온 지 이년쯤 지났을 때다. 아버지는 저녁이면 여자를 앉혀놓고 한글을 가르치기 시작했다. 마치 재미있는 놀이를 하나 찾아낸 것처럼 아버지는 그 일에 열중했다. 저녁에 학원에서 돌아와 현관에 들어서면 아버지와 여자가 거실에 펴놓은 두리반 앞에서 머리를 맞댄 채 쿡쿡거리며 웃기도 하고, 한글 카드로 알아맞히기 게임이나 받아쓰기를 하기도 했다. 어떨 땐 태국 쌀국수를 끓여 밤참으로 먹었다. 젊은 배우들이 출연해 사랑을 키워가는 드라마를 가까이 붙어앉아 보기도 했다. 아버지는 더이상 종일 내가 돌아오기만 기다리던 예전의 아버지가 아니었다. 여자와 함께 새로운 행복을 키워가는 듯 보였다.

이윽고 나는 고모를 내 편으로 끌어들이기로 마음먹었다. 그즈음 그녀에 대한 고모의 의심은 더 커졌다. 우리 동네에는 외국에서 데려온 색시들이 꽤 있었는데, 그중 툭하면 남편한테 얻어터져 눈두덩이 시퍼렇던 베트남 색시가 돈을 훔쳐 도망을 쳤기 때문이다. 나는 여자 앞으로 가끔 낯선 편지가 온다는 사실을 고모에게 알려주었다. 태국 아유타야에서 오는 편지뿐 아니라 전라도 여수에서 온 편지에 대해서도 말했다. 고모는 곧장 여자를 불러 더이상 태국어로 된 편지를 주고받지 말라고 명령내렸다. 왜요? 왜 나 편지 쓰면 안돼요? 여자가 반항조로 물었다. 그러자 고모가 여자 손목을 움켜쥐더니 노려보며 말했다. 내가 자네 속셈 모를 줄 알아? 처음부터 적당한 때에 도망갈 마음으로 여기 온 거 다 알아. 근데, 도망쳐봤자 갈 데 없어. 길거리 창녀가 된다면 혹시 몰라도. 그러니 얌전히 붙어 있어. 여자는 고모 말을 얼마만큼이나 알아들었을까. 여자가 갑자기 힘없이 고개를 떨어뜨렸다. 그러고는 떨리는 목소리로 말했다. 그런 여자 아니에요. 도망 안 가요. 나…… 그 사람 사랑해요. 사랑한단 말에 당황한 고모는 잡고 있던 여자의 팔을 내려놓고 주춤 뒤로 한발짝 물러났다.

하지만 고모는 전보다 더 여자를 믿지 못해했다. 아니, 고모가 믿지 못하는 건 어쩌면 하반신 마비된 아버지가 여자와 동침할 수 있다는 사실이었는지 모른다. 아니다, 어쩌면 정상인이 불구자를 사랑할 수 있다는 사실을 고모는 믿을 수 없었던 게 아닐까. 사랑이란 말뜻을 여자가 잘못 아는 거라고 생각했는지도 모른다. 언젠가 여자는 혼자 밖에 나갔다 들어오면서 고모한테 바람피우고 왔어요,라고 말한 적도 있으니까. 바람쐬고 왔다는 뜻의 말을 그렇게 제멋대로 썼나본데, 드라마를 통해 말을 배운 탓이었다. 고모는 공염불 외우듯 같은 말을 반복했다. 우릴 안심시켜놓고 몰래 도망치려고 계략을 꾸미는 게야. 사랑이라니, 그게 말이나 돼? 그로부터 한달쯤 뒤 충격적인 장면을 목격하기 전까진 나 역시 고모와 같은 생각이었다.

그날은 학교 시험이 끝난 금요일 밤이었다. 시험기간 동안 쌓인 피로 때문에 저녁밥도 먹지 않고 잠에 빠져 있던 내가 깨어난 건 새벽 한시경이었다. 나는 물을 마시려고 방에서 나왔다. 사방이 어둠에 묻혀 있었다. 어디선가 신음소리가 났다. 나는 그 소리에 귀를 기울였다. 누군가의 거친 숨결과 고양이 울음 같은 낮은 비명이 들렸다. 분명 여자가 쓰는 방 쪽에서 들려오는 소리였다. 그때까지 아버지는 나를 의식해서인지 여자와 각방을 쓰고 있었다. 내 심장이 크게 요동쳤다. 어떻게 해야 하나. 두려움과 당혹감, 그리고 알 수 없는 분노와 호기심으로 심장이 터질 것만 같았다. 나는 발소리를 줄여 여자 방 창문이 나 있는 뒤뜰로 살며시 다가갔다. 창문은 열려 있었다. 거친 숨결과 낮은 비명이 내 머릿속을 마구 휘저었다. 창문 아래 놓인 돌덩이에 올라서서 방충망 너머 여자의 방을 들여다보았다. 희미한 달빛 속에서 검은 두 개의 몸체가 하나로 뒤엉켜 있었다. 현기증이 일었다. 순간 나는 돌에서 미끄러져 그만 넘어지고 말았다. 짓이겨진 차풀 냄새가 코끝에 진하게 맡아졌다. 사방에서 풀벌레들이 자지러지듯 울어댔다. 누굴까. 사내가 누군지는 알 수 없었다. 그때 달이 구름 속으로 숨어들었다. 어둠속을 기어 도둑고양이처럼 재빨리 자리를 피했다. 내 방으로 차마 가지 못하고 오랫동안 비워둔 어머니의 놀이방으로 들어갔다. 누굴까. 끊임없이 그 생각이 떠올랐다. 방 안에 휠체어가 있었던가. 달빛 속에서 휠체어 바퀴살이 희미하게 빛을 발한 것도 같고 아닌 것도 같았다. 아버지일 수도 있고 아닐 수도 있었다. 분명한 건 둘 다 나로서는 받아들이기 힘들다는 점이었다. 눈물이 쏟아졌다. 불행의 그림자가 다가와 옭아매는 느낌에 나는 몸서리쳤다. 언제까지 울다가 잠이 든 걸까. 이튿날 아침에 여자가 나를 찾는 소리에 겨우 깨어났다.

아침 밥상 앞에 앉은 아버지 얼굴은 여느 날처럼 태연해 보였다. 여자는 고개를 잔뜩 수그리고 밥을 먹었는데, 그건 언제나 그렇듯 냉정한 내 시선이 거북해 피하는 것일 수 있었다. 누굴까. 혹시 내가 잘못 본 걸까. 꿈이라도 꾼 걸까. 그 순간 나는 나를 믿기가 싫었다.

친구와 함께 읍내에 갔다가 기차역 근처에서 여자를 본 건 그로부터 몇달 뒤였다. 대형할인점 옆으로 난 상가 골목에 있는 여자를 친구가 먼저 발견했다. 너희 집 식모 아니니? 어? 으응…… 그때까지 나는 친구들에게 여자의 존재를 식모라고 말해왔다. 차마 스무살짜리 외국 여자가 내 새어머니라고 말할 수 없었다. 친구들 사이에서 비웃음과 놀림 거리가 되기 싫어서였다. 동네에는 베트남이나 필리핀 같은 데서 시집온 여자들이 갈수록 늘었지만 여전히 낯선 존재였다. 가난하거나 비정상적인 집안의 상징이기도 했다. 동정심 많은 부인이나 장사꾼 들은 외국인 색시한테 더러 친절하게 말을 걸었지만, 그들 역시 뒤돌아서면 돈에 팔려온 색시라고 조롱하거나 험담을 늘어놓곤 했다. 색시들은 무능한 남편, 가난과 폭력, 따가운 눈총과 소외감 속에서 점차 윤기를 잃어가다가 끝내 도망치거나 고향으로 되돌아가곤 했다. 간혹 건강한 아이를 낳아 행복하게 잘사는 경우도 없지 않았지만 그렇다고 해서 순수 한국인 혈통을 가진 사람들이 고정된 생각을 바꾸지는 않았다. 나는 언제까지고 놀이방 선생님이던 어머니의 딸로 남고 싶었다. 정상이란 틀에서 조금 엇나가는 순간 차별의 굴레를 쓰고 평생 살아가야 한다는 걸 어쩌면 나는 너무 일찍 깨달았는지 모르겠다. 차라리 예전의 내 처지로 되돌아가고 싶었다. 교통사고로 불구가 된 아버지와 단둘이 살아가는 가여운 소녀……

그날 여자는 낯선 사내와 이야기를 나누고 있었다. 사내는 겨우 스물대여섯살로 보였고, 동남아시아 사람이었다. 행색으로 보아 인근 공장에서 일하는 노동자 같았다. 주변 사람들의 시선을 의식하는지 가끔씩 주위를 둘러보면서 여자는 오랫동안 이야기를 나누었다. 사내가 여자의 어깨를 툭툭 건드리기도 하고, 여자는 손으로 입을 가리고 웃기도 했다. 얼마쯤 지나자 사내가 여자의 팔을 잡더니 근처 찻집으로 끌었다. 고모의 놀라는 표정이며 아버지의 실망하는 모습이 눈앞에 나타났다 사라졌다. 나는 휴대전화를 꺼내 둘이 건물 안으로 들어가는 장면을 사진에 담았다.

허목이 쓴 『편년 가락국기』 첫머리에 "가락은 신라의 남쪽 경계에 있는 바다 위의 별개 나라다(駕洛者新羅南境 海上別國)"라는 문장이 나온다. 이에 대해 저자는 가락의 기반이 육지에 있기보다는 바다 위에 있기 때문에, 육지를 기반으로 한 한족이 볼 때 별개의 나라일 수밖에 없었을 거라고 했다. 『산해경』이 옛 복주 지역의 민국을 가리켜 "민은 바다 한가운데 있다"라고 한 것과 같은 맥락이기 때문이다. 그리하여 그는 여러 문헌 조사와 수십년간의 성실한 현지 탐사 끝에 대략 다음과 같은 결론에 이르렀다.

"서기 47년, 한반도에는 가락국이라는 해상별국이 출현했다. 이는 벼와 쇠, 지혜의 경전인 인도의 『베다』, 그리고 발달한 항해술을 바탕으로 이룬 경이로운 힘이었다. 이들은 바다 건너 남쪽 해안, 즉 큐우슈우 북쪽에 말로국(末盧國)이라는 이름의 집단을 두고 왜국의 부족들과 경계를 맞대었으니, 이 힘을 발판으로 가락의 건국주 수로왕의 자제인 한 왕녀와 왕자가 왜지로 건너가 쿠마가와 하구에 자리잡은 것은 서기 103년. 마침내 왕국을 이루어 야마이국의 왕 '히미꼬'로 추대된 것은 그들의 종국(宗國) 가락국 건국으로부터 40년 뒤의 일이다. 일본의 첫 왕이 된 비미호 여왕 이후 야마이국의 왕들은 32대까지 쓰쿠시성에 머물다가 33대 왕인 진무가 즉위하면서 축적된 역량을 모아 혼슈우 한가운데로 왕도를 옮기게 된다."

저자의 주장은 사실일 수도 있고 아닐 수도 있다. 아직 학계에서 정설로 인정받지도 못했다. 그렇더라도 책을 읽다보면 꽤나 설득력있게 느껴진다. 어쩌면 그 사실을 믿고 싶은 내 바람 탓인지도 모르겠다.

책에서 눈을 떼고 잠시 창밖을 둘러본다. 마캄나무 몇그루와 해바라기밭이 창밖을 스쳐지나간다. 태국식 전통 불꽃무늬 옷을 입은, 빈광나무 열매와 플루잎으로 된 막을 씹는 시골 아낙들도 보인다. 밝게 웃는 모습이 편안하고 행복해 보인다. 이곳에 남았더라면 여자도 저렇게 늙어갔을까. 짝이엉을 지붕에 얹은 허름한 농촌을 지난 열차는 제법 번화한 도시로 들어선다. 뜨거운 햇빛이 도로 위로 잘게 부서져 내린다. 열기로 아지랑이가 일렁인다. 아지랑이 너머 풍경 속에선 도로변 건물이며 가로수, 자동차, 거리를 오가는 사람들마저 심하게 뒤틀려 보인다. 저 낯선 도시 어딘가에 아이가 살고 있다. 내가 잘 아는 아이일 수도 있고 아닐 수도 있다. 내 동생일 수도 있고 아닐 수도 있다. 진실은 아무도 모른다. 오직 여자만이 알고 있다. 아이 이름은 수동(樹童)이다. 언젠가 여자가 말한 대로 아이는 정말 망고나무를 아비로 둔 걸까.

역 앞에서 여자가 낯선 사내와 만나는 사진을 나는 아버지와 고모에게 보여주었다. 고모는 펄쩍펄쩍 뛰었다. 여자를 보자마자 앞섶을 잡아흔들고 발로 차고 머리카락을 잡아채 마당에 머리를 짓찧기까지 했다. 땅바닥에 떨어져 있던 감이 터져 여자 머리카락이며 어깨, 드러난 엉덩이를 벌겋게 물들였다. 아버지는 고모를 향해 그만하라고 소리질렀지만 화난 고모는 그 말을 무시했다. 어차피 달려와 말릴 수도 없는 힘없는 앉은뱅이였다. 점점 더 소리를 높이는 아버지의 이마와 목에 푸른 핏줄이 돋아났다. 참다못한 여자가 고모 손목을 비틀어 등뒤로 꺾어 넘어뜨렸다. 고모의 뺨이 으깨진 감 위에서 짓이겨졌다. 능, 능, 제발 그만둬. 이번엔 여자를 말리느라 아버지의 두 눈은 충혈되다 못해 튀어나올 지경이었다. 방에서 그 광경을 지켜보던 나는 여자의 반격에 놀라 그제야 밖으로 튀어나가 싸움을 말렸다. 어려서부터 야자농장에서 일한 여자의 팔힘은 예상보다 셌다. 나는 여자의 팔꿈치에 떠밀려 몇번이고 물이 질펀한 수돗가로 나동그라졌다. 나 이집 식구야. 나 팔려온 거 아니고, 시집온 거 맞잖아. 그런데 이게 뭐야. 당신들 다 미쳤어. 나 길거리에서 고향사람 만났어. 그게 죄야? 그거 우리나라에선 죄 아냐. 당신들 나라 이상해. 여자가 울부짖으며 소리쳤다. 고모와 나는 여자의 서슬에 놀라 아무 대꾸도 하지 못했다. 그리고 그 순간 아버지는 영원히 입을 다물었다. 우리가 법석을 떠는 동안 아버지가 흥분으로 의식을 잃었다는 걸 그때까지 아무도 몰랐다. 우리가 다시 아버지를 돌아보았을 때, 아버지 고개는 이미 옆으로 꺾여 있었다. 급히 응급차를 불러 병원으로 갔지만 너무 늦은 상태였다. 아버지는 꼬박 이틀 만에 의식불명 상태에서 어렴풋이 깨어나긴 했지만 말을 전혀 하지 못했다. 다리뿐 아니라 팔까지 제대로 가누지 못했다.

여자가 입덧을 시작했다. 처음엔 체한 줄 알았는지 여자는 속이 메스껍다면서 소화제를 자주 먹었다. 그러다가 점점 구역질이 심해져 나중엔 거의 아무것도 먹지 못했다. 여자의 작은 몸피는 애처로울 만큼 줄어들었다. 뒤늦게 낌새를 챈 고모가 무릎을 쳤다. 아이고, 저게 할 건 다 하네. 서방 쓰러뜨린 것도 모자라 이젠 남의 씨를 품고 들어왔어. 아이고, 망신스러워라. 이를 어쩌나, 이를 어째. 고모는 넋두리 끝에 여자를 몰아세웠다. 당장 병원으로 가자. 남들 눈에 띄기 전에

얼른 해치워야지, 이러다가 집안 망신 개망신 날라. 어서, 어서 앞장
서지 못해? 병원으로 가자는 말에 여자가 주춤주춤 뒤로 물러났다.
안돼요. 그렇게는 못해요. 애기 아버지 허락 없이 절대 그럴 수 없어
요. 나 죽어서도 부처님 앞에 못 가요. 살려주세요. 여자는 두 손으로
자신의 배를 감싸며 울부짖었다. 고모가 한결 부드러워진 목소리로
달래듯이 물었다. 애기 아버지? 그래 좋아. 누구야? 어떤 놈인지 말
해봐. 여자는 눈감은 채 누워 있는 아버지 쪽을 바라보았다. 하지만
아버지는 아무 말도 할 수 없었다. 고모가 아버지 쪽을 턱으로 가리키
며 다시 물었다. 그러니까 지금 내 오빠가 애아버지란 거야? 그 말을
나더러 믿으라고? 고모는 여자 말을 믿지 않았다. 처음부터 역 앞에
서 만난 사내의 아이라고 의심했다. 여자와 고모 사이에는 어떤 타협
점도 없었다. 손아귀에 든 병아리, 죄면 죽고 펴면 산대요. 태국 속담
을 한국말로 말하더니 여자는 제 방으로 들어가 문을 잠갔다. 아버지
는 여전히 완전한 침묵에 갇혀 헤어나지 못했다.

쌓였던 눈이 녹고 봄이 되면서 여자 배는 하루가 다르게 불러왔다.
그리고 다시 여름이 찾아왔다. 고모는 쌍둥이가 쓰던 배냇저고리와
기저귀를 하얗게 빨아서 여자한테 건네주며 푸념했다. 내가 애비 모
르는 자식을 거두게 될 줄이야. 늦여름의 더위마저 물러난 어느날이
었다. 새벽녘에 이슬이 비친 여자는 한밤중에 가서 아기를 낳았다. 아
들이었다. 내가 두려워하던 모든 일들이 하나둘 현실이 되어갔다. 나
는 점점 더 평범하지 않은 아이가 되어갔다. 친어머니는 죽고 아버지
는 불구자이며 외국인 계모를 두었다. 그것도 모자라 이제 혼혈 이복
동생이 생겼다.

힘들게 목숨을 지켜준 생모의 고난을 위로하려는 듯이 아기는 잔병

치레 없이 잘 자랐다. 여자가 푸념 반, 농담 반으로 말했다. 우리 아기가 망고나무 아기라서 그래요. 여자는 태국에서 가져온, 전통 그림이 실린 책을 펼쳐 보여주었다. 커다란 망고나무 가지에 마치 가지나 오이처럼 정수리에 꽃받침을 가진 사람이 매달려 있는 그림이었다. 이것 봐요. 우리 태국에서는 망고나무에서 아기가 주렁주렁 열려요. 고모와 나는 여자 말을 듣고 웃지 않을 수 없었다. 우리 수동이는 아버지가 망고나무라서 병 없이 오래오래 잘살 거예요. 두고 보세요. 아주 훌륭하게 잘 자랄 테니까요.

아기는 하루가 다르게 성장해갔다. 하지만 그보다 더 빨리 아버지의 생명이 사그라졌다. 아버지가 마지막 숨을 거둔 건 아기가 첫돌을 맞이한 지 얼마 지나지 않아서였다. 첫서리가 하얗게 내려앉은 새벽이었다. 여자의 울음소리는 얼어붙은 대기를 찢으며 멀리멀리 퍼져나갔다.

아버지의 죽음으로 여자와 나의 인연은 낡은 실밥처럼 약해졌다. 아버지의 연금도 줄어 나와 여자, 아기가 나누어 쓰기에 터무니없이 부족했다. 나는 대학 등록금을 걱정했고, 여자는 친정 식구들에게 돈을 보내지 못해 늘 안타까워했다. 여자가 끝내 아기를 데리고 전라도에 사는 친구가 다니는 공장에 들어가 일하겠다며 보따리를 쌌다. 아기는 두고 가. 내가 어떻게든 키워볼 테니. 영문도 모른 채 눈웃음짓는 아기 얼굴을 바라보던 고모가 힘없이 말했다. 쌍둥이에 둘러싸인 고모는 몇년 새 부쩍 늙어 보였다. 여자가 고개를 살래살래 흔들며 말했다. 말끝을 올리는 버릇이 조금 남아 짐짓 명랑하게 들렸다. 고맙지만, 얼마 있다가 친정으로 보낼 거예요. 거기 가면 아기 봐줄 동생들이 있으니까. 여자는 수국이 푸르게 피어 있는 마당을 가로질러 대문

밖으로 걸어나갔다. 긴 겨울이 끝나고 아지랑이가 들녘을 가득 채우는 이른봄이었다. 그리고 그것이 내가 본 그녀의 마지막 모습이었다.

메씨지가 도착했다는 신호음이 들린다. 혹 마이클한테서 온 걸까. 황급히 가방을 열어 휴대전화를 꺼낸다. 마이클한테서 연락이 끊긴 지 벌써 한참 되었다. 미국 애리조나 주에 머물고 있다는 소식을 끝으로 더이상 연락이 오지 않는다. 부모님은 여전히 수경과 나의 결혼을 반대해. 열심히 설득하고 있지만 쉽지 않아. 좋은 소식 있으면 연락할게. 그뒤로 마이클은 좋은 소식은커녕 안부를 묻는 전화조차 하지 않았다. 그런데도 나는 매일 전화를 기다렸다. 그사이 대사관에서 연락이 왔다. 미국에 가려고 신청한 비자는 승인이 나지 않았다. 태국에서 온 계모 외에는 호적상 어떤 보호자도 없을뿐더러 미국인들이 신뢰할 만한 걸 가지고 있지 않기 때문이라고 했다. 나는 미국인들이 신뢰할 만한 게 뭐냐고 대사관 직원에게 따졌다. 당연히 큰 재산, 그리고 확실한 직업을 뜻하지요, 미국으로 갔다가 도망쳐 불법체류자로 남기 십상이니까,라고 직원은 대답했다. 문자메씨지는 카드 회사에서 미납 사항을 알리려고 보낸 거다. 나는 신경질적으로 삭제 버튼을 누른다. 아직도 마이클에 대한 부질없는 미련을 떨쳐버리지 못한 자신에게 화가 난다. 열차가 곧 역내로 진입할 거라는 영어 안내방송이 나온다.

책의 맨 뒤에 꽂혀 있는 편지를 조심스레 꺼내 펼친다. 편지지 위로 햇빛이 쏟아져 아롱댄다. 여자가 집을 떠난 뒤 마지막으로 배달된 거여서 어쩔 수 없이 내가 보관하고 있었다. 이 편지를 번역해준 건 여자가 지난 몇년간 머물렀던 도시의 인권단체에서 한국어 교사로 일하는 자원봉사자였다. 여자가 사고를 당한 직후 나는 이 편지의 발신인이 누구인지 알려고 번역을 부탁했다. 그래야 여자와 가까운 사람임에 틀림없는 발신인에게 그녀의 슬픈 소식을 알릴 수 있으니까.

능 르타이에게

우기가 끝난 거리는 온통 로이끄라똥 축제('로이'는 띄우다. '끄라똥'은 예쁜 연꽃 모양의 수공예품을 일컬음) 준비로 술렁인다. 음력 12월의 휘황한 보름달이 떠오르면 사람들은 이번에도 강가에 모여 끄라똥을 띄우겠지.

나도 바바바 줄기에 둥그렇게 바나나잎을 접어 붙여 연꽃모양을 만들었단다. 끄라똥 가운데의 꽃술 부분엔 여러가지 자그마한 꽃을 꽂아 장식했지. 네가 좋아하는 덩말리(재스민꽃), 구랍(장미)을 섞어서. 중앙에는 물론 향대와 초를 꽂고 동전을 넣었단다.

능 르타이, 벌써 오랜 시간이 지났구나. 네가 한국에서 온 낯선 남자에게, 그것도 몸이 성치 않은 중년남자한테 시집간다는 말을 방콕에서 전화로 알려온 날로부터. 그날은 우기가 시작되는 날이었지. 지독한 더위와 가뭄 끝에 내린 첫 빗방울을 사람들은 혀를 내밀어 꿀물인 양 받아 마셨어. 그날 난 너한테 최악의 폭언을 퍼부었구나. 딸을 팔아먹을 정도로 우리집이 망하진 않았어, 이 갈보년아,라고. 그날 내가 얼마나 충격과 분노에 휩싸였는지는 새삼 말하지 않으마. 나는 네가 애정 없는 혼인을 하는 게 분명하다고 확신했단다. 네 목소리 너머로 방콕 뒷골목의 시끄러운 소음과 요란한 팝송이 들려왔다. 나는 네가 제정신이 아니라고 생각했다. 물론 머리좋은 네 남동생 뿌랑이 돈 때문에 상급학교에 진학할 수 없다는 걸 알고 무작정 방콕으로 상경한 너의 행동부터가 이미 정상이 아니었지. 너는 그 남자를 사랑한다고 말했지. 아니 사랑할 수 있어요,라고 말했던가. 그 남자의 맑고 순한 눈과 마주치는 순간 묘한 흥분과 떨림을 느꼈다고. 그러니 얼마든지 잘살 수 있다고. 게다가 한국 남자는 태국 사람보다 훨씬 젊어 보인다고. 당시엔 네 말을 믿지 않았지만 이제 와보니 네 말이 맞는 것 같다. 사실 뿌르라바 왕과 우르바쉬 선녀(『리그베다』에서 유래한 태국의 5막극 『비끄라모르바쉬』의 주인공들)의 아름다운 사랑도, 두슈얀따와 샤꾼딸라(인도의 시인 까리다사(kalidasa)의 대표작 『샤꾼딸라』의 주인공들)의 운명적 사랑도 모두 단 한 번의 눈맞춤에서 비롯되었으니까. 숙명의 상대를 만나면 누구나 그걸 예감하게 마련이지. 네가 건강한 아기를 낳아 잘 기르고 있다니까 얼마나 대견한지 모르겠다. 능 르타이, 사랑과 혼인 생활이란 끊임없는 악마의 도전에 지혜롭게 맞설 때만 지킬 수 있다는 사실을 명심하길 바란다. 잘 알려진 『라마야나』 이야기에 나오는 아요디아의 주인공들을 보렴. 라마의 왕비 시따는 악마의 궁전에 잡혀갔을 때 악마의 감언이설에 절대로 넘어가지 않았고 아무 일도 없었다. 하지만 외간남자와 한집에서 지냈기에 라마는 법에 의해 시따를 그냥 아내로 받아들이지 못했어. 시따는 정절을 인정받기 위해 화장 나뭇더미에 뛰어들었고 불의 신 아그니는 그녀가 결백하다면서 태우지 않았지. 그제야 라마는 시따와 재결합했다. 네가 거리에서 우연히 만난 고향사람 때문에 그동안 겪은 고초는 불의 심판이라 생각하렴. 언젠가 네 가족도 그런 너를 믿어줄 거다.

나 역시 이곳에서 향대와 초에 불을 붙인 끄라똥을 물에 띄우며 물의 여신 매 콩가님께 빌겠다. 일년 동안 부족함 없이 사용한 물에 대해 감사합니다. 강물을 더럽혀서 죄송합니다. 그런 다음 마지막엔 간절한 소원을 말할 거야. 여신이시여, 능 르타이를 보살펴주소서. 멀리 떨어져 있더라도, 우리 가족 모두 그 아이를 사랑한다는 걸 잊지 않게 해주소서. 부디 행복한 혼인이 유지되게 하소서.

조용히 기원한 다음 물위에 가볍게 끄라똥을 띄워 보낼 거다. 나는 합장을 한 채 운집해 떠도는 끄라똥들 중에서 너를 위한 촛불이 오래오래 타오르기를 바라겠지. 강물은 영롱하게 춤추는 불꽃 끄라똥을 안고 서서히 바다로 흘러갈 테지. 바닷물은 언젠가 무역풍을 따라 네가 사는 도시에 가닿을 거다.

능 르타이, 너와 네 가족, 그리고 가까이 사는 이웃의 행운을 빈다.

　　　　　　　　　　　　　　　　　　　　—너를 사랑하는 아버지가

　　태국에서 수년간 유학한데다 사업 경험도 있다는 중년의 자원봉사자는 이 편지를 번역해 읽어주면서 여러차례 눈시울을 붉혔다. 고모와 나는 불길 속에서 처참한 최후를 맞이한 여자의 시신 앞에서 아무 말도 할 수 없었다. 임시로 마련한 상황실 너머로 보이는 사고현장은 불에 탄 건물의 잔해에서 나오는 검은 연기와 사람들의 아우성, 일반인의 접근을 막으려는 경찰의 호각소리로 아수라장이었다. 소방시설이 전혀 되어 있지 않은 영세한 피혁공장에서 난 불이라 손쓸 새 없이 어어, 하는 사이에 전소되고 말았다. 여자 손에 끼워져 있던 결혼반지만이 불길 속에서 살아남아 한낮의 태양 아래서 여전히 황금빛을 발했다. 여자의 마지막 비명처럼 그 빛은 내 가슴을 사납게 할퀴었다. 몇몇 방송사 기자들이 여자의 시신을 카메라로 찍어댔다. 고모는 카메라 앞에서 두 팔을 벌렸다. 그만 찍어요, 그만. 고모는 능 르타이가 이런 모습을 세상에 보이는 걸 원치 않으리라 생각한 듯했다. 여자는 아주 예쁘고 행복한 신부이고 싶었을 거다. 꽃가마배를 탄 아유타 공주만큼은 아니더라도 언제까지고 사랑받는 신부이기를……

여자의 친정아버지 말대로라면, 그러니까 『라마야나』이야기대로라면 여자는 아요디아의 왕비처럼 불길 속에서 어떻게든 살아남았어야 했다. 하지만 운명은 진실을 밝혀주지 않은 채 여자를 데려가버렸다. 부정한 여자인 탓일까. 아니면 왕비가 아니었기에 불의 신이 관심을 주지 않았던 걸까. 그렇다면 신들도 우리 인간과 다를 게 없단 말인가. 혼란스러운 생각이 머릿속에서 소용돌이쳤다.

어쩌면 여자의 운명은 처음부터 그리 정해져 있었는지 모른다. 여자는 아유타국의 공주처럼 황금과 시종, 쇠를 가득 실은 꽃가마배를 타고 이 땅에 오지 못했으니까. 낡고 조그만 가방 하나 들고 낯선 타국살이를 시작해야 하는 가난한 처녀였으니까.

'아버지'라는 글자 위로 기어코 한방울 눈물이 떨어져 얼룩진다. 글자와 글자 사이에서 연둣빛 싹이 돋아난다. 싹은 삽시간에 줄기를 키우고 가지를 만들어 무럭무럭 자라난다. 가지 끝에 꽃이 피었다 지더니 이윽고 생명체 하나가 부풀어오른다. 오이나 수세미처럼 물방울이 땅으로 떨어지려다 멈춘 모양새다. 나무 아비의 갈등과 방황, 곤혹스러움이 차마 열매를 땅으로 떨어뜨리지 못하는 걸까. 이윽고 나무 아기가 까맣게 눈을 뜬다. 수동아. 나는 아기 이름을 낮게 불러본다.

플랫폼으로 길게 미끄러져들어간 열차가 오랜 흔들림을 멈춘다. 나는 책과 편지를 가방에 넣은 다음 열차에서 내린다. 점차 사위어가는 해가 도시 전체를 부드러운 망고빛으로 감싸고 있다. 가슴이 뛴다. 여자의 친정으로 미리 연락을 취해놨으니 개찰구 밖에 아이가 나와 있을지 모르겠다. 여자의 예언대로 아이는 잘 자라고 있을까. 얼마나 자랐을까. 주홍색 꽃을 가득 단 오래된 나무 한그루가 서 있는 역사 앞

광장으로 걸어간다. 나무그늘 아래서 아이가 흙장난을 하고 있다. 아이 옆에는 부채를 든 노인이 앉아 있다. 능 르타이 사진을 가슴께에 붙인 나를 알아봤는지 노인은 자리에서 일어나 손짓한다. 아이는 나무 주위를 뱅글뱅글 돌며 장난친다. 까르륵 웃어대는 아이 모습은 영락없는 나무요정이다. 아니, '토종 감나무'를 아비로 둔 내 동생이다. 나는 아이를 번쩍 안아올린다. 수동아, 나 수경이 누나야, 잘 지냈어? 낯선 손길에 놀란 아이는 눈을 동그랗게 뜨고 쳐다본다. 작고 작은 은빛 물고기 한쌍, 찬란하게 빛을 발한다.

---

* 작품에서 인용한 글은 모두 이종기 『가야공주 일본에 가다』(책장 2006)에서 발췌한 것입니다.

1

거실과 부엌 사이에 놓인 장식장 위에서 남편은 언제나처럼 웃고 있다. 무화과 그늘 아래 머리칼을 휘날리며 저렇게 웃고 있으니 금방이라도 뒤로 다가와 눈을 가리며 장난칠 것만 같다. 쾌활하던 그의 성품이 사진 속 짓궂은 눈매에, 웃는 입가에 가느다란 실주름으로 고스란히 남아 있다. 사람은 늙거나 병들어 허약해지면서 무화과나 감이 가지에서 놓여나듯, 그렇게 사지(四肢)에서 해방되는 거라 믿었다. 하지만 칠년 전 구월 어느날, 남편 민욱은 생가지가 꺾이듯 그렇게 삶을 마감했다. 얼마나 오랫동안 그의 주검을 찾아헤맸던가. 빌딩의 잔해와 비명과 통곡이 아우성치던 그곳. 하지만 나는 피와 먼지로 심하게 얼룩진 구두 한짝 달랑 주워 돌아올 수밖에 없었다. 주검도 없고 무덤도 없는 그의 생은 내 몸속에 시꺼멓고 커다란 구멍으로 남았다.

인간의 뇌는 자기 자신보다는 수많은 타인들을 기억하는 걸로 채워지는 게 아닐까. 눈을 감으면 정작 내 모습은 잘 떠오르지 않지만 그리운 사람들은 선명히 떠오르는 것처럼. 나는 민욱이란 사내의 삶을 기억하는 무덤이 되었다. 내 웃음과 내 목소리와 내 입술의 감촉을, 내 젊은날의 이상과 고민과 상처를 가장 많이 기억하고 있던 민욱의 소멸과 함께 내 존재의 일부도 이승에서 사라졌다. 공허하고 불안해 견딜 수가 없었다. 그건 단순히 슬픈 것과는 다른 느낌이었다. 게다가 내 삶의 조건도 뿌리째 흔들렸다. 비자가 소멸해 불법체류자가 되었고, 생활비가 점차 바닥을 드러냈다. 그런데도 나는 아들 보람을 친정 어머니에게 맡기고 날마다 사고현장을 찾아갔다. 시신도 무덤도 없었기에 찾아갈 데라곤 거기밖에 없었다. 추도식이 열리는 데마다 찾아가 아무나 부여잡고 울고 또 울었다. 어느날 어느 거리였던가. 내가 문득 정신을 차렸을 때, 내 주변에는 기세등등한 성조기가 하늘을 뒤덮으며 나부꼈고, 미국 국가가 고막을 찢을 듯이 크게 울려퍼졌다. 시체가 있는 곳에 독수리가 모여드는 법이라더니. 누군가는 테러와의 전쟁을 선동했고, 어떤 이들은 먼 나라를 침략했다. 아무도 죽음 자체를 슬퍼하지 않았다. 억울한 죽음들은 번쩍이는 미 정부 홍보지에 실려 총알이 되고 폭탄이 되고 미사일이 되어 다른 죽음을 불러들일 뿐이었다. 그런 아수라장에선 더이상 남편의 밝은 미소도, 쾌활한 목소리도 떠올릴 수 없었다. 나는 차라리 우리집 정원에서, 그가 그토록 아끼던 꽃과 나무 들 틈에서 조용히 향을 피워 망자를 만나고 싶어졌다. 지친 몸으로 집에 돌아오니 늙은 어머니와 어린 아들이 화단에 물을 주고 있었다. 그때 갸웃거리며 내 눈으로 파고들던 갓 피어난 여린 앵초꽃. 보랏빛 꽃잎들이 하늘대는 평화로운 정원에서 어머니 무릎에 얼굴을 묻고 나는 오랜만에 기절하듯 잠들었다. 그뒤 나는 더이상 외부의 추모제에 참석하지 않았다. 대신 해마다 구월이면 몇몇 지인들을 불러 조촐한 추도식을 마련했다.

어제 우창이 전화해 이곳에 잠깐 들른다고 했을 때, 음식을 준비해 간단한 추도식을 열어야겠다고 생각했다. 마침 다음날이 민욱이 세상에 태어난 날이니까. 그리고 그와 가장 친한 친구가 찾아오니까. 아침부터 탕을 끓이고 전을 부치고 나물을 무쳤다. 이제 녹두부침개만 부치면 얼추 일이 끝난다. 곧 공항으로 우창을 마중가야 한다. 서둘러야겠다.

팬에 두른 들기름이 고소한 향을 내며 부침개를 익히는 동안 부엌 창 너머로 바깥을 내다본다. 무화과나무 잎 사이로 바람이 분다. 바람은 땅이 부는 퉁소소리라던가. 바람이 일면 모든 형태있는 것들은 생긴 구멍대로 소리내어 운다고 했던가. 바람이 그치면, 깨진 항아리가 웅웅대는, 전깃줄이 허공을 할퀴어대는, 강물이 버려진 어망을 훑으며 지나가는, 풀잎에 맺혔던 이슬이 부서지는, 거꾸로 처박힌 의자가 덜컹대는, 그 모든 소리들 다시 고요해지듯이 내 마음의 어두운 구멍도 울음을 그치고 고요해질까.

고단한 세월이었다. 무작정 일거리를 찾아 낯선 거리들을 헤매야 했다. 이전에 내 자존감을 지켜주던 높은 학력과 대기업 사무 경력 따위는 아무짝에도 쓸모없는 휴짓조각에 불과했다. 나는 이 나라의 말을 제대로 듣지도 말하지도 못하는 바보였으며, 어떤 기술도 가지고 있지 않은 싸구려 불법체류노동자에 불과했다. 몸집이 큰 아기가 어머니 자궁을 찢고 세상에 다시 태어나는 고통을 몸서리치게 겪어야 했다. 일거리를 찾지 못해 고민하던 끝에 마지못해 찾아간 곳은 한때 남편의 직위 덕분에 사모님이라 불리던 시절 자주 이용하던 미용실이었다. 주인이 한국인이어서 의사소통은 가능할 것 같아서였다. 그나마 나를 받아준 그곳에서 하루 열세 시간이 넘도록 청소와 빨래 따위의 허드렛일을 돕고 손님들의 머리를 감겨주었다. 수없이 많은 머리들이 눈앞이 노랗게 변하도록 내 손끝을 거쳐갔다. 라벤더 인공향기를 뿜어대는 샴푸통을 보기만 해도 구역질이 났다. 게다가 손님들 중엔 유난히 까다로운 사람이 있어 신경을 바짝 쓸 수밖에 없었다. 피부가 예민한 백인들은 어쩌다 손톱 끝이 두피를 살짝 건드렸을 뿐인데도 벌겋게 부풀어올랐다며 다음날 항의전화를 하곤 했다. 하지만 그 일이나마 그만두면 당장 집세를 물 수도, 생활비를 벌 수도 없었기에 이를 악물고 참아야 했다. 너덜너덜해진 몸뚱이를 이끌고 집으로 돌아오면 노모와 아이는 잠들어 있기 일쑤였다. 죽은 듯이 쓰러져 잠을 자다 새벽이면 경찰에 쫓기는 꿈에 소스라치게 놀라 깼다. 새벽 어스름 속에서 나는 졸음을 쫓으며 영어를 배웠다. 차차 서툴게나마 말이 익숙해지자 미용사 자격증을 따기 위해 책을 붙들었고, 틈틈이 미용기술을 익혔다. 그렇게 수년 고생한 끝에 겨우 기술자가 되었고 영주권도 손에 쥐었다. 최근에는 은행대출을 얻어 작은 가게도 마련했다. 그제야 겨우 한숨돌릴 수 있었다. 하지만 삶이란 그다지 너그럽지 못해, 하나의 고민이 사라지자 새로운 걱정거리가 죽순 돋듯 생겨났다. 일 구덩이에 빠져 정신없는 세월을 보내는 동안 보람은 내 품에서 멀어져 낯선 아이가 되어갔다. 아들의 겉모습은 날이 갈수록 제 아버지를 닮아갔지만 마음만은 아니었다. 철저하게 이 나라 사람이 되어갔다. 내가 고향을 그리워하는 대신 아이는 내가 잘 모르는 이 나라의 어느 거리를 추억으로 간직하고 있었다. 내가 아름답다거나 혹은 선하다고 여기던 것들이 오히려 경멸의 대상이 되기도 했다. 심지어 고국이란 말마저 아들 보람에겐 의미없는 한갓 추상적인 기호에 지나지 않았다. 때때로 그애가 무슨 생각을 하는지, 무엇을 원하는지 알 수 없었다. 혼란스럽고 두려운 현실 앞에서 나는 악을 쓰는 수밖에 없었다. 나는 아이에게 거칠게 대했고, 아이는 내게서 더욱 멀어져갔다.

그뿐이 아니었다. 이번엔 어머니가 문제였다. 어머니 의식의 밑바닥, 그 거대한 동굴 속에 남아 있던 외할아버지의 억울한 죽음이 사소한 냄새, 그리고 낯선 존재의 시선에 의해 현실세계로 튀어나와 일상을 뒤흔들게 될 줄은 정말 몰랐다. 나는 데친 숙주와 잘게 썬 김치, 돼지고기를 넣은 녹두부침개를 부치다 말고 깊은 한숨을 쉰다.

처음 어머니가 이상한 낌새를 보인 건 삼월말경이었다. 그날은 앵초가 마른 잎을 뚫고 살며시 모습을 드러낸 날이었다. 솜털 빽빽한 배춧잎 모양의 새순이 꽃대를 밀어올리고, 보랏빛 꽃망울을 터뜨리려면 아직 한참 기다려야 한다는 걸 알면서도 아침부터 어머니는 기대에 들떠 정원을 서성였다. "헤이, 미스터 싸이먼!" 이웃집 노인을 부르는 어머니 목소리는 활기에 넘쳤다. 잠시 뒤에 밖에서 싸이먼 씨의 목소리가 들렸다. 나는 커피와 무스케이크를 준비해 정원으로 가져갔다. 비슷한 연배에다 전쟁을 경험한 세대라서 그런지 어머니는 싸이먼 씨와 남달리 친하게 지냈다. 몇해 전 싸이먼 씨가 구하기 힘든 자줏빛 코위찬 앵초를 어머니에게 선물한 뒤로 부쩍 더 가까워진 듯했다. 해마다 화려한 퍼씨픽 자이언트와 색깔 짙은 반혜이번, 꽃송이가 잎 사이로 모습을 드러내는 줄리아나 교배종이 줄줄이 필 동안 두 노인은 다정한 부부인 양 정원을 돌보며 평화로운 시간을 보냈다. 하지만 어머니에게 올봄은 예년처럼 순탄치 않았다.

그날 오후에 내가 미용실에서 일하다가 짬을 내어 집으로 돌아왔을 때, 어머니는 낮잠을 자고 있었다. 새벽부터 정원을 돌본 탓인 듯했다. 관절염을 앓는 어머니를 모시고 한의원에 가기로 예약되어 있었지만 차마 단잠을 깨울 수 없었다. 나는 방에서 나와 거실 정리를 하다가 무심히 창밖으로 눈길을 주었다. 그랬다. 처음엔 그저 검은 셔츠를 입은 우편배달부로 보였다. 한쪽 팔을 우체통 위에 얹은 커다란 몸체. 자세히 보니 그건 검은 털로 뒤덮인 곰이었다. 아찔한 현기증이 일었다. 곰은 울타리를 단숨에 뛰어넘더니 테이블 가까이 다가갔다. 그러고는 민첩한 동작으로 미처 치우지 못한 케이크를 집어 입속으로 넣었다.

어머니는 그날 곰을 보았던 걸까. "너무 많이 잤나봐!" 잠에서 깬 어머니는 마른세수를 하며 민망해했다. 나약하고 욕심없는 초식동물 같은 미소가 얼굴 전체에 번졌다. "돌아가신 아버지 꿈을 꾸었어. 오랜만에 오셔서는 날 쳐다만 보다가 그냥 가버리더구나." 어머니는 아쉬운 기색으로 말하더니 다시 정원으로 나갔다.

그날밤부터 어머니의 이상증세가 시작됐다. 처음엔 어머니에게 야식증이 생긴 줄 알았다. 아침이면 부엌이 엉망진창이 되어 있었다. 식탁과 부엌 바닥은 물론 소파 여기저기에 음식물을 묻혀놓기도 했다. 새로 산 딸기잼과 베이글이 거의 매일 통째로 사라졌다. 할 수 없이 자지 않고 어머니를 살펴야 했다. 자정 무렵이 되자 어머니가 방에서 나와 현관문을 여는 소리가 들렸다. 잠시후 낯선 발걸음소리가 실내를 울렸다. 검은 몸체는 식탁으로 다가가더니 어머니가 꺼내놓은 딸기잼과 베이글을 먹었다. 이번엔 냉장고 문을 열었다. 냉장고에 갇혀 있던 푸른빛이 어둠속으로 한꺼번에 쏟아졌다. 곰이었다. 나는 폭발할 것처럼 거칠게 뛰는 심장을 움켜쥐었다. 곰은 냉장고에 있는 양배추와 생닭을 끄집어내더니 순식간에 먹어치운 다음에야 밖으로 나갔다. 그러자 기다렸다는 듯이 어머니가 방에서 나와 현관문을 닫았다. 나는 어머니한테 달려가 어깨를 흔들며 소리쳤다. "뭐야, 왜 이래?" 그러자 어머니가 손바닥으로 내 입을 틀어막았다. "쉿, 산에서 아버지가 내려왔어요, 어머니." 나를 당신의 어머니로 착각하는 어머니 눈빛이 어둠속에서 파랗게 빛났다.

의사는 어머니에게 몇가지 약을 처방했다. 그는 어머니의 무의식에 자리잡은 억압된 감정과 공포, 분노 따위가 곰에 의해 촉발된 거라며 어머니에게 일주일에 한번씩 심리치료를 받도록 권했다. 낮동안의 어머니는 대체로 별 이상 없이 잘 지냈다. 아침이면 기분좋게 일어났고, 끼니마다 음식을 달게 먹었으며, 매일 정원에서 앵초를 돌보면서 싸이먼 씨와 우정을 나누었다. 하지만 밤이면 달라졌다. 곰이 올 때쯤이면 현관으로 달려갔다. 보람이 현관문 위쪽, 어머니 손이 닿지 않을 높이에다 잠금장치를 새로 달았지만 어머니는 의자를 딛고서라도 올라가 문고리를 땄다. 의사는 더 많은 양의 약을 처방했고 상담시간도 늘렸지만 소용없었다. 게다가 의료보험이 없어 병원비와 약값은 또 얼마나 비싼지, 내가 운영하는 작은 가게의 수입으로는 도저히 감당할 수 없었다. 하는 수 없이 밤새 집 안에 불을 켜두기로 했다. 빛이 환한 동안에는 빨치산 아버지를 기다리는 열아홉 처녀로 돌아가는 일이 없었으니까. 하지만 야간 불빛이 수면을 방해했는지 어머니는 점차 기운을 잃어갔다. 식사량도 줄었고, 혈색도 나빠졌으며, 무엇보다 웃음을 잃었다. 옆집 싸이먼 씨가 앵초협회에서 구한 새 앵초를 가져왔을 때조차 의례적인 답례를 할 뿐이었다. 싸이먼 씨는 매일 어머니를 만나러 왔다가 시무룩한 표정으로 돌아갔다. 어느새 봄이 무르익어 앵초마다 꽃망울을 터뜨렸지만 어머니의 건강은 나아지지 않았다.

추도식에 쓸 음식준비를 끝내고 공항으로 가기 전에 방에 들어가 어머니 안색부터 살핀다. 핏기없는 얼굴이 불안하게 흔들린다. 방해하지 않으려고 조심스레 문을 열고 나오는데 뒤에서 어머니 목소리가 들린다.

"산에서 아버지가 내려오셨어요, 어머니. 어쩌나, 먹을 게 떨어졌는데."

밀려드는 절망감을 목구멍으로 삼키며 내가 대답한다.

"걱정 마라. 벌써 밥 한그릇 드시고 가셨으니."

"하지만 아직 저기 계시잖아요. 집 안으로 들어오게 문을 열어야 해요, 어머니."

어머니는 손을 들어 창밖을 가리킨다. 창밖에 곰이 와 있다. 하필이 시간에 곰이라니. 지금 집을 나서지 않으면 공항에 늦을 텐데. 어찌해야 할지 몰라 한동안 방 안을 서성인다. 이러다간 늦을 게 뻔하다. 휴대전화를 꺼내 우창의 전화번호를 누른다. 연결이 되지 않는다. 한동안 실내를 서성이다가 장롱 깊숙이 넣어둔 산탄엽총을 집어든다.

나는 눈의 촛점을 가늠쇠에 두고 곰을 노려본다. 방아쇠에 검지를 건다. 방아쇠의 차가운 금속성이 손끝을 타고 내 머릿속으로 전해진다. 뇌세포 하나하나가 성에로 뒤덮인 것처럼 차갑게 얼어간다. 놈은 표적의 대상이 된 줄도 모르고 태연히 햇빛을 즐기고 있다. 입술을 앙다물고 어머니를 병들게 한 전쟁의 망령에 대해 증오의 감정을 키운다. 아니 내 안에 감춰진, 내게서 사랑하는 이를 앗아간 자들에 대한 분노를 되새긴다. 손가락 끝에 힘을 줘본다. 손이 떨리고, 어깨가 흔들린다.

2

까다로운 입국수속 끝에 JFK 공항을 빠져나오자 피로감이 몰려온다. 일주일간 무더운 브라질 날씨에 적응된 몸이 반란을 일으키는 걸까. '시간을 거슬러 산다는 건 죄악이야.' 브라질에서 함께 지낸 송선생이 한 말이 떠오른다. 그의 말대로 시차의 고통은 신이 내리는 벌인지도 모른다. 한국에서라면 지금쯤 깊이 잠들어 있을 거다. 브라질에서라면, 아마 회의실에 앉아 '세계 시민단체 네트워크 활성화'라는 주제에 매달려 의견을 개진하고 있거나, 슈하스꼬(브라질 전통 숯불구이 요리) 전문식당을 기웃거리거나, 아니면 길거리를 내키는 대로 걸으며 묘하게 느슨하고 낙천적인 느낌을 주는 그곳 사람들의 표정을 힐끔거리고 있을지도 모른다. 몸 깊숙이 파고들어 영혼을 마냥 들뜨게 하던 쌈바가 귓속에서 되살아난다. 뉴욕의 햇살과 공기와는 어울리지 않는 가락이다.

송선생은 공항 면세점에서 기념품 따위를 구경하겠다고 했다. 그러고도 남는 시간엔? 환승대기 시간을 틈타 공항 밖으로 나간 나를 기다리며 내내 투덜댈지도 모르겠다. 송선생은 지금 밥값 외엔 한푼도 가진 게 없다. 팔레스타인에서 온 칼리드 때문이다. 아니 폭격으로 한팔을 잃은 사내와 한방을 쓴 탓이겠지. 행사를 주관한 대부분의 시민단체는 각국 대표들에게 비행기와 숙소를 마련해주는 것만으로도 벅

48

차했다. 때문에 회의가 끝난 뒤에 이어지는 식사와 술값은 참석자들이 돌아가면서 냈다. 하지만 칼리드는 그러지 못했다. 폭격으로 한쪽 팔 외에도 가진 재산을 거의 잃어버린 사람이니까. 그는 식사시간만 다가오면 진땀을 흘리다가 배탈이 났다면서 자기 방으로 들어가버렸는데, 나중에 알고 보니 싸구려 튀김을 사다 혼자 허기를 때우고 있었다. 한방을 쓰는 송선생이 그를 위해 음식값을 대신 내주었다. 그러다 보니 인천공항에서 자기 집으로 돌아갈 차비만 남기고 다 쓴 것이다.

담배 한대를 입에 물고 불을 붙인 뒤 깊이 들이마신다. 열두 시간…… 십년 동안 헤어졌던 친구와의 만남으로는 길면 길고 짧다면 짧은 시간이다. 하윤은 왜 나오지 않은 걸까. 브라질에서의 마지막 밤이라 사람들과 뼁가(브라질 술)를 퍼마시는 도중에 통화했지만 그녀가 마중나오겠다고 한 게 분명히 기억난다. 통화기록을 뒤져 하윤에게 전화를 건다.

"미안해. 곰 때문에…… 곰이 길을 막고 있어서 아직 출발도 못했어."

곰이라, 무슨 뜬금없는 소린지. 변명치고는 너무 어이없다. 담뱃불을 끄고 택시를 잡는다. 맨해튼 WTC 역으로 가는 택시에 등을 기대고 앉아 눈을 감는다. 무너져내린 희뿌연 콘크리트 분진 속에서 마지막 숨을 쉬는 민욱의 당황스러운 눈빛이 희미하게 보이는 듯하다. 물론 내 상상이 만들어낸 것이다. 아무도 죽음을 목격하지 못했다. 잿더미에서 찾아낸 거라곤 그의 구두 한짝이 다였다. 하지만 그날 이후 민욱은 다시 돌아오지 않았다. 그는 뉴욕에서 의욕적으로 사업을 벌이던 한국 물류업체의 직원이었다. 업무상 세계무역쎈터 건물에 자주 들러야 했기에 그날도 그곳에 들렀을 것이다,라고 그의 아내 하윤은 전화기 너머에서 말했다. 하윤의 울부짖음은 인공위성을 타고 머나먼 서울에까지 전달되어 내 귓속에서 부서졌다. 울부짖던 하윤……

택시가 이스턴 강을 건너자 맨해튼의 빌딩숲이 보인다. 번쩍이는 빌딩들, 오래된 아파트들, 교회, 수많은 자동차, 그리고 개성있는 옷차림의 시민들, 교각이나 건물 외벽에 그려진 재미있는 낙서들. 변한 게 거의 없다. 십년쯤 전에 민욱의 초청으로 처음 이 도시에 왔을 때 본, 하늘 높이 솟아 위용을 자랑하던 세계무역쎈터 빌딩이 사라진 것 말고는. 차라리 복고풍이라고 해야 할 정도다. 이제 빠른 변화야말로 후진국의 상징인가.

이 거리에서 가장 많이 변한 건 나인 듯하다. 낡은 열정만이 남은, 가장 친했던 친구를 잃어버리고 뒤늦게 죽음의 현장을 찾아가는 무심한 심장을 가진 중년사내. 아니다, 무심한 심장은 아니다. 심장은 고동치고 있다. 내 아픔을 고백하고픈, 고백의 상대를 찾아가는 심장의 두근거림이 들린다. 택시는 복잡한 시내를 곡예하듯 빠져나간다.

"조금 더 가주세요." 기사에게 성 바오로 성당 앞을 지나 차를 세워달라고 부탁한다. 택시에서 내리자마자 참혹한 현장을 보고 싶지 않아서다. 가야지, 가야지, 생각하면서도 쉽게 올 수 없던 곳이다. 어렵게 마련한 기회지만 아직 민욱의 죽음을 정면으로 마주할 자신이 없다. 하윤이 여기로 나온다고 했으니 기다리자. 아직 한낮이고 비행기는 밤늦게 출발할 테니. 전화기가 울린다.

"벌써 도착했어? 곰이…… 어쩌지? 곰이 여태 버티고 있어서 한발짝도 떼지 못했어."

정말 곰이 있기나 한 걸까. 혹시 만남을 회피하려는 건 아닐까. 하긴 휴일 낮에 복잡한 시내까지 나오라 하면 누구든 달갑지 않을 거다.

게다가 상처가 아물어가는 싯점에 찾아온 사별한 남편의 친구라니. 갑자기 훼방꾼이 된 기분이 든다.

"우창씨, 정말 미안한데 조금만 더 기다려. 엽총을 들고 있지만 차마 쏘지 못하겠어."

진짜인 모양이다. 하긴 워낙 숲이 많은 나라니까. 하윤이 사는 뉴저지 서북쪽은 특히. 주변을 둘러보니 스타벅스와 맥도날드가 보인다. 스타벅스가 자리잡은 검은 대리석건물의 로비로 들어가 커피를 주문한다. 창밖으로 관광객을 가득 실은 버스들이 지나간다. 버스 옆면에는 뮤지컬과 영화, 그리고 뉴욕이 팔고 있는 이런저런 문화상품을 알리는 광고가 붙어 있다. 'I ♥ NY'을 크게 프린트한 셔츠를 입은 관광객들이 버스에서 내린다. 까페라떼가 브라질에서 묻어온 낯선 향료의 냄새를 삽시간에 지워버린다. 피로감이 서서히 걷힌다. 서울의 어느 거리에 온 느낌이다. 신촌이나 광화문, 용산이나 강남의 복잡한 거리. 똑같은 인테리어, 똑같은 메뉴, 똑같은 향기, 똑같은 영양분을 섭취하는 세계인. 똑같은 영화, 은행, 보험회사, 생일잔치…… 이젠 어쩔 수 없이 시민단체들마저 똑같은 구호를 내걸고 싸워야 한다. 세계화 반대를 위해 씨애틀에서 도하, 다시 깐꾼, 홍콩으로 옮겨다니며 경찰들과 대치해온 고단한 시간들……

하윤이 벌써 도착할 리 없지만 창밖으로 지나는 사람들을 유심히 본다. 쉽게 알아볼 수 있을지 모르겠다. 청춘의 끝인 서른과 노년을 의식하는 마흔 사이에는 십년 이상의 세월이 놓여 있다. 미국으로 간 지 삼년 만에 사고를 당한 민욱은 더이상 나이를 먹지 않았지만, 하윤은 다르다. 어쩌면 그녀 얼굴에는 고통스러운 시간의 흔적이 깊이 새겨져 있을지 모른다. 그런데도 여전히 젊은 여자들에게 눈길이 간다.

기억 속에서 하윤은 아직 서른인 것이다. 아니, 사실은 스물이다. 그녀를 처음 만난 곳, 대학 잔디광장에서 본 그 모습 그대로. 옹기종기 모여앉은 신입생들 틈에서 눈에 띄던 얼굴. 서글서글한 눈매와 햇빛에 반짝이던 검고 긴 생머리. 그녀를 같은 동아리 회원으로 끌어들이기 위해 나와 민욱은 열심히 따라다녔다. 매일 번갈아가며 밥을 사주고, 차를 사주고 새로 나온 책을 사주었다. 민욱은 책 대신 영화나 연극을 보여주었던가. 이제 와 생각하면 모두 다 핑계였지만. 동아리 이름이 '제3세계 연구'였는데 나는 제3세계 현실을 알리는 문학 대신 예이츠나 T. S. 엘리엇의 사랑시집에 고백조의 편지를 끼워 전해주었고, 민욱은 제3세계 예술영화 대신 멜로영화를 보여줬다. 경쟁은 몇년간 계속되다가 내가 군대에 간 사이 민욱이 하윤을 차지하는 걸로 끝나버렸다. 그들의 결혼 소식을 듣고 탈영할까, 하는 충동을 느낀 건 사실이지만 실제로 감행하지는 못했다. 그뒤 나는 여러 아가씨와 연애를 했고, 그중 몇명과는 꽤 진지했으나 끝내 한번도 결혼하지 않았다. 언젠가 종로 뒷골목 빈대떡집에서 취한 민욱이 혹시 하윤 때문이냐고 물은 적이 있었다. 그때 그의 따귀를 세게 때린 기억이 난다. 그뒤로 민욱은 다시 그런 질문을 하지 않았다. 시력이 나빠 군 면제가 된 민욱은 일찌감치 사회생활을 시작한 만큼 빠르게 승진했다. 주머니 사정이 여의치 않은 친구들한테 도움도 많이 줬고, 남보다 일찍 세계를 누볐으며, 결국 가장 먼저 생을 마감했다. 음모의 냄새가 가득한 제국의 땅에서 흔적도 없이.

성 바오로 성당 옆으로 난 길은 공사장 특유의 어수선함과 붐비는 관광객이 한데 어울려 쓸쓸하면서도 번잡하다. 굳은 표정의 추모객들. 아무도 웃지 않는다. 그라운드 제로 주변에 세워진 철책 너머에는 깊이 팬 땅이 사고 당시의 참혹함을 잊고 무심한 햇빛 아래 누워 있다. 그 옆의 공사현장에선 철모를 쓴 인부들이 새 건물의 기초를 닦고 있다. 햇빛이 너무 강해 눈가에 물기가 고인다. 약시 탓이다. 약시가 진행되면서 햇빛 아래서는 이유없이 눈물이 난다. 색안경을 꺼내 쓴다. 눈물이 멈춘다. 연두색 바탕에 '2001년 9월 11일의 영웅들'이라고 씌어진 흰 글씨가 눈에 들어온다. 수많은 희생자들의 이름이 적혀 있다. 낸씨, 대니얼, 마틴…… 민욱의 이름은 보이지 않는다. 헤롤드, 엘리자베스, 루이스…… 민욱은 이 나라에서 아직 죽음조차 인정받지 못한 걸까. 하긴 그의 국적은 한국이었다. 그렇다면 한국인 희생자들 명단은 어디 있지? 중국이나 베트남, 이집트 따위의 외국에서 온 사람들의 이름은? 사방을 둘러봐도 눈에 띄지 않는다. 철책 맞은편, 사진을 걸어놓은 곳으로 다가간다. 사진 속에서 건물은 연기와 분진에 휩싸여 붕괴되고 있다. 단 7초 동안에 수백층이 무너져내리다니. 누군가 미리 다이너마이트를 설치한 뒤 테러를 유도했다는, 그럴듯하면서도 황당하게 들리는 9·11 미스터리설을 인터넷으로 본 기억이 난다. 모자를 쓴 사진 속 흑인 여성은 손으로 입을 가리며 운다. 어린 소년은 성조기와 꽃다발 사이에 추모의 편지를 끼우고 있다. 제복차림의 경관은 손바닥을 펴 눈썹 근처에 붙인 채 눈물을 흘리고 있다. 구슬픈 음악이 들린다. 음악은 끝나자마자 다시 시작된다. 공사장에서 먼지바람이 불어온다. 대서양에서 불어오는 바람은 맨해튼 섬의 빌딩숲을 휘젓는다. 공물 실은 배를 크레타 섬으로 데려온 바람처럼 거칠고 집요하다. 이곳은 크레타 섬의 거대한 미궁인가. 정복당한 나라에서 공물로 실려온 선남선녀들을 먹고 사는 미노타우로스처럼 무역쎈터 빌딩은 세계인들을 한꺼번에 집어삼킨 건가. 민욱은 아리아드

네의 실도 없이 미궁 속으로 들어간 숱한 사람들 중의 하나였나.

성당 안은 좀더 경건한 추모 분위기다. 촛불들, 꽃들, 희생자 사진들, 편지들, 메씨지를 담은 물건들, 가슴아픈 사연들, 그리고 수많은 성조기와 성조기 무늬의 소품들…… 누군가 운다. 돌아보니 젊은 여자다. 울음이 잦아들 때까지 사람들이 그녀를 위로한다. 나는 왜 이리 냉담한가. 왜 이리 무심한 표정으로 낯선 사람들 틈에 서 있나. 흐느껴 울어도 시원찮을 텐데. 바닥에 주저앉아 내 친구를 살려내라고 생떼를 써도 모자랄 만큼 억울한데. 넘치는 성조기 때문인가. 온통 미국인에 의한, 미국인을 위한, 미국인의 추모 분위기 탓인가. 한국 국적을 가지고 일하다 희생된 민욱과 같은 사람들, 그런 외국인들을 위한 어떤 마음씀도 찾을 수 없다. 다시 한번 성당을 꼼꼼히 둘러본다. 눈에 띄지 않는다. 성당을 빠져나와 건물 뒤쪽에 마련된 공원묘지로 간다. 추모공원 한쪽에는 '희망의 종'이 매달려 있다. 미디어를 통해 본 기억이 난다. 부시를 비롯한 미국 정치가들이 해마다 구월이면 타종하던, 비장한 표정으로 악의 축을 선정하고 전쟁을 선포하던, 영광에 마음 들뜬 젊은이들을 불러모아 오래된 거짓말, 조국을 위해 죽는 건 감미롭고 지당하도다(윌프리드 오웬의 시구),라고 외치던 그 장소, 그 종이다.

왜 민욱의 이름은 보이지 않느냐고 묻자 수화기 너머의 하윤이 맥없이 "외국인이잖아. 시신도 못 찾았고"라고 답한다. 외국인 추모제는 백악관에서 따로 마련한다던데 가본 적이 없고, 한인들이 마련하는 추모식도 비공식이라 잘 모르겠다면서. 죽음마저 국경이 갈리고 이해관계에 따라 귀천이 나뉘는 현실에 마음이 울적하다. 하윤은 통화상태가 나쁘다며 내 이름을 연거푸 불러댄다. 겨우 응, 하고 답하자

다시 말을 잇는다.

"아직 곰을 해결하지 못했어. 공포탄이라도 쏠까 했는데 혹시 녀석이 놀라서 허둥대다가 정원을 망가뜨릴 것 같아서. 지금 앵초꽃이 한창이거든. 곰이 스스로 물러날 때까지 기다리는 수밖에 없을 것 같아."

갑자기 목이 멘다. 더이상 여기 머물고 싶지 않다. 하윤의 아름다운 정원으로 가고 싶다.

"화났구나? 미안해. 대신 보람이가 곧 그리로 갈 거야. 주말에는 맨해튼 교회에서 운영하는 한글학교에 다니는데 마침 끝날 시간이거든. 보람이 따라서 우리집으로 와. 여기서 추모식을 여는 건 어때? 마침 오늘이 남편 생일이니까."

하윤은 곰이 방금 전부터 움직이기 시작했다고 좋아하며 전화를 끊는다. 목이 마르고 배가 고프다.

3

꽉 막힌 링컨 터널 안은 가솔린 냄새로 가득 차 있다. 속이 울렁대고 멀미 기운이 돈다. 포트오서리티에서 뉴저지로 가는 버스를 타는 건 정말 지옥이다. 적어도 터널을 벗어나기 전까지는 그렇다. 김우창 아저씨는 상황이 이런데도 코를 막거나 인상을 쓰지 않는다. 꼼짝않고 창밖만을 바라보고 있다. 참는 데 익숙한 한국인 특유의 표정이다. 성당 앞에 서 있는 여러 사람들 중에서 단번에 아저씨를 찾아낸 것도 그 때문이다. 사방을 살피고 경계하는, 어딘가 초조하고 답답해 보이는, 그러면서도 내면을 드러내지 않으려는 완강한 폐쇄성. 아저씨는 반대편 창문에 시선을 두고 골똘히 무언가를 바라보고 있다. 보이는 건 허드슨 강 밑으로 난 지저분한 지하터널 벽면뿐일 텐데도. 이상하게 도 가슴이 뛴다. 흐릿한 기억으로 남아 있는 아버지의 모습과 매우 닮았다. 어머니한테 두 사람이 얼마나 가까운 사이였는지 익히 들어 알고 있다. 친구 사이란 비슷한 분위기를 가진 사람들간의 어울림인가.

어머니가 한 시간쯤 전에 갑자기 전화해 그라운드 제로에 가서 아저씨를 데려오라고 했을 때, 나는 제니와 함께 있었다. 물론 어머니가 알고 있는 것처럼 한글학교가 아니라, 한국식 스파인 찜질방 한쪽에 누워 제니가 새로 그린 만화를 보고 있었다. 우리는 아직 호텔에 들어가 누울 나이가 아니다. 우리가 몸을 맞대고 있을 만한 곳은 어디에도 없다. 교외로 나가 자동차 뒷좌석을 이용할 수도 있겠지만 나도 제니도 아직 운전면허증이 없다. 미국인 친구들은 다 가지고 있는데 우리만 없다는 건 썩 기분 좋은 일은 아니다. 한국인 부모들은 스무살 이전에는 자동차를 몰지 않길 바란다. 위험하기 때문이란다. 실제로는 자식들이 한국에서처럼 부모의 품에서 어리광을 피우기를 바라는 것이지만. 그들은 모두 그런 식으로 자식을 망쳐놓는다. 그러니 찜질방에라도 가서 최대한 몸을 밀착하고 누워 있을밖에. 우리는 물론 서로에게 편한 영어로 말하지만 주변 사람들은 대부분 한국어를 쓰고 있다. 그러니 한글학교에 가지 않더라도 한국어 공부는 저절로 된다. 나는 매주 일요일 오전에 맨해튼 한인교회에서 운영하는 한글학교로 가야 한다. 두 시간 수업이지만 정말 가기 싫을 때가 있다. 제니가 전화로 울고불고할 때는 더욱. 그런 날에는 제니를 데리고 찜질방으로 간다. 제니는 전날밤에 아이리시계 아버지가 어머니한테 얼마나 심한 욕을 했는지, 의자와 거울이 어떻게 참혹하게 부서졌는지, 친할아버지가 어떤 눈길로 자기를 훑어봤는지를 말하지 않고는 견딜 수 없다. 그런 날에도 나는 새로 배운 한국말을 어머니에게 들려줘야 한다. "알겠어, 이 호로자식아." 언젠가 한번은 그렇게 말했더니 어머니 얼굴이 노랗게 변했다. 찜질방에서 어떤 아저씨가 전화에 대고 한 말을 그대로 따라한 것뿐인데. 호로자식은 나 같은 애들, 그러니까 아버지를 잃은 아이들에게 하는 못된 욕이란 걸 그날밤 나는 사전을 통해 알았다. 한국어 속에서 나의 존재는 그토록 형편없다.

하지만 미국인 친구들 앞에서, 영어 속에서 나는 영웅이다. 새학년이 시작되는 첫날이면 나는 교실 전체에 들리도록 큰소리로 말한다. "내 아버지는 저 끔찍한 9·11테러 때 비행기와 함께 폭발해버렸어. 난 앞으로 군인이 되어 아메리카를 테러로부터 지켜낼 거야." 그러면 여자애들은 테러를 상상하면서 부르르 몸을 떨어대고, 남자애들은 내게 악수를 청한다. 그 순간 난 미래의 장교이자 영웅이 된다. 그런 수법을 쓰기 전과는 비교도 할 수 없는 대우다. 아버지가 잘못되기 전, 그러니까 내가 그저 평범한 한국계 꼬마일 적에 나는 학교에 가길 싫어했다. 어머니와 함께 집에 머물거나 아버지를 따라 낚시나 하러 다니며 살고 싶었다. 학교에 가면 나는 영어도 잘 못하는 바보에다, 친구 하나 없는 외톨이, 그리고 누군가 주먹을 들어 보이기만 해도 몰매 맞은 기억을 떠올리며 몸을 움츠리는 겁쟁이였다. 난 아버지의 죽음, 그리고 미국인들의 분노를 보고 알게 되었다. 애국심을 거짓으로라도 드러내는 게 내가 이 땅에서 살아남는 길이란 걸.

하지만 어쩌면 난 군인이 되지 않을 수도 있다. 난 제니와 함께 언젠가 애니메이션을 만들고 싶다. 내용은…… 내용에 대해 말하자면,

아직 잘 모르겠다. 언젠가 내 이야길 듣고 어머니가 말했다. "한국적인 문화와 정서가 녹아 있는 거라면 좋지 않을까?" 내가 "왜죠?"라고 물었더니 어머니가 당연하단 듯이 말했다. "넌 원래 한국인이잖아. 물론 미국에서 살지만. 하지만 네 몸속엔 조상 대대로 내려온 한민족의 피가 흐르고 있어. 그러니 전통을 소중히 여겨야지." 어머니 말이 내겐 충분한 이유가 되지 못했다. 하지만 어머닌 눈을 빛내며 확신에 차서 말했다. 내 눈엔 어머니가 종교에 빠진 광신도와 닮았다. 나는 솔직하게 내 생각대로 대꾸했다. "그건 어머니 아버지의 나라였을 뿐이에요. 그리고 한국적 전통이란 게 도대체 뭐죠? 한국은 유대인처럼 하나의 종교를 가진 것도 아니고, 특별한 문화나 사상도 없잖아요. 한글이란 것도 당장엔 필요하겠지만…… 언젠가 세계인이 다 영어를 쓰게 될지 누가 알아요. 한국이 내게 준 거라곤 어머니와 아버지뿐인데, 그게 그렇게까지 중요해요?" 어머니는 이마를 짚으며 말했다. "제발 그만해. 네가 그런 말을 하면 난 허방을 딛고 선 기분이 돼. 난 네가 남의 나라에서 뿌리를 잃고 거리를 헤매는 걸 보고 싶지 않다. 사람에겐 어딘가 소속될 곳이 필요해. 식물이 뿌리를 내릴 곳을 필요로 하듯이." 그 땅이 지금 내가 살고 있는 아메리카죠, 라고 말하려다 참았다. 그렇게까지 말하기엔 어머니 얼굴이 너무 창백했다. 게다가 나 역시 이 나라가 그렇게까지 맘에 드는 건 아니다. 유색인으로 살면서 차별당하는 게 대대로 이어진다는 건 좀…… 하지만 뭐, 방법이 없는 것도 아니다. 제니처럼 거의 백인의 외모를 빼닮은 여자랑 결혼한다면 여건이 더 좋아질 수 있겠지.

조금 전부터 제니는 내 어깨에 얼굴을 묻고 잔다. 차가 출렁일 때마다 제니의 머리가 미끄러진다. 팔로 그애를 안고 머리를 손으로 잡아준다. 빨간 머리카락이 손가락 사이로 미끄러진다. 튀어나온 흰 이마에 입술을 댄다. 제니의 불안한 영혼이 느껴진다. 제니는 자기 어머니를 사랑한다. 하지만 자기 어머니의 과거를 의심한다. 동두천에서 아버지를 만났다는 어머니의 처녀시절 사진에는 싸구려 화장품과 헤픈 웃음, 그리고 환락가의 불빛이 어른거린다나. 제니 어머니는 한국엔 절대 가지 않을 거라고 말하는 사람이다. 하지만 제니는 꼭 한국에 가보고 싶다고 말한다. 내가 그 이유가 뭐냐고 물으니 "그냥 좀 궁금해서"라고 대답했다. 그런 점에선 내 어머니랑 닮았다. 그냥 한국에 소속감을 가져야 한다고 주장하는 어머니처럼 무조건이다. 제니 어머니는 왜 제니를 보면서, 그러니까 자기 모습과는 너무도 다르게 생긴데다 미국시민권자인 제니를 보면서 허방에 발을 딛고 있다고 생각하지 않는 걸까. 어떤 사람에겐 그토록 중요한 전통이 다른 사람에겐 치떨리는 기억 외엔 아무것도 아닌 건 왜일까.

이런저런 생각을 하는 동안 버스는 어느새 허드슨 강을 건너 뉴저지 도로를 달리고 있다. 도로변의 고급 쇼핑몰과 호화 콘도, 개인용 유람선 선착장을 지나자 드넓은 숲이 나타난다. 자연만이 언제나 변함없이 나를 반긴다. 일곱살 이후로 나를 키운 땅과 햇빛, 그리고 바람이다. 아버지의 뼈와 살은 산산이 조각나 먼지가 되어 사라진 지 오래다. 먼지는 비를 타고 내려와 땅속으로 스며들었을 거다. 아버지가 원하든 원치 않든 간에. 아버지야말로 철저히 아메리카 합중국의 일부가 되어버렸다. 나와 어머니가 아직 영주권자로 살아가고 있는 것과는 달리. 어머니는 왜 시민권자 되기를 마다했을까. 한국과 미국이 싸우게 되면 미국 편에서 싸우겠습니까, 라는 마지막 질문에 어머니는 일부러 오답을 택했다. 정답이 예, 라는 걸 몰랐을 리가 없다. 어머니는 마지막 순간에 할머니를 떠올린 걸까. 미국이 개입된 전쟁의 희생자가 된 부모님과 이웃들을 떠올리다 얼결에 아니요,라고 답한 걸까. 나라면…… 모르겠다. 나도 얼결에 실수를 했을지 모른다. 여든이 가깝도록 아픈 기억에서 벗어나지 못하는 할머니, 곰을 아버지라 부르는 쇠약한 노인과 매일 지내다보면 저절로 그럴 수밖에 없을지도. 하지만 내 인생은? 내 앞날은? 어머니는 시민권자로서 살아갈 내 권리를 빼앗은 데 대해 사과하지 않았다.

아저씨는 아직도 창밖을 보고 있다. 창밖은 온통 초록이다. 줄지어 선 키큰 활엽수마다 새로 돋은 잎들이 햇살에 반짝인다. 초록 밑바탕에 아저씨의 노란 옆얼굴이 피카소 그림처럼 윤곽을 드러낸다. 한참 바라보다 아저씨의 눈과 마주친다. 그의 시선은 창문에 비치는 나와 제니에게 닿아 있다. 마침 잠에서 깬 제니가 내 입술에 키스를 퍼붓는다. 제니 입에서 민트껌 냄새가 난다. 제니 입술에서 떨어져 다시 고개를 드니 아저씨가 여전히 창문에 비친 우리를 훔쳐보고 있다. 이럴 때 한국사람들은 혀를 차며 말한다. '시건방지게 대가리에 피도 마르지 않은 것들이……' 설마 어머니한테까지 일러바칠 정도로 한심한 사람은 아니겠지.

"지루하시죠? 다 왔어요. 이제 곧 도착할 거예요."

"지루하긴…… 보람아, 예전에 우리가 단짝이었다는 거 기억하니?"

"조금요. 아저씨 등이 아주 넓고 따뜻했던 건 생각나요. 그리고 내게 장난삼아 포도주를 먹인 것도."

"그랬지, 네가 나한테 크면 친구가 되어줄 거라고 했지."

아저씨는 껄껄 웃는다. 마치 젊은시절로 돌아간 것처럼 유쾌하게. 멀리 내가 사는 마을이 보인다.

"넥스트 스탑, 플리즈!"

4

정말이지 난 운이 좋은 사나이다. 예나 지금이나 마찬가지다. 2001년 초가을의 어느날을 제외하고. 그날만 아니었으면 정말 완벽할 수 있었는데. 지금쯤 집에는 내가 사랑하는 사람들이 한자리에 모여 있을 거다. 거기다 액스버리 진달래와 라일락, 앵초, 장미가 자라는 정원은 또 얼마나 아름다울까. 이쯤되면 천국이나 다름없다. 찢겨나간 육신을 수습하지 못해 난 아직 천국에 가보지 못했지만, 오늘처럼 지낼 수만 있다면 부럽지 않다. 일년에 한번, 해마다 구월이 되어야 나를 불러주던 하윤이 이번엔 일찌감치 나를 불렀다. 구월이 되려면 얼마나 남았나, 기다리며 오늘도 구천을 헤매고 있는데 난데없이 빛이 쏟아지더니 이승 가는 길이 열렸다. 게다가 이번엔 나와 같은 날 빌딩에 깔려죽은 자들이 한꺼번에 몰려가는 먼지 자욱한 길도 아니다. 내 등을 미는 스페인계 여자도, 발을 밟는 대머리 백인 남자도, 옆구리를 치면서 앞질러가려는 흑인 청년도 없는 호젓한 길이다.

곰 한마리가 가까이 다가온다. 몸길이가 꽤 되는 수놈이다. 발바닥에서 지독한 냄새가 나는 걸 보니 남의 집 쓰레기통깨나 뒤지고 다녔나보다. 곰이 내 어깨를 스치며 지나간다. 낯익은 냄새가 희미하게 난다. 놈이 언제부터 우리집엘 들락거렸지?

마을 입구에 들어서니 음식 냄새가 왈칵 콧속으로 뛰어든다. 녹두빈대떡은 물론 동태전, 산적, 고사리와 도라지 나물…… 가슴이 뛴다. 멀지 않은 곳에 사람들이 모여 있다. 사랑하는 아내 하윤, 키가 한 뼘이나 더 자란 보람. 그 옆의 빨간 머리 처녀는 보람의 애인? 너무 이른 거 아닌지 모르겠네. 안녕하세요, 싸이먼 씨? 와주셔서 감사합니다. 그런데 장모님은 안색이 좀 안 좋네요. 앵초를 돌보느라 무리하셨나봐요. 여보, 나야. 잘 지냈어? 얼마나 보고 싶었다고. 보람아 너, 정말 많이 컸구나. 야, 맛있겠다.

이봐! 누군가 뒤에서 내 등을 장난스레 툭 친다. 돌아보니 싼체스다. 그는 나와 한날 한시에 구천의 귀객이 된 니까라과 친구다. 아무튼 젯밥 냄새 맡는 데는 귀신같다니까. 귀신더러 귀신같다고 하면 욕이란 거 몰라? 능청스레 웃는 싼체스 뒤로 산딴데르 은행 부지점장 마떼올레, 청소부 아줌마 올가, 마피아 출신 토니, 컴퓨터귀신 하인즈가 따라들어온다. 나랑 같이 몰살당했지만 9·11 희생자 명단에 등록이 안돼 제삿밥도 먹지 못하는 배고픈 귀신들이다. 싼체스는 빌딩 유리창닦이였다. 오랜 세월 건물에 매달려 일했지만 불법체류자 신분이어서 희생자 명단에 끼지 못했다. 부지점장 마떼올레는 자기 이름이 누락된 건 실수라고 주장하지만 정확한 이유는 알 수 없다. 사고가 나기 한달 전쯤 산딴데르 은행의 대대적인 직원 구조조정을 진두지휘한 그는 자신이 이런 처지가 될 줄 알았다면 그리 모질게 직원들을 내몰지는 않았을 거라 후회한다. 청소부 아줌마 올가는 할렘에서 태어난 미국시민권자이지만, 일용직이다보니 그날 그녀가 그 건물에서 일했다는 걸 증명할 길이 없었다. 마피아 토니는 알 수 없는 인물이다. 음지에 있는 자들끼리 정식으로 통성명하면서 거래하지는 않을 테니, 미국에서 가장 흔한 토니라는 이름도 가짜일지 모른다. 한때는 수류탄과 다이너마이트를 하루에 수백 박스씩 팔았다면서 제법 뽐내기도 하는 그는 의혹에 휩싸인 인물이다. 어쩌면 우리는 그가 개입된 비밀작전, 말하자면 보험금을 노리고 빌딩 안에 미리 설치한 폭탄의 희생자들인지도 모를 일이다. 만일 그 사실이 알려진다면 아마 그는 귀계에서도 무사하지 못할 거다. 컴퓨터귀신 하인즈는 태국에서 온 게이다. 성별이 불확실하고, 태국에서 왔다는데 이름까지도 미국 이름으로 개명해 정체를 확인할 수 없다. 그가 태국 출신이라는 유일한 증거는 게이 거세비용이 태국에서는 불과 백오십 달러라는 사실을 잘 알고 있다는 것이다.

뉴욕에서 살다보니 온 세상의 음식을 다 접해본 자들이라 한국식 젯밥도 마다않고 열심히 먹어대고 있다. 민욱, 이 요리는 뭐라고 부르나. 이제야 배가 부른지 싼체스가 코를 비틀며 말을 걸어온다. 그건 퍼멘트 스캐잇(삭힌 홍어)이라네. 롱가니자(아바이 순대와 비슷한 니까라과 순대)를 가장 좋아한다는 싼체스는 김치라면 환장하지만, 홍어만큼은 어쩔 수 없는지 인상을 쓰며 손사래를 친다. 마떼올레가 다음번에는 자기 고장의 그란 산그레 드 또로(황소의 피, 스페인 전통와인)를 가져오겠다고 호언한다. 헤이 마떼올레, 지 밥그릇도 챙기지 못하는 주제에 어떻게 술을 가져오겠다는 거야. 마피아 토니가 빈정거린다. 이봐, 이태리 깡통 토니. 당신, 황금의 제국 스페인의 자손을 어떻게 보는 거야. 마떼올레가 기분나쁘다는 듯 주먹을 꽉 쥔다. 당신네들 피 속에는 원주민을 수십만 죽인 학살자의 피가 흐른다며? 하긴 잔혹한 투우를 즐기는 자들이니까. 토니의 말에 마떼올레도 참지 않고 빈정댄다. 토니, 무기 암거래는 너희 이딸리아계가 전문 아냐? 피냄새 나는 돈을 꽤 만져봤을 텐데. 토니가 정색을 하며 반발한다. 우리가 왜? 마피아가 총쏘던 시절은 옛날이야. 우린 이제 합법적으로 자리잡았어. 고리대

금업으로 돈을 긁은 저런 유대인하고는 질이 달라. 토니는 싸이면 씨를 가리킨다. 죽은 자의 세계에서는 산 자를 가리키면 규율위반이다. 특히 구천을 떠도는 귀신들이 산 자를 괴롭히면, 그나마 이 세계에서 쫓겨난다. 자손의 뒤를 봐주는 산 자의 조상들이 가만있지 않으니까.

당황한 토니가 주섬주섬 변명을 늘어놓는다. 내 말은 무서운 유대인들이라는 거야. 맨해튼에 가봐. 은행 점포가 전부 저 친구들 거지. 그런데 더 무서운 건 그들은 죽을 때 기부를 많이 한다는 거지. 그러면 유대인 욕하는 자들이 많이 줄어. "죽어서는 후손에게 투자한다? 무서운 소리네." 듣고만 있던 내가 한마디한다. "그런데 이봐, 당신 상층부의 비밀을 아주 잘 아는군. 쓸데없는 소리 하지 말고 좀 털어놔. 도대체 우리를 이렇게 만든 사건의 진실이 뭐야." 이 말만 나오면 토니는 언제 그랬느냐는 듯 입을 다문다. 죽어서까지 혈통타령이나 하며 시끄럽게 옥신각신 싸우던 한심한 친구들은 배를 다 채웠는지 하나둘 돌아가기 시작한다. 의료보험이 없어 한번도 치과에 가보지 못했다는 올가 아줌마가 몇개 남은 어금니로 음식을 겨우 먹고 맨 나중에 일어선다. 그녀는 나더러 좀더 느긋하게 즐기다가 오라는 눈짓을 보낸 뒤 부리나케 무리를 따라 뛰어간다.

내 앞으로 감색 점퍼에 청바지를 입은 사내가 지나간다. 누구지? 머리가 희끗희끗한 게 나이가 좀 들어 보이는데. 믿을 수 없다. 우창이다. 나는 우창의 이름을 부르며 그를 힘차게 껴안는다. 우창은 꼼짝도 않는다. 야, 대답 좀 해. 이런, 소귀에 경읽기네. 나 많이 보고 싶었지? 왜 이제야 온 거야. 좋아, 술 따르면 용서하마. 근데 뭘 그리 뚫어져라 쳐다봐? 너 하윤이 바라보는 눈빛이 어째 수상해. 설마, 아직도 하윤이 좋아하는 거야? 정신차려, 인마. 저 여자 이제 눈가에 주름도

64

생기고 머리숱도 많이 줄었어. 하지만 좋아, 이번엔 내 양보하마. 그러면 너 미국 와서 살 거야? 맨해튼에서 눈꼴시린 거 많이 볼 텐데. 보람이 데리고 한국 가서 살 자신은 있어? 그앤 이제 미국사람이야. 아마 안 간다고 할걸. 이런저런 문제로 늘 제 엄마하고 싸우지. 저것 좀 봐. 둘이 또 붙었어.

여자친구 입에 녹두전을 넣어주는 아들에게 아내가 일침을 놓는다. "어른들 앞에서 보기 안 좋아." 아들이 돌아보지 않고 대답한다. "그럼 보지 않으면 되잖아요." "낮에 학교에 전화했더니 넌 아예 교실에 들어오지도 않았다던데? 저애랑 함께 있었니? 갈수록 정말 너무하는구나." 아들은 자리에서 벌떡 일어나 아내를 화단 쪽으로 이끈다. "너무하는 건 엄마예요. 그럴 만한 사정이 있었다고요. 그깟 한글 공부보다 제니가 더 중요해요. 우린 서로 좋아하고, 언젠가는 결혼하게 될지도 몰라요." 아들의 선언에 아내가 어이없는 표정을 짓는다. "지금 네 나이에 할 얘기냐, 그게? 그리고 난 한국 여자가 좋다고 분명히 말했어. 그건 돌아가신 네 아버지도 마찬가지일 거야." 아내는 나까지 들먹인다. 여보, 사실 난 상관없어. 보람이만 괜찮다면. "나도 미국시민권을 포기하면 안된다고 엄마한테 분명히 당부했어요. 그런데도 엄만 면접관 앞에서 아니,라고 대답했죠. 내 인생 따윈 생각지도 않고. 터지지도 않을 전쟁을 염려해서. 그건 그저 가정일 뿐이라고요." 아들은 운동화로 세게 화단을 찬다. 늦게까지 피어 있던 앵초 꽃대가 맥없이 꺾인다. 아내 얼굴이 붉으락푸르락 변한다. "네 친척들이 사는 곳이 악의 축이라고 불려. 심심하면 미사일이 날고. 전쟁이 터져야 정신 차리겠니." 아내 목소리가 점점 커져 테이블에 둘러앉아 음식을 먹는 사람들이 흘긋흘긋 이쪽을 본다. "하지만 미국은 강하고, 여기 사는

한 우린 걱정없어요." 보람이는 지지 않는다. 사실 지기 싫어할 나이
지. "뭐가 걱정없다는 거야. 네 아버지를 보고도 그런 소리가 나와?"
아내는 속상하다는 듯 자리를 뜨려 한다. 보람이 아내의 팔을 잡고 기
필코 마지막 한방을 날린다. "엄마 맘대로 하세요, 난 내맘대로 살 테
니까." 아들이 정원을 가로질러 걸어간다. 말려야 하는 걸까. 나는 달
려가 아들을 덥석 안는다. 이 아이는 이제 나보다 키가 더 크다. 왈칵
눈물이 난다. 이렇게 크도록 내가 해준 게 아무것도 없다. 코밑으로
수염도 거뭇거뭇하다. 강해 보이는 눈빛이다. 하지만 좀 슬퍼 보인다.
난 사실 잘 모르겠구나, 보람아. 네가 왜 어머니와 힘들게 지내는지
를. 솔직히 네가 미국 여자랑 결혼해서 미국인을 낳아 기를 수도 있다
고 봐. 네가 제사까지 안 지내게 될까봐 좀 걱정이긴 하지만. 그렇게
되면 나도, 또 네 할머니 할아버지 들도 외롭겠지만. 하지만 그런 건
하나도 중요하지 않아. 누구든 자기가 살고 있는 땅에 뿌리를 내리고
정을 나누면서 사는 게 순리니까. 다만 한가지만은 잊지 말아다오. 어
느 나라, 어느 곳에서 살든 넌 내 가장 사랑하는 아들이란 걸. 그러니
까 스스로 자기 몸과 영혼을 사랑해야 한다는 걸. 난 정말 네가 남에
게 총을 겨누는 군인이 되는 건 보고 싶지 않구나. 알았지, 아들? 보
람에게 내 말이 전달된 걸까. 보람이 갑자기 걸음을 멈춘다. 눈가를
슬쩍 훔친 다음 뒤돌아간다. 제 외할머니 옆에 앉더니 조기 살을 뜯어
입에 넣어준다. 장모님이 미소지으며 보람의 뺨을 어루만진다.

싸이먼 씨는 아까부터 장모님 옆에 붙어앉아 시중을 들고 있다. 아
내가 우창에게 말한다. "백인들은 정말 친절해. 특히 여자한테는." 싸
이먼 씨가 우창에게 술잔을 부딪는다. "촛불을 준비해야겠어요. 차도
좀 내오고." 해가 지려 한다. 하윤이 자리에서 일어나 집 안으로 들어

간다. 우창이 그 뒤를 따르고 난 우창의 뒤를 따른다. 부엌은 낡았지만 예전 그대로이다. 창틀에 놓인 화분엔 장미가 활짝 피어 있다. 하윤이 오븐에서 잘 구워진 쿠키를 꺼내 접시에 담는다. 우창은 나무딸기 씻는 걸 돕는다. 하윤은 몰래 눈물을 닦는다. 아들과 언쟁하면서 마음을 다친 모양이다. 우창이 하윤의 눈물을 닦아준다. 우창 녀석, 하윤의 볼에 느닷없이 입맞춤을 한다. 우창의 얼굴이 붉게 변한다. 귀까지 달아오른다. 사실 내 눈시울도 뜨거워지고 있다. 하윤이 너무 오랜만에 위로를 받아서다. 그녀는 아직 젊고 예쁘다. 그 나이로 보이지 않을 만큼. 부엌 가득 쿠키향이 퍼진다. 하윤이 딸기를 씻는 우창의 입에 쿠키를 넣어주며 맛보라고 한다. 우창은 감격에 겨운 목소리로 일품이라고 말한다. 실제로는 하윤과 단둘이 있다는 사실에 감격했겠지만. 나는 슬그머니 밖으로 나간다.

싸이먼 씨는 보람에게 자신이 열살 무렵에 유럽에서 겪은 전쟁 이야기를 들려주고 있다. 노인치고는 목소리에 힘이 넘친다. 그는 독일군이 수십명의 우끄라이나인과 유대인 시체를 장작과 함께 쌓는 걸 본 적이 있다고 한다. 장작 사이사이로 검은 머리, 노란 머리, 대머리, 어린아이 머리가 삐죽삐죽 나와 있었다고 말한다. 오층짜리 햄버거 옆구리로 삐져나온 고기를 떠올리면 쉽게 상상이 갈 거라면서. 차를 들고 나온 우창이 그 이야길 듣고 미간에 깊은 주름을 짓는다. 낯빛이 발그레해진 하윤이 쿠키와 딸기를 들고 뒤따라와 옆에 앉는다. 우창은 자기 친구 칼리드란 사내에 대해 이야기한다. 이스라엘군의 폭격으로 한쪽 팔과 가족, 집을 잃어버린 사내 이야기를. 쓸쓸한 표정을 짓던 싸이먼 씨가 술잔을 엎으며 버럭 역정을 낸다. "젊은이, 이스라엘 사람들은 수천년간 당해왔어. 우린 더 많이 억울해." 그때 장모님이 느닷없이 소리친다. "아버지가 왔어요. 어머니." 아, 장모님이 왜 저러나. 아무래도 상태가 심상치 않다. 아내가 주변을 둘러보더니 "백내장 때문에 이젠 잘 보지도 못하셔요"라며 웃음으로 분위기를 바꾸려 한다. 장모님이 역정을 낸다. "냄새가 나요, 어머니. 산사람들한테서 나는 냄새가…… 이쪽으로 오고 있어요." 장모님은 자리에서 벌떡 일어나 어찌할 바를 모르고 오락가락한다. 제니가 갑자기 아악, 비명을 지른다. 제니가 손가락으로 가리키는 쪽을 보니 곰이 이리로 다가오고 있다. 저런, 아까 숲에서 마주친 그놈이다. "음식 냄새를 맡고 왔나봐요." 보람이 말한다. 장모님과 제니가 각각 내지르는 비명 소리에 흥분한 곰이 울타리를 넘어 다가온다. 집 안으로 뛰어들어간 아내가 엽총을 들고 나온다. 아내가 총을 들다니. 믿을 수 없는 일이다. 아내는 곰을 향해 총을 겨눈다. 그 순간 장모님이 아내에게 달려든다. "안돼! 쏘지 마." 탕, 하는 소리가 사방으로 퍼진다. 오발이다. 장모님이 하윤의 팔을 붙잡고 놓지 않는다. 곰은 이제 미친 듯이 날뛴다. 보람과 제니는 의자를 들어 던진다. 우창이 테이블을 쓰러뜨려 가로막을 만드는 동안 싸이먼 씨는 자기 집으로 뛰어간다. 나는, 나는 장모님을 아내에게서 떼어내려 애쓰지만 힘을 쓸 수가 없다. "안돼요, 제발, 살려주세요. 이렇게 빌게요, 아버지를 살려주세요." 장모님이 절규한다. 우창이 아내에게서 총을 받아 순식간에 방아쇠를 당긴다. 곰의 움직임이 갑자기 멈춘다. 곰이 비틀댄다. 몇발짝 더 앞으로 다가오다 끝내 화단으로 쓰러지고 만다. 참혹하게 짓이겨진 앵초들이 강한 풀내를 내뿜는다. 갑자기 사방이 고요하다. 장모님이 바닥에 쓰러져 흐느껴 운다. "경찰에 연락해야겠어요." 그렇게 말하는 건 보람이다.

해가 완전히 지평선 너머로 사라졌다. 내 영정사진 앞에서 가늘고 흰 연기를 피우는 향도 아주 짧아졌다. 저 향이 다 타고 나면 다시 이별이다. 나는…… 아무 도움도 주지 못하고 떠나야 한다. 언젠가 그들이 나를 위해 향을 피우면 다시 돌아오겠지만, 그땐 또다른 모습으로 변해 있겠지, 내가 사랑하는 이들은.

5

하윤의 집이 더이상 보이지 않는다. 그녀가 사는 마을도 어둠에 묻혀 삽시간에 사라진다. 한동안 어두운 숲길이 이어진다. 차창 밖으로 별이 보인다. 별을 반짝이게 하는 건 공기의 산란 때문이라던가. 내 마음이 흔들리는 건 하윤의 한숨 때문이다. 맨해튼에 도착할 때만 해도 전혀 예상치 못했던, 너무 많은 일들이 벌어졌다. 운전을 하는 하윤의 옆얼굴을 훔쳐본다. 넋이 나간 표정이다. 하윤이 혼자 감당하기엔 노모의 상태가 너무 심각하고, 아들은 반항기의 정점에 있다. 그것도 모자라 곰이라니. 그녀는 오늘의 추도식이 그라운드 제로를 떠도는 남편의 영혼을 달래고, 병든 노모를 위로하며, 풍성한 음식과 고운 앵초 사이에서 집안의 안녕을 비는 가든파티가 되기를 바랐다. 남편 없이 새 둥지를 마련하기까지 힘들었던 세월을 스스로 위로하고 싶었던 것이다. 하지만 봄날의 곰은 노모의 옛기억을 깨우고, 여린 앵초를 짓밟고, 하윤의 둥지에 총성과 경찰을 불러들였다. 요란한 싸이렌 소리와 함께 도착한 경찰은 빠르고 거칠게 이런저런 질문을 해왔고 하윤은 짧은 영어로 노모와 곰을 설명하느라 진땀을 뺐다. 하지만 경찰은 고개를 가로저으며 수렵금지 기간이란 말만 되풀이했다. 결국 출두명령서가 배부됐다. 하윤이 갑자기 무너져내렸다. 출두명령서를 받아든 하윤은 거칠게 소리치며 민욱의 영정에 명령서를 집어던졌다.

아직도 화가 풀리지 않았는지 핸들 잡은 손을 쥐락펴락하던 하윤이 신음하듯 내뱉는다. "더이상 견딜 수 없어, 이게 한계야." 이번에는 펜던트에 담아 백미러에 걸어둔 민욱의 사진을 향해 꺼져버려, 이 바보자식아,라고 욕을 퍼붓는다. 물론 진심은 아니겠지만. 설움이 복받치면 누구든 원망해야 하니까. 산 자들은 그래야 살아갈 수 있으니까. 하윤은 민욱한테 무책임한 배신자라고 서슴없이 말한다. "왜 날 이 낯선 땅에 데려다놓고 혼자 가버린 거야, 당신이 바란 게 이거야? 이게 세계인으로 사는 거야?" 그녀 말대로 민욱은 늘 좁은 땅에서 편가르며 사는 게 싫어 국경을 넘는다고 했다. 세계인으로 살고 싶다고 했다. 하지만 실제로 그가 넘은 건 이승과 저승 사이의 경계였다. 그가 죽은 장소는 세계적 명소가 되었다. 그러나 안타깝게도 죽음마저 국경이 나뉘고 이익에 따라 철저히 이용되는 세상이다. 나는 언제나 낡고 지친 심장을 안고 세계화에 맞서 이국의 거리를 행진하면서도, 내 젊은 날의 친구 민욱과 하윤만은 성공한 세계인이 되기를 바랐다. 하지만 민욱과 하윤의 불운한 사정이 못내 마음을 어지럽힌다.

하윤이 제 생활에 대해 불평을 늘어놓는다. 민욱이 죽은 뒤 비자가 소멸되어 불법체류자가 된 이야기부터 작은 가게를 운영하기까지 고생한 이야기가 끊이지 않는다. "내가 뭘 잘못한 거지? 난 그저 조용히 살고 싶었어. 앵초처럼 자잘한 꽃이나 피우면서. 세상은 왜 날 가만두지 않는 거야?" 그녀는 위로받아야 한다. 어떤 말이든 해줘야 할 텐데 통 떠오르질 않는다. "뺨에 묻은 피를 닦아줘도 될까?" 내가 묻자 하윤이 비로소 조용해진다. 나는 왼손을 뻗어 땀과 피로 얼룩진 하윤의 뺨을 문지른다. 얼룩을 닦아내자 부드러운 살갗의 느낌이 되살아난다. 나는 손을 떼지 않고 한동안 하윤의 뺨을 어루만진다. 하윤의 손이 내 손등을 덮는다. 우리는 손을 잡은 채 한동안 달린다. 쿠키향이 가득한 그녀의 부엌에서 딸기를 씻다 말고 하윤의 뺨에 돌발적으로 입술을 댔을 때, 나는 얼마나 오래 그녀를 그리워했는지 알게 되었다. 하윤이 갑자기 도로에서 벗어나 숲으로 들어간다. 인적도 차도 없는 곳에 멈추자 별빛이 창문을 넘어와 차 안을 가득 채운다. 하윤이 내 가슴에 얼굴을 묻는다. 그러고는 흐느껴 운다. 나는 그녀의 어깨를 끌어당겨 세게 안는다. 한참을 그러고 있자 울음을 그친 하윤이 어둠 속에서 긴 숨을 토해낸다. 그녀의 입술에 짧은 입맞춤을 한다.

죠지 워싱턴 다리를 건너는 동안 맨해튼의 야경을 하윤이 유심히 바라본다. 우리 곁에서 민욱을 앗아간 도시의 휘황한 야경, 제국의 영광인 양 번쩍이는 오만한 네온의 거리가 창밖으로 흐른다. 나는 그녀의 옆얼굴을 눈에 담는다. 내게 그녀는 가까이 다가가면 화폭 속으로 사라져버리는 유화 속 개양귀비처럼 아슬아슬하다. 그녀의 흔들리는 삶까지 더해져 지금은 한결 불안해 보인다. 하윤이 살며시 고개를 돌려 나를 본다. 희미하게 웃는다. 나도 따라 웃는다. 그뿐이다. 그녀를 위해 해줄 말이 아무 것도 없다. 해줄 수 있는 게 너무 없지 않은가. 물론 나는 아직 혼자이고, 그녀의 가족을 내 삶으로 끌어들여 단단히 묶어버리는 걸 생각해본다. 사실은 그러고 싶다. 그러나 그녀에게는 한국을 낯설어하는 사춘기 아들이 있고, 생활의 터전인 가게, 이방인이라면 누구나 겪어야 하는 숙명이라 여기며 갖은 친절과 비굴로 겨우 끌어모은 단골고객이 있다. 그녀는 낯선 땅에서 이제 막 새 둥지를 장만하는 중이다. 내가 과연 그녀에게만 헌신하는 새 삶을 살 수 있을까. 어려운 일이다. 내게도 하다 만 일이 너무 많다. 당장 해결하기엔 모든 게 복잡하다. 산다는 건 생각처럼 단순하지 않다. 마흔이란 어쩌면 말할 수 없는 것에 대해 침묵하는 걸 배우는 나이인지 모르겠다. 앞을 주시하며 달리던 하윤이 입을 연다. 목소리가 이상하리만치 높고 가늘다.

"표정이 왜 그래? 벌통을 건드려 혼난 아이 같아. 내 걱정은 마. 잘 지낼 테니."

"누가 걱정한대? 어떻게 살아야 할지 고민중이라고. 네가 보고 싶어지면 나는 어쩌나, 하고 말이야."

하윤이 깔깔 웃는다. 지나치리만치 큰 소리로. 나 역시 마찬가지로 크게 웃는다. 하윤이 다시 멀어져간다. 이제 잠시 후면 우리는 헤어질 거고 하윤은 내 안에 분명한 모습으로 남을 것이다. 멀어질수록 또렷이 형체를 드러내는 유화 속 꽃처럼. 자동차는 점점 더 빠르게 달린다. 비행기 이륙시간이 얼마 남지 않았다. 서둘러 수속을 밟고, 지루함을 참으며 종일 기다려준 송선생에게 달려가야 한다. 멀리 보이는 공항 불빛들이 뿌옇게 흔들린다.

M
역의
나
비

금빛 조리 슬리퍼 한쌍이 초가을 햇빛 속을 느리게 헤엄치며 지나간다. 그것들은 보도블록 위에 닿을 때마다 투명한 소리를 낸다. 반지하 화실 창가에 앉아 졸고 있던 나는 자리에서 벌떡 일어나 거리로 향한 계단을 뛰어올라간다. 금빛 슬리퍼를 신은, 올리브색 늘씬한 다리를 가진 여자는 보이지 않는다. 거리는 한산하고 어느 때보다 조용하다. 점심때를 넘긴 까페 골목은 행인이 뜸한 오후를 지루하게 견디고 있다. 눈부신 햇빛만이 빈 거리를 가득 메울 듯이 조밀하게 쏟아져내린다. 어디선가 도시의 나뭇잎들이 물들어가는 냄새가 난다.

다시 화실로 가기가 싫어져 발길 닿는 대로 걷기 시작한다. 얼마 전까지 이 거리를 가득 메웠던, 활달하게 걷다 못해 팔짝팔짝 뛰기까지 하던 청소년들은 밀폐된 교실에서 작동되지 않는 냉방시설을 흘끔흘끔 바라보며 지루한 수업을 견디고 있을 거다. 그들이 떠난 대학 앞

까페 골목은 버려진 인디음악과 혼란스럽게 그림 그려진 담벼락, 노골적 사랑의 언어로 이루어진 낙서들로 어수선하다. 미란의 것일 리가 없다. 아마도 꿈이었나보다. 꿈이 아니었다고 해도 이제 금빛 조리 슬리퍼는 이 거리에서도 흔한 유행상품에 불과하다. 게다가 내가 미란에게 사준 것은 지금쯤 지구 반대편의 낯선 도로를 딛고 있을 거다. 문자가 도착했음을 알리는 소리가 들린다.

'오늘밤 환송회, 기억하시죠? 기다릴게요. *^^*'

내게 일주일에 두 번 데쌩을 배우러 오는 연수가 보낸 문자다. 별모양의 웃는 이모티콘이 그애의 왼쪽 뺨에 있는 깊은 볼우물을 연상시킨다. 볼우물에서 시작되어 동심원처럼 얼굴 전체로 퍼져나가는 밝은 웃음…… 볼우물에 짙은 잉크 한방울 떨어뜨려본다. 대책없이 밝기만 한 웃음 위로 짙은 파랑이 번진다. 푸른빛을 머금은 웃음. 그 얼굴은 그러나 더이상 연수가 아니다. 새벽기차 안에서 바라보던 낯선 마을, 푸른 안개에 둘러싸인 M역, 갈색 지붕들 위로 멀리 퍼져나가던 근처 성당의 종소리, 그 서늘한 풍경 속으로 금빛 슬리퍼를 끌며 말없이 돌아서 걸어가던 미란이다. 검표원이 맨해튼 펜스테이션으로 가는 열차표에 구멍을 뚫어대는 소리를 들으며 가방에서 싸구려 빵을 꺼내 입에 처넣고 눈물을 삼키던 내가 되살아나 순간 어깨를 움찔거린다. 갓 태어난 병아리 머리 위에 얹힌 알의 껍데기처럼 그때까지 내 정수리에 얹혀 있던, 출생의 잔재와도 같은 어리석음이 부서져내리는 순간이었다. 그뒤로 나는 더이상 순진하지도 않고 어리석지도 않다. 이곳 대학가 지하 화실을 거점으로 내 처지에 맞는 생활방식을 찾아냈고, 내 값어치를 실제보다 더 그럴듯하게 포장해 판매할 줄도 안다. 어쩌면 내 외면을 감싸고 있는 단단한 석고 안에서 인간이 되기를 포기한 채 번데기 모양으로 화석처럼 굳어가는지도 모르지만. 미처 사람으로 완성되지 못한 채 생을 마감하는 수많은 타인들처럼 그렇게 살고 있다. 악어 머리에 사람의 몸통, 혹은 얼룩말 엉덩이와 여우 가슴을 한 처녀, 그도 아니면 소머리에 하이에나 몸통을 한 사람……

내가 그런 이형 토기들을 본 건 이국의 대도시에서 보낸 지난 겨울, 이모네 집 지하실에서였다. 세계 제일의 경제규모를 자랑하는 그 도시의 한인거리에서 이모는 곰탕집을 운영했다. 오래전부터 한번 놀러오라는 권유를 늘 이런저런 이유를 대며 거절하다가 이모가 아프다는 소식을 들은 뒤에야 나는 어머니를 모시고 방문했다. 마침 미술대학을 졸업한 뒤 그림도, 취직도 잘되지 않아 고민하던 차였다.

가끔 목소리만 들은 이모는 생각보다 훨씬 늙어 있었다. 어머니와 두 살 터울로 태어난 동생인데, 마치 십년 뒤의 어머니 얼굴을 미리 보는 듯했다. 이모부가 불법체류자를 검거하는 경찰을 피해 무단횡단하다 차에 치여 죽은 게 이민온 지 불과 삼년 만이었다던가. 그뒤 혼잣몸으로 살림을 꾸려온 이모의 얼굴에는 고단하게 보낸 세월이 깊은 주름으로 고스란히 남아 있었다. 이모의 뺨을 양손으로 연방 쓰다듬으며 어머니는 차마 울지도 못했다. 어머니는 출국 전에 검게 물들인 자신의 머리를 부끄럽게 쓰다듬으며 어서 머리카락이 자라 본래의 흰머리를 이모에게 보여줄 수 있기를 소원했다. 어머니의 흰머리가 제법 눈에 띌 정도로 자랐을 때 이모는 자살을 시도했다. 다행히 한밤중에 요의를 느껴 일어난 어머니가 목욕탕 문을 따고 들어가 피투성이의 이모를 구했다. 그즈음 이모는 알 수 없는 불안이 뇌를 자극하는지 자주 온 집 안을 이리저리 헤집고 다녔다. 밤에는 거의 자지 않았다. 긴 불면의 시간 동안 이모가 어떤 일을 저지를지 알 수 없어 어머니 역시 밤을 지새울 때가 많았다. 이모의 기분을 전환시키거나 원기를 회복하게 하려고 어머니는 버섯된장국이며 쑥떡, 메밀냉면, 해물파전 따위를 만들어줬다. 좋다는 약재도 구해와 열심히 달여댔기에 집 안엔 온통 약내가 풍겼다. 이모는 젊은날에 잠깐 관심을 가진 적 있는 도자기 공예를 다시 해보고 싶다고 했다. 나중에 돈 벌면, 생활이 안정되면 꼭 물레를 하나 가지고 싶었어,라며 이모는 소녀처럼 수줍게 웃었다. 나는 이모에게 물레와 도토를 구해다주었다. 물레를 돌리고 흙을 손으로 만지게 되자 이모는 아주 오랜만에 기분이 좋아 보였다. 잠이 오지 않는 밤에는 내내 흙으로 무언가를 만들었다. 형체가 있는 것들도 있었지만 때로는 아주 특이한 모양도 있었다. 마치 찰흙놀이를 하는 어린아이처럼 보였다. 어느 일요일엔가 이모는 창가 햇살 아래서 자신이 만든 화병을 어루만지며 말했다.

"참 곱지? 이 빛은 내 힘으로 된 게 아니야. 유약과 열이 만나 저절로 만들어낸 거지. 자연이 만들어준 대로 살아야 했는데, 너무 욕심이 많았던 거 같아."

어머니가 이모를 보살피느라 바쁜 나날을 보내는 동안 나는 가게에 나가 온종일 곰탕을 끓여댔다. 미국인들이 잘 먹지 않는 소머리나 등뼈, 사골 들을 말도 안되게 싼값에 들여와 뽀얀 국물이 우러나도록 끓여내는 거라 마진이 꽤 높았다. 하지만 손님 숫자는 더 늘지도 줄지도 않고 늘 고만고만했다. 임대료 내고 종업원 주급 주고, 플로리다에서 공부하는 사촌의 학비와 용돈을 보내고 나면 겨우 생활비가 빠지는 자그마한 가게였다. 의료보험에 가입하지 않은 이모의 치료비를 따로 마련할 수 없는 처지였다. 가게를 팔아도 모자랄 정도로 진료비와 입원비가 비싸 전문적 치료는 엄두도 낼 수 없는 상황이었다. 그나마 한

약 값을 대는 걸로 만족해야 했다.

한달쯤 지나자 나는 곰탕 냄새만 맡아도 속이 울렁거릴 지경이 되어버렸다. 내게 유일한 기쁨이 있다면 세계 각처에서 몰려든 다양한 인종들이 어우러져 살아가는 거리 풍경을 바라보는 정도였다. 하지만 그마저도 곧 시들해졌다. 무엇에든 쉽게 싫증내고 다시 새로운 무언가를 찾아나서는 습성은 어릴 적부터 고질적인 병폐이면서 동시에 내게 그림을 그리게 만드는 힘의 원천이었다. 무언가 새로 열중할 대상을 찾지 못해 허전해하던 내 앞에 미란이 나타난 건 추수감사절을 앞둔 어느날, 다운타운의 까페에서였다. 나는 가끔 거리를 쏘다니며 화폭에 담을 풍경을 사진으로 찍곤 했는데 마침 점심시간이 되어 그곳에 들렀다. 모카커피에 연어샌드위치를 주문해 먹는데 예쁘장한 아시아계 여자들이 안으로 들어왔다. 그중에서도 일본풍의 생머리와 밝은 올리브색 피부를 가진 중키의 여자가 눈에 띄었다. 그날 나는 내 피가 요구하는 대로 그녀 뒤를 쫓아 전철을 탔다. 거구의 백인 사내가 앉았던 이인용 좌석이 나자 여자가 냉큼 자리에 앉았다. 나 역시 망설임없이 옆에 앉았다. 그녀는 몹시 피곤한지 한동안 눈을 감은 채 꼼짝하지 않았다. 얼마쯤 지나자 그녀는 가방에서 신문을 꺼냈다. 뜻밖에도 한글이 빼곡한 정보지였다. 구인구직 광고로 가득한 신문에 붉은펜으로 동그라미를 그리는 그녀 옆에 앉아 나도 무심히 동그라미 안의 글자를 읽었다. 펜스테이션 근처 엘리트 네일, 기술자·초보자 구함. 가게 주소가 이모네 곰탕집에서 멀지 않았다. 그녀가 그날 찾아간 곳은 예의 그 네일가게였고, 다음날부터 거기서 일했다.

나는 틈만 나면 네일가게 근처로 달려가 여자를 창문 너머로 훔쳐보곤 했다. 그나마 주말에만 그럴 수 있었는데 주중에는 그녀가 어학원에 다니기 때문이었다. 처음으로 경험하는 열정이었다. 오전시간을 억지로 빼내어 나도 어학원 초급반에 등록했다. 나는 수업이 채 끝나기도 전에 가방을 챙겨 그녀 교실 앞으로 가 기다렸다. 평일에 일하지 않는 그녀는 시내 곳곳을 구경다니다가 집으로 돌아가곤 했다. 그리니치빌리지나 소호, 첼씨를 쏘다녔고, 미드타운의 고가 상품 매장엔 수시로 들렀다. 하지만 물건들을 눈으로 살피고 손으로 쓰다듬기만 할 뿐 사는 일은 거의 없었다. 그러기엔 그녀의 주머니가 너무 얄팍한 것 같았다. 일주일쯤 지나자 여자가 거기 곰탕 맛있나요,라며 내게 아는 척을 해왔다. 그날 이후 우리는 급격하게 가까워졌고, 금요일 저녁에는 이스트빌리지의 지하 바에서 플라멩코 춤을 추는 댄서가 나타나길 기다리는 사이가 되어 있었다.

"대학에 진학할 거야?"

내 질문에 미란은 꾸바 칵테일 모히또를 한모금 마신 뒤 크리스털 잔을 돌려대며 짧게 대답했다.

"내 형편에 무슨…… 비자 연장하려고 학원 다니는 거야."

고개를 끄덕이는 대신 나는 모히또에 담긴 사탕수수를 꺼내어 입에 넣고 소리가 나도록 빨아먹었다. 그때 건너편 테이블에 앉아 등을 보이고 있던 남미계 여자가 자리에서 일어나 무대로 올라갔다. 여자는 테이블 위에 얹혀 있던 붉은 장미를 귀에 꽂더니 쏟아지는 음악에 몸을 맡겨 플라멩코를 추기 시작했다. 시간이 지날수록 춤은 점점 더 격렬해졌고, 무희는 거센 운명을 받아들이되 그에 굴복할 수 없다는 듯 입술을 꼭 다문 채 팔을 흔들고 발을 굴렀다. 만두 모양의 초콜릿 맛 엠빠나다를 한입 베어문 미란이 소리쳤다.

"역시 달콤한 게 좋아, 진지하게 사는 건 이제 질색이야!"

모히또에 들어간 럼주가 미란의 심장을 지배하기 시작한 걸까. 미란은 갑자기 말이 많아졌다.

"부모님은 언제나 오빠만 위했지. 딸은 적당히 공부시켜 시집보내면 된다고 생각하는 사람들이었으니까. 어항 속 물고기의 움직임보다 더 빤한 내 미래가 혐오스러워 집을 뛰쳐나왔어. 어렵게 마련한 돈으로 비행기 티켓을 끊어 이 도시에 왔을 때 나는 거의 빈털터리였지. 처음 얼마간은 네일아트 기술을 배워 생활비를 마련하면서 디자인학원에 다녔어. 전화에 대고 미친년이라고 욕해대는 부모님과 오빠한테 어떻게든 성공한 모습을 보여주고 싶었거든. 부와 명예…… 하지만 결국 디자인 공부는 포기했어. 알레르기가 심해져서 이젠 네일 일도 많이 못해. 있는 힘껏 뛰었는데 고작 여기가 내 자리야. 죽기 직전…… 후후."

"설마 죽을병에 걸린 건 아니겠지?"

"어머, 너 놀란 눈이 참 예쁘다. 사슴 같아. 맘에 들어, 진짜로."

화제를 돌리고 싶어서였을까. 엉뚱한 말을 늘어놓으며 미란은 재즈 블루스에 맞춰 상체를 흔들기 시작했다. 얼마쯤 지나 내가 다시 말했다.

"어항 속처럼 빤한 인생? 내 미래가 그렇게 뻔히 보인다면 차라리 좋겠어. 한치 앞도 보이지 않는 게 내겐 오히려……"

미란의 붉은 입술이 내 입술에 포개진 건 그 순간이었다. 달콤한 초코향이 내 뇌세포를 마비시켰다. 잠시 뒤에 촉촉하게 젖은 눈으로 내 눈을 응시하며 미란이 말했다.

"진지한 건 이제 질색이야, 진짜로."

미란을 따라다니느라 가게에 붙어 있지 않는 날이 많아졌다. 어머니는 자주 내게 인상을 썼다. 투병중인 이모의 심기를 불편케 할까봐 목소리를 잔뜩 낮추고 강한 어조로 나무라야 했기에 어머니 얼굴은 칠면조처럼 붉으락푸르락했다. 그 모습은 무섭기보다 좀 희극적으로 보였다. 나는 이미 미란처럼 진지한 건 질색인, 사랑에 중독된 사내였다. 어머니는 혈압이 오르는지 뒷머리를 손바닥으로 짚고 병약한 표정을 짓기도 했다. 그럴 때면 양심의 가책이 느껴졌지만 그때뿐이었다. 가마솥에서 미친 듯이 용솟음치며 끓는 곰탕처럼 내 몸 역시 뜨거운 정염으로 들끓었다. 어느날 나는 미란에게 그녀의 나신을 그리고 싶다고 용기내어 말했다. 이 도시의 그 어떤 건물도, 화려한 장신구도, 멋진 조각품도 그녀만큼 아름답지 못하다는 달콤한 고백과 함께. 그것은 진심이었다. 적어도 당시 내겐 그랬다. 볼우물이 팬 연수의 얼굴이 끝내 미란의 모습으로 변하는 걸 보면 어쩌면 아직도 그렇게 생각하는지 모른다. 그렇다면 나야말로 미친놈이다. 주머니 속 전화기가 신호음을 낸다. 폴더를 열어보니 연수가 보낸 문자가 도착해 있다.

'선생님, 이제 학교 수업이 끝났어요. 오늘 꼭 오실 거죠? 유학가기 전 마지막 환송회니까 늦더라도 와주세요. 꼭요. ^^'

웃는 이모티콘이 연수 얼굴만큼이나 밝고 깜찍하다. 어느새 해가 지려는지 서쪽 빌딩들이 붉게 빛나고 있다.

* * *

'브루클린으로 가는 마지막 출구'라고 씌어진 곳을 지나 지하철역에서 나오며 그날 난 오래전에 본 동명의 영화를 떠올렸다. 아름다운 피아노 음악, 더럽고 어두운 뒷골목, 파업중인 노동자들, 게이의 사랑, 몰매, 한국전에 참가하는 젊은이, 벌거벗은 금발의 창녀, 옷을 덮어주며 울던 소년…… 산다는 건 결코 만만찮다고, 인물들의 치열한 몸부림이야말로 삶의 진실이라고 중얼거리며 본 영화였다. 검은 패딩 점퍼에다 목도리를 친친 감은 미란을 따라 들어간 허름한 뒷골목엔 추위와 어둠, 그리고 무언가 썩어가는 냄새가 기다리고 있었다. 모자를 깊이 눌러쓴 키작은 스페니시 청년이 자전거에 짐을 잔뜩 싣고 내 옆을 지나며 험한 욕을 퍼부었다. 거리 구경에 정신이 팔린 내가 그의 앞을 여러번 가로막았나보았다. 낙서와 희한한 그림 들로 가득한 거리엔 미처 녹기도 전에 얼어버린 눈들이 군데군데 쌓여 있었다. 이스트 넣은 빵처럼 몸이 부푼 흑인 여자가 거대한 피자 조각을 먹으며 창밖을 내려다보는 건물을 지나자 공원이 나타났다. 거기부터는 붉은 벽돌의 오래된 저층 아파트들이 이어져 있었다. 아파트의 현관문을 열고 들어가 좁고 어두운 계단을 한참 올라가니 페인트칠이 군데군데 벗겨진 문이 보였다. 미란이 가방에서 열쇠를 찾으며 투덜댔다.

"시간당 오십 달러면 뉴욕에서 가장 싼 모델이야, 알지?"

그 도시의 겨울만큼이나 차갑고 분명한 거래였다. 하지만 말투만은 거래에 익숙한 뉴요커 특유의 친절함을 장식처럼 달고 있었다.

"마침 룸메이트가 여행가고 없어. 크리스마스를 마이애미 해변에서 보내는 게 소원인 앤데 드디어 비행기 티켓을 구했대. 새로 부자 애인을 사귀었거든."

침실과 거실과 부엌이 나란히 연결된 원룸이었다. 좁은 공간이지만 창문을 통해 들어오는 오후 빛이 실내에 부드럽게 퍼져 있었다. 그늘진 골목길을 지나온 탓인지 비껴드는 햇빛이 유난히 화사해 보였다. 잠시 뒤에 그 이유가 창문 맞은편에 걸린 작품 때문이란 걸 알게 되었다. 처음엔 노랑과 초록, 주홍과 남색으로 장식된 스테인드글라스처럼 보였다. 투명하면서도 화려한 색은 햇빛을 받아 더욱 찬란하게 빛을 발했다. 한줄기 빛에 이끌린 곤충인 양 나는 벽 쪽으로 다가갔다. 하지만 가까이 다가갔을 때, 그만 흠칫 놀라 한걸음 뒤로 물러서고 말았다. 진짜 나비들을 말려붙인 거였다. 꽃밭 위를 날던 나비들의 현란한 무덤이라니. 등줄기가 오싹해졌다.

"색이 예사롭지 않지? 자연의 빛이니까. 꽤 알려진 영국 출신의 젊은 화가 작품인데, 오래전에 룸메이트가 여행길에 구한 거래. 작가는 대충 구성만 해놓고 겨우 열 마리 나비를 붙인 채 가져가서 완성하라면서 팔아넘겼대. 무명시절부터 괴짜였나봐. 결국 내가 마무리 작업을 했지. 이 집에서 유일하게 값나가는 거야."

미란이 자못 자랑스럽다는 듯이 말했다. 그러고는 빛이 사라지기 전에 그리라며 재빨리 옷을 벗었다. 나는 얼결에 들고 있던 이젤을 펴고 화구들을 늘어놓았다. 박제된 나비들 탓인지 미란의 아름다운 올리브색 알몸 때문인지 알 수 없지만 심하게 손이 떨렸다. 어쩌면 실내 기온이 너무 낮은 때문인지도 몰랐다. 미란의 입술이 빠른 속도로 푸르게 변해갔다. 그녀의 몸에도 소름이 돋아나 짧은 갈색 체모들이 올올이 일어섰다. 하지만 미란은 따끈한 커피를 마실 뿐 실내 온도를 높이려 들지 않았다. 난방비가 장난이 아니야,라며 고집스레 입술을 앙다물고 참는 그녀는 플라멩코를 추던 무희의 표정과 닮아 있었다. 거센 고난의 운명을 감내하겠다는 듯 굳게 닫혀 있던 입매와 도발적인 눈빛.

나는 빠르게 미란의 몸을 드로잉했다. 사위어가는 오후 빛이 비쩍 마르고 추위로 바들바들 떨어대는 미란의 몸을 가련하게 쓰다듬으며 낡은 회색 카펫 위로 떨어졌다.

"나비는 어디서 잡아다 붙였다는 거지? 시내에선 쉽지 않았을 텐데."

"여기서 멀지 않은 M역에 가면 아주 많아. 돈이 꼭 필요할 때만 찾아가는 아저씨가 사는 곳인데, 봄이면 나비떼가 짝짓기를 하려고 몰려다니거든. 색이 정말 예쁘지? 화가는 죽을 수밖에 없는 운명을 타고난 생명에 관심이 많았대. 그래서 영생으로 바꾸고자 했다지 아마. 룸메이트 말이 언젠가 저 화가의 작품은 어마어마하게 비싸게 팔릴 거래."

미란이 말하는 동안 파란 나비떼가 그녀의 온몸을 뒤덮어버렸다. 더이상 견딜 수 없었는지 미란이 침대 속으로 기어들어갔다. 나는 화구를 정리했다. 미란이 한마디 던졌다.

"색은 칠하지 않을 거야? 난 색 있는 그림이 좋은데."

"나중에 네 피부를 떼어다 붙이는 게 어떨까? 천연 빛이라 아마 꽤 괜찮을 거야."

내 목소리는 천장 높은 실내에 부딪혀 투명한 얼음처럼 차갑게 부서져내렸다. 도대체 내가 왜 그렇게 심통을 부렸는지 알 수 없다. 화가 지망생인 내 앞에서 미란이 자꾸 웬 젊은 화가 타령이나 해댄 때문만은 아니었을 거다. 생을 연장하기 위해, 원인이 분명치 않은 뇌질환을 치료하려고 온갖 쓴약을 먹고 있는 이모의 퀭한 눈과 야윈 뺨이 자꾸 떠올라서였는지 모르겠다. 그때 미란이 신음을 토하듯이 말했다.

"아, 너무 춥다. 죽을 거 같아. 이리 와서 나 좀 안아줘."

하지만 나는 약속한 액수대로 돈을 세어 탁자에 올려놓고 밖으로 나와버렸다. 등뒤에서 이 비겁한 자식아, 팁도 없냐?라는 미란의 앙칼진 목소리가 들려왔다. 나는 발걸음을 멈추고 주머니를 뒤졌다. 더이상 가진 게 없었다. 다시 계단을 내려갔다. 위층에서 울부짖는 소리가 들렸지만 길 잃은 고양이의 울음이었는지도 모른다고 생각했다. 그 순간 미란이 계단을 뛰어내려와 등뒤에서 나를 껴안았다.

"가지 마, 제발. 혼자 남는 게 두려워. 날 붙잡아줘."

* * *

석양빛이 거리를 물들이는가 싶더니 금세 어둠이 내린다. 하나둘 네온이 밝아온다. 자주 들르는 까페에서 국화차를 마신 뒤 나는 다시 화실로 향한다. 길 한복판에 한무리의 여학생들이 몰려 있다. 무슨 일인가 호기심으로 다가가보니 특이한 모양의 장신구들이 놓인 노점 가판대가 있다. 디자인을 전공하는 학생이나 아마추어 예술가가 직접 만들어 파는가보다. 잘 알려진 이 거리만의 풍물이다. 주인으로 보이는 여자가 가판대 옆에 앉아 비즈공예품을 만들고 있다. 대수롭지 않은 거라 발길을 돌리려는데 언뜻 낯익은 화사한 빛이 눈앞을 스친다. 등이 서늘해지면서 손가락 끝이 떨린다. 여학생들이 호들갑스레 말한다. 진짜 나비인가봐. 설마 모형이겠지. 모형치곤 너무 정교해. 박제된 나비로 만든 목걸이라니, 좀 끔찍하지 않아? 하지만 아주 특이하잖아. 이 많은 나비를 어디서 잡았을까?

"M역 근처에 가면 많지."

목걸이를 들여다보던 내가 낮은 목소리로 중얼거리자 모자를 깊이 눌러쓴 여자가 손놀림을 멈추고 고개를 치켜든다. 여자는 호기심 가득한 표정으로 나를 본다. 여자의 눈길 앞에서 내 심장은 빠르게 고동

친다.

테이블마다 갓등을 켜놓았지만 찻집은 꽤 어둡다. 사물들이 형체를 흐리며 멀어져간다. 시선을 한군데로 이끄는 등불처럼 여자와 나의 대화는 미란에 대한 것으로 모아진다. 여자는 지난여름에 미란이 얼마나 힘들어했는지 이야기한다. 그 도시에선 유행성 독감처럼 종종 우울증에 걸리곤 하지요,라고 말한 뒤 한참을 침묵하던 여자는 크게 한숨을 쉬고 나서야 달려오는 기차에 뛰어들어 피를 뿌리며 쓰러진 미란의 처참한 죽음에 대해 들려준다. 상황을 그대로 재현하려는 듯 상세하게 설명을 덧붙이며. 온갖 빛깔의 나비떼가 기관차에 부딪혀 죽어가던 장면이 떠오른다. 나비들이 머릿속을 마구 휘저어 어질어질하다. 미란에 대한 생각에 빠져 나는 한마디도 하지 못한다. 내 눈길은 여자의 슬리퍼에 가닿은 채 꼼짝하지 않는다. 한참 만에 그 사실을 눈치챈 여자가 묻는다.

"이 신발, 미란이 남긴 나비 목걸이와 함께 내게 보내진 유품이에요. 아직 멀쩡해서 신었는데, 혹시 그쪽이 선물한 건가요?"

나는 그렇다는 표시로 고개를 끄덕이고는 차마 다음 말을 잇지 못한다. 내가 그 신발을 미란에게 준 건 브루클린의 아파트에 들른 날로부터 한참 뒤의 일이었다. 그날, 차가운 미란의 알몸을 안고 밤을 보낸 뒤로 한동안 나는 미란의 집에 들락거렸다. 그러다 이모의 증세가 악화되어 며칠 들르지 못했는데 다시 그곳에 찾아가니 미란이 없었다. 전화를 받지 않아 직접 가게로 찾아갔지만 이미 그곳도 그만둔 뒤였다. 아파트는 주인이 바뀌었고 다니던 학원에 가보니 등록조차 하지 않았다고 했다. 미란을 찾아 시내 곳곳을 헤맸지만 어디서도 그녀를 발견할 수 없었다. 그해 겨울은 유난히 춥고 길었다. 끔찍한 계절이었다. 겨울방학을 하자마자 플로리다에서 돌아온 사촌이 이모를 돌보았지만 병세는 눈에 띄게 악화되어갔다. 어느날 아침, 나는 오랜만에 지하실에 내려가보았다. 밤새 이모가 만든 토기들이 창백하게 말라가고 있었다. 악어 머리에 사람의 몸통을 한 인형, 혹은 얼룩말 엉덩이와 여우 가슴을 한 처녀, 그리고 소머리에 하이에나 몸통을 한 자…… "내 모습을 만들고 있었어. 열살 무렵의 나, 스무살 처녓적의 나, 그리고 중년의 나. 미처 사람이 되기도 전에 죽겠구나."

　이모는 말을 마치고는 막 떠오른 아침햇살을 받으며 얕은 잠에 빠져들었다. 심한 불안증과 자살충동으로 고생하던 이모는 언제부턴가 물레를 돌리다 말고 손가락에 아무 느낌이 없다며 흙을 짓뭉개더니 벽과 가구, 사람들을 향해 미친 듯이 내던졌다. 섬세한 작업을 하기엔 이모의 근육이 온전히 말을 듣지 않는 듯했다. 게다가 시력마저 급속히 악화되어 점차 사물을 구별하지 못했다. 자주 의자에 걸려 넘어지고 벽에 이마를 찧었다. 방 안에서 걷다가도 넘어지기 일쑤였는데, 한번 넘어질 때마다 찬바람에 낙엽지듯이 우수수 기억들이 떨어져나갔다. 심지어 나와 사촌을 보고도 누구냐고 묻거나 두려움에 떨며 몸을 숨기려 들었다. 이모가 마지막까지 기억한 건 그나마 내 어머니뿐이었다. 치매에 걸리기엔 너무 젊은 나이라면서 어머니는 연방 고개를 젓고 눈물을 닦아댔다. 더이상 한약 따위에 희망을 걸 수조차 없을 정도로 이모의 육체는 빠르게 무너져내렸다. 경칩이 지난 어느 월요일 아침, 이모는 머리가 몹시 아프다며 짐승 같은 비명을 토해내다 결국 생을 마감했다.

　우울하고 서글픈 봄날은 지루하게 흘렀다. 싱그러운 나무 잎사귀와 온갖 꽃 들로 세상이 다시 풍요롭게 채워진 초여름에야 나는 도시 한복판의 공원을 산책할 수 있었다. 거기서 나비 몇마리를 보았다. 문득 M역에 가야겠다는 생각을 했다. 거기 가면 나비를 잡으러 오는 미란을 만날지도 모른다는 기대감이 발걸음을 재촉했다. M역은 도심에서 그다지 멀지 않은 교외의 역이었다. 조용하고 아름다운 곳이었다. 나비들이 철로에서 한가로이 놀고 있었다. 근처의 까페에 들러 차를 마시고 간단한 음식을 주문해 먹었다. 골동품을 파는 상점에 들르기도 하고 인디언 기념품을 파는 곳을 구경하기도 했다. 그러던 끝에 다양한 장신구와 신발, 스카프 따위를 파는 작은 상점에서 진짜 나비를 붙여 만든 목걸이를 발견했다. 몸집이 제법 큰 아주머니가 다가와 그건 예쁜 동양 여자가 손으로 직접 만든 거라고 설명해줬다. 그 여자가 혹시 다시 오느냐고 묻자 주인은 가끔 남편과 함께 와 물건을 주고 간다고 했다. 거기서 며칠 동안 미란을 기다렸다. 이모의 사십구재가 끝나는 대로 귀국하기로 되어 있었기에 마지막 몸부림이나 마찬가지였다. 나는 미란을 기다리고 또 기다렸으나 그녀를 만날 수 없었다. 결국 여기까지가 우리 인연인가보다고 체념하며 가게를 나서려는데, 거의 백발에 가까운 이딸리아계 남자의 팔짱을 낀 미란이 가게문을 열고 들어왔다. 나를 본 미란은 몹시 당황했다. 얼마쯤 지나 표정을 가다듬은 뒤에야 옆에 있는 노인에게 뭐라 말하더니 그를 먼저 돌려보냈다. 나는 그녀가 다가올 때까지 꼼짝 않고 기다렸다. 손에 잡히는 대로 집어든 금빛 조리 슬리퍼를 가슴에 품은 채. 주인이 사겠느냐고 물었다. 어떻게 값을 치르고 그곳에서 나왔는지 모르겠다. 미란과 나는 멀리 떨어진 채 걸었다. 우리가 한참 만에 다다른 곳은 근처의 호수 공원이었다. 드넓게 펼쳐진 초지와 숲에는 야생화가 만발했고 수많은 나비가 날고 있었다.

"올핸 너무 많은 나비가 날아와. 차에 치여 죽어가는 나비들이 안타까워서 장신구를 만들게 됐어. 하지만 돈벌이를 위해서는 아니야. 남편이 꽤 부자거든."

미란이 슬쩍 내 눈치를 살폈다. 나는 가만히 듣기만 했다. 미란은 공부를 계속하도록 남편이 디자인학교에 보내준다고 말하며 옆눈으로 조심스레 내 표정을 읽었다. 한참 만에 내가 입을 열었다.

"미란아, 나랑 지금 떠나자."

천천히 걷던 미란이 제자리에 멈춰섰다. 그녀 어깨에 걸려 있던 빨간 프라다 가방이 툭 떨어져 팔에 걸렸다. 꼼짝않는 그녀 주위로 나비떼가 춤추듯이 날아다녔다. 온갖 색의 향연이었다. 미란이 고개를 흔들었다.

"나 임신했어."

미란의 한마디에 심장이 얼어붙는 것 같았다. 나는 괴성을 질렀다.

"뭐라고? 늙은 애를 뱄다고?"

"늙은 애가 세상에 어디 있어. 늙은이 애라면 몰라도."

미란은 짐짓 농담인 양, 아니 농담으로 상황을 벗어나려는 듯 익살스러운 표정을 지으며 과장되게 웃었다. 그런 미란의 태도가 나를 더욱 화나게 했다.

"아니, 그건 늙은 애야. 처음부터 아버지도 늙었고 어머니도 늙었으니까. 넌, 넌 인생을 살아보기도 전에 늙어버렸어. 정말이지 추악해. 냄새가 난다고. 죽은 나비를 몸에 걸치고 다니는 더러운 돈벌레!"

어떻게 그런 말들이 쏟아져나왔는지 모르겠다. 아마 그뒤로 더 험하고 독한 말들이 내 입에서 쏟아졌을 거다. 하지만 지금은 기억나지 않는다. 나는 그녀의 손에서 프라다 가방을 빼앗아 멀리 내던져버렸다. 잔디 위에 거꾸로 처박힌 새빨간 가방으로 나비떼가 달려들었다. 미란은 입을 꼭 다문 채 꼼짝하지 않았다. 어느새 해가 지고 있었다. 한참 만에 다시 역에 도착했을 땐 사방이 어두웠다. 몇대의 열차가 멀리서 다가와 내 앞에 멈추었지만 나는 올라타지 않았다. 그런 식으로 끝낼 수는 없었다. 미란 역시 먼저 자리를 뜨지는 않았다. 열차가 더 이상 오지 않자 우리는 근처 호텔을 찾아들어갔다. 나와 미란은 서로를 꼭 껴안고 침대에 누웠다. 미란의 심장 뛰는 소리가 내 가슴으로 전해졌다. 이어 그녀의 뱃속에 있는 작은 심장소리가 들리는 것 같았다. 마치 우주에 두 개의 태양이 존재한다는 듯이. 밤은 길고도 짧았다.

"행운을 빌어. 날 비껴간 게 이미 네 행운이란 걸 곧 알게 될 거야."

새벽 푸른 공기 속에서 미란이 마지막으로 입을 열었다. 근처 성당에서 울리는 종소리가 사방으로 흩어졌다. 기차가 시끄러운 소리를 내며 다가왔다. 열차가 내 앞에 멈추어섰고, 나는 천근보다 무거운 발을 겨우 한발 떼었지만 다시 제자리에 서고 말았다. 그때 미란이 먼저 돌아서 걷기 시작했다. 이번엔 한번도 뒤돌아보지 않았다. 아침햇살을 받아 눈부시게 빛나는 금빛 슬리퍼를 신고 그녀는 눈앞에서 멀어져갔다. 열차가 출발하고 속도를 내자 수없이 많은 나비들이 부딪혀 철로로 떨어져내렸다. 어디서 그렇게 많은 나비들이 날아왔는지, 왜 그토록 속절없이 죽어가는지 알 수 없는 노릇이었다. 승무원에게 줄 열차표를 찾으려고 가방을 열어보니 언제 샀는지 모를 도넛이 있었다. 승무원이 차표에 구멍 뚫는 소리를 들으며 나는 입이 미어져라 밀어넣은 도넛과 함께 눈물을 삼켰다.

미란의 룸메이트였던 여자와 헤어져 화실로 돌아오다가 낙서로 가득한 어느 담장에 기대어 나는 연수에게 환송식에 가지 못해 미안하다는 내용의 문자를 보낸다. 잠시 뒤 연수가 보낸 답장이 밝은 신호음과 함께 도착한다. '내일이면 떠나는데 끝내 안 나타나다니 너무해요. 미워, 잉. 그나마 문자라도 보내줘서 용서하는 거예요. 대신 꼭 성공해서 돌아오라고 기도해주실 거죠? *^^*'

별모양을 넣어 만든 이모티콘은 여전히 명랑하게 웃고 있다. 볼우물 깊은 연수는 그 도시로 날아드는 수많은 나비들에 대해 알고 있을까. 나비들이 얼마나 힘없이 죽어가는지, 아니 때로 어떻게 산 채로 빛을 빼앗기는지 생각해봤을까. 그 아이는 살아남아 되돌아올 수 있을까. 불길한 마음을 털어버리려 나는 밤거리를 뛰기 시작한다. 제각각 빛을 뿜어대는 수많은 네온들이 사방에서 날아든다. 빛가루를 뿌려대던 그것들은 뒤엉켜 수채화처럼 번진다. 끝내 빛무리가 눈앞을 하얗게 가로막는다.

달을 향하여

하나, 희망은 죽음의 어둠속에서도
별을 보고 사랑의 날갯짓을 듣는다
──로버트 잉거쏠*

　회현동길로 접어들자 なべもの(나베모노), すきやき(스끼야끼), 南京飯店(난징판뗴) 같은 외국어 간판이 자주 눈에 띄었다. 한때 대연각 연회에 나가는 양동 아가씨들이 살던, 다다미방 달린 집들도 아직 더러 남아 있었다. 관광호텔은 여전히 일본인들을 상대하는지 パチンコ(파찐꼬) 글자가 크게 씌어진 입간판을 길가에 세워놓았다.
　어딘가 부도덕한 기운이 감도는 골목이 내게 어린날의 향수를 자극했다. 이 길 끝에는 어머니가 시립아파트를 분양받아 이사가기 전까지 살았던 우리집이 있다. 내가 일곱살 된 해던가. 부모님은 덕호네 마당에 있던, 다 쓰러져가는 똥둑간을 샀다. 어머니는 돈이 생길 때마다 씨멘트를 한포씩 사다 나르고, 초등학교 교사인 아버지는 틈만 나

────────────

* 클리포드 A. 피코버, 고용규 옮김 『천국의 별』(향연 2006)에서 재인용.

면 한강에 가서 모래를 사왔다. 씨멘트와 모래와 물은 한데 뒤섞여 곧 벽돌로 찍혀 굳어갔고, 부모님의 내집 장만이란 꿈도 점점 더 단단하게 여물어갔다. 대지 열 평짜리 똥둑간 자리에 작고 작은 이층집이 세워졌다. 아래층엔 방 하나에 좁은 부엌이 딸려 있고 한사람이 겨우 다닐 만한 작은 계단이 부엌 뒤쪽으로 나 있었다. 계단을 오르면 방 하나가 더 있었다. 부잣집 아이들이 가지고 노는 인형의 집보다 조금 더 큰 집이었다. 예쁘고 근사하진 않았지만, 그런대로 재미있는 구조였다. 나와 장가 안 간 삼촌이 윗방을 썼고, 어머니와 아버지, 어린 여동생들은 아랫방을 썼다. 동네 아이들은 나를 놀릴 때마다 우리집을 똥둑간집이라 불렀다. 사실 우리집엔 똥둑간이 없었는데도 말이다. 똥둑간을 팔아먹은 덕호네와 우리 식구는 마을 사람들이 다함께 이용하는 공동뒷간을 썼다. 아침이면 산 쪽으로 난 좁은 골목을 걸어가 뒷일을 보고 내려와야 했다. 그때문에 작은 성냥갑 같은 집들이 이마를 맞대고 늘어선 골목을 덕호와 나는 모르는 곳이 없을 만큼 누비고 다녔다. 지금도 삶의 막바지에 다다른 듯 절망감이 들 때면, 나는 때때로 수십년 전에 떠난 도심 속의 고향, 회현동 골목을 떠올리곤 한다. 조악한 슬레이트집과 루핑집, 허름한 일본식 집 들어 얼기설기 이어진 사이로 좁고 구불구불하게 나 있던, 어머니 주머니를 뒤져 알사탕이라도 사먹은 날 회초리를 피해 도망치다보면 뜻밖에도 눈앞에 새롭게 나타나던, 그 숨어버리기 좋던 샛길들을.

'회현큐큐'라고 씌어진 간판이 걸린 허름한 상가 앞에서 걸음을 멈추었다. 분명 우리 식구가 살던 꼬마 이층집이 있던 곳인데 지금은 낯선 건물이 들어서 있었다. 회현큐큐 유리문 안쪽을 들여다보았다. 단춧구멍, 니나인치, 간도매 등의 글자가 색색으로 씌어진 유리문 너머 낯선 실내의 정경이 눈에 들어왔다. 벽면에 매달린 수십개의 색색가지 실타래, 쌓인 옷가지, 드륵드륵 소리를 내는 두 대의 재봉틀, 그 북새통 속에서 쉼없이 손을 놀리며 일하는 남녀…… 그중 사내는 반백의 머리칼로 미루어 중년으로 보이는데 소매 아래 드러난 팔뚝은 꽤나 탄탄해 보였다. 무심결에 내 팔뚝을 만져보았다. 물컹한 살이 맥없이 잡혔다. 언제부터인지 모르겠다. 새로 이사온 옆집 남자가 나보다 늙어 보이면 안도하게 되고, 오랜만에 산 책의 저자가 나와 동년배면 아니꼬워지고, '성공시대'라는 텔레비전 다큐멘터리에 나오는 벤처기업 사장이 나보다도 한참 어리면 심한 열패감에 빠져들게 된다. 낡아빠진 딱지나 구슬의 수에 빠져들던 악동시절, 아침마다 친구들과 키재기를 해보던 그 하릴없는 짓거리를 지금껏 계속하고 있는 것이다.

"이 옷은 단춧구멍이 열네 개씩이거든. 빼먹지 않도록 조심해."

아내인 듯 보이는 중년부인의 카랑카랑한 목소리가 안쪽에서 들려왔다.

"웬 놈의 구멍이 그리 많대?"

어눌하면서도 볼멘 사내 목소리를 듣자 실없는 웃음이 솟았다. 구멍이란 단어가 엉뚱한 이미지를 떠올리게 한 것이다.

아내와 잠자리를 하지 않은 지 꽤 되었다. 작년 송년모임에 참석한 날이 마지막이었으니 벌써 두달째다. 아내는 꼬박꼬박 가계부를 적는다. 신혼 초엔 별거 아니라고 여겼다. 하지만 생각보다 오래, 심지어 애들이 감기에 걸려 뒷수발로 며칠씩 밤잠을 설친 날에도, 오랜만의 나들이로 조금은 들뜨고 피곤한 날에도 어김없이 가계부를 펼치는 아내를 보면서 내심 놀라곤 했다. 아내의 가계부는 빈틈이 없다. 수입지출의 정확함을 말하는 게 아니라 그 지면의 활용을 말하는 거다. 아내는 가끔 한밤중이나 혹은 새벽녘에 혼자 일어나 가계부 하단의 빈 칸에 무언가를 쓴다. 그럴 때의 아내 표정은 자못 진지하다. 아침 출근을 재촉할 때의 냉혹함이나 아이들에게 자장가를 불러줄 때의 다감함과는 전혀 다른, 이지적인 느낌이다. 그런 모습을 접할 때면 과거의, 처녀적의 아내란 여자를 다시 떠올릴 수 있어서 좋았다. 진지하면서도 도전적이던 여자. 어깨가 넓은 옷으로 남성적 권위에 도전하고 싶어하던, 청바지 차림에 신문을 옆구리에 끼고 다니던, 영화를 본 뒤 몰래 눈물을 감추던, 골목길 모퉁이에서 진하게 키스해오던…… 어떤 내용일까, 하는 호기심이 가끔씩 일었다.

호기심은 때로 아내의 육체에 대한 갈망으로 뒤바뀌곤 했다. 지난해 말, 오랜만에 만난 친구들과 진탕 술을 퍼마신 날도 그런 경우였다. K기업 과장에서 물러난 지 일년이 되어갈 무렵이었다. 친구들과의 술자리는 언제나 그렇듯이 허물없는 대화와 객기로 가득 찼다. 게다가 마침 중국으로 출장다녀왔다는 친구가 독한 중국술을 들고 나와 술판은 초장부터 들썩였다. 다음날 출근할 걱정이 없는 나는 경쟁이라도 하듯이 독한 술을 마셔댔기에 일찌감치 취했나보았다. 갑작스러운 요의에 떠밀려 일어나보니 어느새 집이었다. 화장실에 들렀다가 밀려드는 갈증 때문에 부엌으로 들어서니, 식탁에 앉아 일기를 쓰는 아내의 모습이 보였다. 아내는 매우 진지하면서도 조금은 회한에 젖은 표정을 짓고 있었다. 취기가 어릿어릿한 가운데도 뜬금없는 욕정이 일었다. 나는 억지로 아내를 끌어안았다. 그러나 역시 술기운 탓인지 일은 썩 잘되지 않았다. 아내의 반응 역시 밋밋했다.

그러고 며칠이 지난 나른한 오후였다. 도통 겨울 같지도 않은 날씨였다. 아내는 아이들에게 점심을 챙겨주자마자 외출을 했다. 아는 선

배한테 일자리를 소개받기로 했다던가. 어쨌든 엄마 없는 집에 남은 아이들은 살판났다는 듯이 집 안을 어지럽히고 다녔다. 나 역시 신문에 혹시 괜찮은 구인광고라도 있나 세세히 살피느라 아이들의 행동을 저지하지 못했다. 그때였다. 어린놈이 종이를 한장 가지고 와서는 비행기를 접어달라고 졸라댔다. 무심히 집어든 직사각형의 종이를 접으려는데, 깨알같이 적힌 글이 눈에 띄었다. 아내의 글씨체였다. 작은아이가 식탁에 놓여 있던 아내의 가계부를 찢어온 거였다. 늦둥이 아들의 못된 버릇을 혼낸 뒤, 제자리에 올려두려고 종이를 집어들었다. 그런데 활자만 보면 저절로 읽고 마는 문명인의 습관이 내 눈길을 이끌었다. 서너 개의 문장이 한꺼번에 눈 속으로 빨려들어왔다. "욕실에서 물방울 떨어지는 소리가 들렸다. 수도꼭지를 바짝 조이고 돌아서는데, 세면대 옆에 놓인 작은 상자가 눈에 들어왔다. 뚜껑이 열린 채 내용물이 반쯤 삐져나와 있는 콘돔 상자."

첫 문장은 어느새 둘째, 셋째 문장을 물고 놓아주지 않았다.

"새벽녘의 정사가, 헛된 욕망으로 허우적대던 형상이 떠올랐다. 쓰고 난 휴짓조각처럼 아무렇게나 뒹구는 콘돔이란 물체가 쉽게 수용되지 않는다. 환멸과 거부감이 치솟았다. 애정 없는 섹스에 길들어가는 내 나이가 두렵고 추잡스럽다."

나는 재빨리 기억을 더듬었다. 깜깜한 게 전혀 생각나질 않았다. 그랬던가. 애들이랑 함께 쓰는 욕실에다 그런 걸 버려둘 만큼 취해 있었던가.

"오늘은 행위 뒤의 포옹조차 없이 아침을 준비했다. 방학을 맞이한 아이들이 늦잠 끝에 허둥대며 각각 피아노학원으로, 태권도학원으로 달려갈 때까지는 물론, 오전 내내 우리는 거의 아무런 대화도 나누지 않았다. 그는 아무 말 없이 신문을 뒤적였고, 나는 생선가시와 김칫국물로 어질러진 식탁을 치웠다. 바스락바스락, 달그락달그락, 두 소리는 서로의 존재를 묵인했다. 침묵이 천장으로부터 서서히 내려와 거실을 빼곡하게 채웠다. 온몸이 짓눌리는 듯했다. 아얏, 그 순간에 접시 하나가 수도꼭지에 부딪혀 깨져버렸다. 남편이 신경에 거슬린다는 표정으로 차가운 눈길을 보내왔다. 나는 허둥지둥 깨진 사깃조각을 치우다가 왼쪽 검지를 베었다. 선홍색 피가 솟아났다. 그러자 내 눈에서도 눈물이 났다. 내가 왜 자꾸 이러지? 생선구이를 담을 만한 타원형의 큰 접시는 이제 하나도 남지 않았다."

글은 그렇게 맥없이 끝나 있었다. 한숨이 절로 나왔다. 뒷면으로 넘기니, 역시 깨알 같은 글씨가 빈칸 밖의 공간에까지 넘쳐 있었다.

"외출하기 전에 낮잠을 자고 있는 남편의 얼굴을 살폈다. 밤마다 술을 마셔대는 탓인지 핏기 하나 없이 부석부석해 보였다. 현관문을 잠그고 돌아서자마자 뛰었다. 엘리베이터 옆, 음울한 어둠에 싸인 비상계단으로 운동을 위해 그러는 사람처럼 결사적으로 뛰었다. 집을 나와 뒤돌아보니, 방금 빠져나온 아파트 건물이 거대한 괴물처럼 버티고 있다. 하늘과 땅을 쪼개어 공유하고 있는 수많은 육면체의 공간. 내 영역임을 표시하는 숫자 9, 0, 5. 그곳은 지금 수컷 한마리에 의해 점령당해 있다. 무질서…… 마치 해와 달이 일몰과 일출을 경계로 세상을 지배하듯이, 내게 아파트의 주인은 낮과 밤이 바뀌어야 하는 거였다. 그것이 오래된 생활습관이고 무의식적 믿음이었다. 아이들이 학원에서 돌아오기 전까지 오롯이 나의 것으로 되어 있던 오전의 시간을, 어느날 갑자기 남편이 침범해왔다. 오래가진 않을 거야. 함께 일해보기로 한 사람들이 몇 있거든. 그러나 벌써 일년이 지났다. 처음 얼마 동안은 나 역시 전과 다름없이, 아니 전보다 더 규칙적으로 아침 식사 시간을 지켰고 음식에도 신경을 썼다. 심지어 남편의 기분을 살리려고 애교를 부렸으며, 그의 말에 고분고분했다. 처음 얼마 동안만큼은. 정확히는 남편의 폭음과 돌발적인 역정이 빈번해지기 전까지. 요즈음 나는 수시로 베란다문을 벌컥벌컥 열어젖힌다. 아, 왜 이렇게 숨이 막히지?"

내심 뜨끔했다. 나의 존재가 아내에게 짐이 되어 있었다거나, 무단 점령한 수컷 따위로 비유되었다는 것 때문이 아니었다. 그럴 수도 있다는 생각, 단지 줄어든 생활비 때문이 아니라, 아내의 일상을 흐트러뜨리는 나로 인해 아내가 더욱 힘들 거란 생각을 조금도 하지 않았던 나 자신의 무신경이 오히려 의아했다. 나에 대한 아내의 배려 때문이었을까. 세끼 식사에 세심히 신경을 쓰고 온화한 낯을 유지하고자 애썼다는 아내의 고백처럼. 아니면, 길들여진 나의 이기심 때문일까.

어쨌거나 의당 받아야 할 대우쯤으로 여긴 게 사실이었다. 게다가 아내나 아이들의 마음을 헤아려줄 여유가 내겐 없었다. 경영합리화라는 명목 아래 사라진 내 책상, 그 텅 빈 공간의 충격에서 헤어나기만도 벅찼다. 나는 K기업의 과장이라는, 그토록 지긋지긋해하며 하찮게 여겨온 자리에 얼마나 많은 내가 녹아 있었는가를 깨달았다. 스테인리스, 철근, 수주…… 거래처 S사, H사, K사…… 그런 단어들. 익숙하기만 한 그것들은 이제 나와 아무 상관없는 것으로 돌변해 있었다. 절친하다고 여긴 동료들로부터는 전화조차 없었다. 언제든 남의 것이 될 수 있는 자리. 어째서 나는 그런 것 따위에 몸과 마음을 다 바쳤던가. 몸 한가운데로 폭풍이 뚫고 지나간 것처럼 허전했다. 하지만 엄밀히 따지면 그래도 나는 나은 축에 속했다. 빈손으로 떨려난 사람들이 태반인 판에 퇴직금까지 받고 나왔으니 그게 이디냐. 혼신을 다해 키워온 회사마저 부도나고, 하루아침에 빚더미에 앉은 사람들이 거리를 배회하거나 동반자살을 하는 판국인데, 내 집이라도 있으니 얼마나 다행인가. 게다가 아버지로부터 물려받은 유산인 열한 평짜리 회현동 아파트에서는 매달 몇십만원씩의 월세도 나오고 있지 않으냐. 엄살부리지 말자. 이 정도면 행운이다. 그렇게 스스로를 위로했다.

하지만 나는 한낮의 아파트단지를 걸어다닐 수 없었다. 실업은 이미 만연한 사회현상인데도, 어쩐지 떳떳지 못했다. 어색하고 죄스러웠다. 결혼한 뒤로 죽어라고 벌어 장만한 스물다섯 평 아파트에 갇힌 신세가 되고 만 거다.

나는 읽고 난 종이를 주머니에 쑤셔넣었다. 저녁에 돌아온 아내에게는 둘째놈이 실수로 찢어버렸다고 말했다. 그뒤로 두달여 동안 나는 아내를 안을 수 없었고, 생활은 더욱 뒤죽박죽이 되고 말았다.

나는 철저히 밤낮을 바꾸어 살았다. 낮에는 하루종일 잤다. 아침이면 눈을 뜨게 하던 오랜 출근의 습관조차 사라져버렸다. 얕고 잔망스런 꿈에 시달리면서도 나는 줄기차게 잠속으로 빠져들었다. 가끔 딸아이의 피아노 두드리는 소리에 방해받아 눈을 뜨곤 했다. 딸아이는 아내 말에 따르면, 아니, 정확히는 음악학원 선생 말에 의한 거라 상술이 섞였을 법하지만, 어쨌든 꽤나 소질이 있다고 추켜세워진다. 딸아이의 피아노 치는 소리와 아들놈의 짓궂은 방해에도 불구하고 어스름해질 녘에야 겨우 눈이 떠졌다. 지지부진한 낮잠의 끝이라 몸이 무겁긴 해도 그럭저럭 기분은 좋았다. 밤이 기다리고 있는 것이다. 퇴근길의 사람들과 뒤섞일 수 있는 밤. 친구들과 만나 술이라도 한잔 걸칠 수 있는 밤. 술기운을 빌려 세상을 욕하고, 벤처기업의 꿈을 들먹일 수 있어 다행스러운 밤. 그런 밤으로 나는 도주했다. 힘세고 사나운 파충류를 피해, 야행성으로 돌아섰던 초기의 포유동물처럼.

어젯밤에도 나는 소주 한병을 놓고 두 편의 비디오를 연속으로 본 뒤, 새벽쯤에야 잠들었다. 아침나절 잠결에 전화기 울리는 소리를 들었다. 수차례 반복되는 신호음을 듣다가 나는 아내가 집에 없음을 깨달았다. 아내는 오늘부터 집 근처 쇼핑쎈터에서 시간제로 일하기로 한 것이다. '여기 시범아파트 관리실인데……' 자동응답기가 작동되었을 때 전화를 받았다. 어젯저녁 아내의 말이 비로소 생각났다. 오늘 중에 회현동 아파트 재계약 건으로 연락이 올 거라며, 월 십만원 이상 꼭 올려받으라고 당부하던 안타까운 조바심이.

드륵, 드륵…… 짧고 빠르게 반복되는 재봉틀 소리가 희미하게 멀어져갔다. 언덕으로 올라서자 굴참나무숲 너머로 철근 콘크리트로 된 서울타워가 보였다. 해발 237미터. 저 산자락에서 유년을 보냈기에 잘 알고 있는 숫자가 자동으로 입에서 튀어나왔다. 한때 동양에서 첫번째로 높았던 탑은 서울 어디서나 잘 보이지만, 그래서 여전히 거기 솟아 있음을 누구나 알지만, 어쩐지 전만큼 존재감이 뚜렷하지 않다. 문득 낯익은 광고문구가 떠오른다. '최고가 아니면 아무도 기억하지 않습니다.' 그런가. 이제 동양 최고가 아니라서…… 갑자기 최고라는 정체불명의 무언가가 뒷목을 잡아당기는 느낌이 들어, 고개를 꼿꼿이 세웠다. 그러자 바바리코트의 어깨가 중심을 잃어 뒤로 젖혀지고 말았다. 너무 일찍 집에서 나선 걸까. 이곳까지 오는 동안 버스가 예상만큼 밀리지 않았다. 약속시간까지 꽤 여유가 있어 천천히 걸었다. 밀집한 골목엔 남경상사, 가람자수, 상해반점 등의 간판이 늘어서 있었다. 그러고 보니 숫제 중국인 거리다. 중국과의 교역이 활발해진 흔적이다. 낯설다. 하지만 이 낯섦이 무엇보다 익숙하게 느껴진다. 해방후 가난뱅이들이 몰려 살던 일본식 적산가옥 백수관과 유엔쎈터 근처의 양키 택시들이 뒤죽박죽으로 뒤섞여 있던 낯선 풍경이야말로 전쟁 뒤 회현동의 일상이 아니었는가. 70년대 우후죽순으로 생겨난 일본인 관광업체들이 그랬던 것처럼 중국인을 상대로 한 입간판은 이곳이 이 방인들의 거리임을 새삼 상기시킨다. 상가 끝으로는 일본식 이층건물이 몇채 서 있다. 그 옆으로 낮은 슬레이트 지붕들, 다시 빨간 벽돌의 이층 양옥들…… 낡은 것과 새로운 것을 마구잡이로 겹쳐놓은 이미지만은 예나 지금이나 여전하다. 오후 빛이 길고 지루한 동네였지. 남산의 서쪽, 뜨는 해보다 지는 해에 익숙했던, 그래서 서향으로 난 창마다 빛바랜 커튼이 줄줄이 처져 있던, 남대문 새벽시장을 여는 상인들이나 유엔쎈터에 드나드는 양색시들이 일몰 때가 되어서야 커튼을 들추고 고개를 쑥 내밀며 하품해대던 곳. 그랬다. 회현동 아이들은 어느 촌뜨기들 못지않게 후줄근했고, 새참거리가 궁해 늘 헛헛해했으며, 무엇보다 집요하게 내리쬐는 오후 빛을 견뎌야 했다. 시내 건물의 청소부나 수위, 남대문시장 잡상인들, 아니면 기껏해야 말단공무원이나 교사인 가난한 부모들이 돌아올 때까지.

언덕길을 조금 더 올라가자 ㄷ자형의 아파트가 나왔다. 이제는 낡고 초라한 기색이 역력했다. 순간 내 생의 단면이 다양한 지층처럼 눈앞에 펼쳐졌다가 사라졌다. 그래, 박병찬이 돌아왔다. 성공의 나팔소리도 없이, 총과 철모조차 잃어버린 패잔병의 모습으로. 하지만 그게 뭐 그리 문제냐. 패기있게 떠났던 많은 젊은이들이 다 그렇거늘. 나는 호기롭게 가슴속으로 외쳤지만 발길은 여전히 무거웠다. 건물 입구에 정체를 알 수 없는 작은 사무실이 있고 그 옆으로 복덕방을 겸한 관리실이 있었다. 아파트는 낡고 거대한 여인숙 같았다. 더러운 벽과 복도 양편에 줄줄이 늘어선 나무문짝 탓에 더욱 그렇게 보였다. 침침한 복도에선 미미한 지린내마저 났다. '월 십만원은 꼭 올려 받아야 해요.' 아내의 강압적이면서도 애원하는 듯한 목소리가 귓전에서 살아났다. 나는 주먹을 굳게 쥐어본 뒤 미닫이문을 열었다. 검은 인조가죽 소파에 앉아 꾸벅꾸벅 졸고 있던, 족히 육십은 넘어 보이는 관리인이 화들짝 놀라며 깼다.

"저…… 아까 통화했던 사람입니다. 계약하기로 한……"

늙은 관리인은 졸음 끝이라 충혈된 눈을 비벼댔다.

"통화했다고? 언제지?"

"아침나절에 전화하셔서 오후 다섯시경에 오라고 하셨잖습니까."

"아침나절이라…… 그렇담 서영감이 사무실 지킬 때였구먼. 서영감 지금 없는데."

"어디 멀리 가셨나요?"

"멀리 간 게 아니고 교대근무요. 시간이 되면 올 테지. 앉으슈."

소파 위에 아무렇게나 쌓인 신문과 장기판을 치우며 늙은 관리인은 자리를 내주었다. 관리실 벽면의 시계는 네시 반을 가리키고 있었다.

"댁이 몇호더라?"

"427홉니다."

관리인은 무언가를 기억하려는 듯 자꾸만 호수를 반복해 중얼댔다.

"그 집이라면 박선생님 소유일 텐데……"

"맞습니다. 제 부친이 박자 순자 영자를 쓰십니다."

"그랬구먼. 박선생님 근력은 여전하시지?"

"제 아버님을 잘 아시나요?"

"알다뿐인가. 우리 애들 둘다 그 선생님한테 한문공부시켰는걸. 그 중에 둘째놈은 좀 늦게 머리가 트였는데 박선생님이 수개월을 매일 붙잡고 가르쳐주셨다네. 덕분에 그놈이 지금은 학교 선생님이 되어 있지."

그제야 나는 아버지가 고혈압으로 쓰러져 고생하다가 작년에 작고 했다는 사실을 전했다. 관리인은 몹시 놀라더니 괜한 걸 물어서 맘이 상했겠어, 하며 설 끓은 보리차를 내밀었다.

나는 정말로 조금 우울해졌다. 아버지의 죽음을 안타까이 여길 겨 를도 없이 보낸 지난해였다. 초상 치른 직후에 회사를 그만두었기에, 오히려 흉한 꼴 보이지 않은 게 어찌 보면 다행이라 여기던 참이었다. 남산은 무슨 남산, 목멱산이지…… 아무도 기억하지 않는 산의 옛이 름을 고집하던 아버지는 목멱산 딸깍발이 샌님 집안에서 태어나 평생 한문공부를 손에서 놓지 않으신 분이다. 회현동에서 장충동, 서대문 으로 전근다니면서 끝내 목멱산을 가까이 두고 사신 아버지는 몇해 전부터 노년의 불면이 고통스러운 날이면 때때로 회현동에 가고 싶다 고 했다. 매연투성이 도심이 무에 그리 좋을까마는 아버지에게도 고 향은 역시 그리움이었던 게다. 하지만 난 바쁘다는 핑계로 아버지의 작은 소망조차 들어주지 못했다. 어째서 그토록 매정하게 굴었던 걸 까. 아버지에 대한 반감 탓일까. 한학 따위에나 열중하던 아버지의 고 루함, 양갓집 규수로 자란 어머니가 남몰래 산부인과에 다니며 피빨 래를 하도록 만든 아버지의 무능. 동료교사들은 촌지다, 개인과외다, 교장 승진이다 해서 하루가 다르게 재산을 불려나가는데 기껏 꼬맹이 들에게 한자나 가르치던 아버지의 고집. 그덕에 학교를 두 번이나 휴학해야 했던 서러움, 뭐 그런 것들 때문에?

"서영감이니 받아보슈."

관리인은 어느새 서영감 집으로 전화를 걸어놓고 수화기를 건넸다.

"아, 이거 미안하게 됐수. 계약하기로 한 사람이 갑자기 직장일이 밀려서 빠져나올 수가 없다는구먼. 일곱시는 돼야 온다고 그럽디다. 선생네로 곧바로 전화했더니 벌써 떠났더라고. 어쩌려우. 좀 기다리려우?"

서영감의 미안해하면서도 어딘가 사람을 구슬리려는 듯한 말투였다.

"일곱시요? 너무 늦군요. 조금 앞당길 수는 없을까요?"

"글쎄…… 저쪽 사정이 워낙 힘든가보던데."

직장일 때문이라는 말에 꼼짝없이 말려들었다. 요즘 같은 시절엔 목숨처럼 귀한 게 직장이니 막무가내로 우길 수도 없었다. 게다가 저편에서는 이번주 내로 이사할 수만 있다면 십오만원까지 더 낼 태세라면서 서영감은 은근히 배짱을 튀겼다. 다시 한번 아내의 다짐이 떠올랐다. '아무리 못 받아도 십만원은 더 받아야 해요.'

꼬박꼬박 들어오던 수입이 가뭄에 샘물 마르듯 끊긴 지가 어느새 수개월이었다. 곶감처럼 빼먹은 퇴직금도 이제는 제법 자리 티가 나기 시작했고, 경제상황은 쉽게 호전되지 않았다. 나는 물론 이런저런 일자리를 알아보는 중이지만, 어디 한군데 마땅한 자리를 얻을 수가 없었다. 대학 졸업 후 줄곧 같은 회사에서 일했기 때문에, 그 일 외엔 제대로 할 줄 아는 게 없었던 것이다. 하는 수 없이 아내는 집세를 올려받기로 했다.

십만원이면 얼마냐. 딸아이 피아노교습비 정도는 보탤 수 있지 않은가. 어디서 시간을 때울지 고민하면서 관리실을 빠져나왔다.

차고 메마른 바람이 훅 달려들었다. 기침이 나왔다. 세번 네번 연거푸 튀어나왔다. 약을 먹고 있는데도 벌써 여러날째 낫질 않았다. 그것조차 스스로의 모자람이라 여겨져 못마땅했다. 어디에서 기다려야 하나. 발길을 떼지 못하고 서성이면서 주변을 둘러보았다. 관리실 옆에 있는 정체불명의 분양사무실이 눈에 들어왔다. 사무실 유리문에 붙어 있는 고흐의 그림 인쇄물 '별 헤는 밤'이 이색적으로 보였다. '분양 상담──언제든 문의하세요'라고 씌어진 작은 안내문도 그림 옆에 붙어 있었다. 딱히 갈 데도 없고 해서 문을 열었다. 문 위쪽에 걸린 쇠종이 쟁그렁, 울렸다. 회전의자에 비스듬히 앉아 텔레비전을 보며 킬킬거리던 남자는 어서 오세요, 라고 건성으로 인사했다.

"여기는 뭘 분양하는 곳인가요?"

"달이요."

돌아보지도 않고 대답하는 사내의 무성의가 순간 기분을 상하게 했다. 게다가 달을 분양하다니, 지금 농담하자는 건가. 기분이 나빠 돌아서려다 눈흘김으로 사내의 옆얼굴을 쳐다보았다. 순간 가슴이 철렁 내려앉았다. 덕호 아버지였다.

어릴 적 내 친구 덕호는 얼굴에 늘 상처가 있었고, 마른 입술에 연방 침을 묻혀 토인처럼 입가가 허옇게 튼 개구쟁이였다. 덕호 아버지는 구멍가게를 운영했는데, 한쪽 눈이 촛점없고 흐릿한 개눈박이였다. 마침 막내동생을 임신해 입덧을 하던 어머니는 하루가 멀다 하고 껌 심부름을 시켰는데, 나는 덕호 어머니가 물건을 파는 밤에만 그 가겟집으로 갔다. 동네 아이들은 덕호 아버지가 보름달이 뜰 때면 뒷산에서 개를 잡아 눈깔을 빼서 새로 박는다고 했다. 또 어떤 애들은 개눈깔은 귀신을 알아본다면서, 밤마다 귀신이랑 이야기를 나눈다고도 했다. 심지어 언젠가 사람 눈을 빼갈 거란 소문까지 돌았다. 그 소문을 들은 뒤로 덕호 아버지와 마주치면 난 부르르 몸을 떨다가 오줌을 지리기까지 했다. 이제와 생각하면 모두 터무니없는 거짓말일 따름이지만, 그땐 정말 그렇게 믿었다. 하지만 이젠 다들 알겠지. 개눈깔 따위는 아무것도 아니란 걸. 더 사납고 냉정한 눈초리가 세상에는 얼마든지 있다는 걸. 사내 옆얼굴은, 그러니까 온전한 눈이 붙은 쪽의 모습 그대로였다. 내 눈길을 의식했는지 사내가 고개를 돌렸다. 개눈깔이 아니었다. 사내가 고개를 갸우뚱거리더니 두어번 눈을 껌뻑인 뒤 입을 열었다.

"혹시…… 박병찬?"

사내는 덕호 아버지가 아닌 덕호였다. 참으로 누추하고 싱거운 해후였다.

아파트 뒤쪽으로 가파르게 난 계단을 올라가면 곧바로 순환도로가 나오고 길 건너편에 김구 선생 동상이 세워진 공원이 있다. 우리는 광장 입구의 매점에서 캔맥주 하나씩을 사들고 천천히 걸었다. 공원 끝에 다다를 즈음해서 내가 덕호에게 물었다.

"너 생각나니? 저 끝에 있던 야외음악당."

"그럼, 나고말고. 비오는 날이면 그 안에 들어가서 비석치기를 하며 놀았잖아. 넌 혹시 생각나냐? 저 음악당에 대형 스크린을 설치했던 거. 아폴로호가 달나라에 갔을 때 말이야."

"맞아, 그랬어. 서울 시민들이 구름떼처럼 몰려든 적이 있었어."

갑자기 그때 풍경이 어제 일처럼 선명히 떠올랐다. 텔레비전이 퍽이나 귀한 시절이었다. 어느 여름날 저녁, 서울시 특별행사로 '아폴로

11호 달 탐사' 공개 상영이 있었다. 토끼가 방아찧는다고 믿는 신비의 달, 그 달에 이국의 사내가 첫발을 내딛는 순간을 보려고 서울 시민들이 몰려들었다.

유모차에 나를 태운 어머니도 그 대열에 끼어 비탈길을 올랐다. 내리쬐는 햇볕으로 이마가 따가웠다. 차양이 떨어져나간 유모차에 앉아, 나는 실눈을 뜨고 갈라진 씨멘트 덩어리를 지날 때마다 흔들리는 구름과 엉킨 전깃줄, 그리고 다닥다닥 붙어 있는 낡은 지붕 들을 보았다. 내가 탄 유모차는 유엔쎈터 주방에서 일하는 옆집 아주머니를 통해 산 미제였다. 미군 중사의 아내가 쌍둥이를 키우기 위해 특수 제작한 대형 유모차였는데 아이들이 다 커서 버리려고 내놓은 걸 가져왔다고 했다. 나는 여덟살이나 되었지만 한쪽 팔과 다리에 깁스를 한 상태였다. 당시 내 또래들은 유엔쎈터 카바레로 춤추러 오는 외국인이나 양공주한테 택시를 잡아주는 댓가로 10쎈트씩 받곤 했는데, 나도 아버지 몰래 돈 벌러 나갔다가 하필 달려오는 택시에 부딪힌 것이다. 어머니는 나를 유모차에 태워 날마다 학교에 데려다주고 데려와야 했다. 친구들은 나를 이번엔 빽큐 베베라 불렀다.

아무튼 그날, 등에 여동생을 업고 유모차엔 다 큰 사내놈을 태운데다 배까지 부른 어머니는 주위 사람들이 보든 말든 신경쓰지 않고 마구 욕을 해대면서 힘겹게 비탈길을 올랐다. 내 덩치가 또래보다 작은 게 그 순간만은 정말 다행이다 싶었다. 어머니는 몹시 화나 있었다. 일요일인데도 아버지는 당직이라며 일찌감치 출근했고, 여동생은 미열이 나는지 하루종일 어머니 빈젖에 매달려 칭얼댔으며, 나는 빨리 광장으로 데려다달라고 악을 썼다. 웬만해서는 애들 놀림감이 되기 싫어 집에 처박혀 있었지만 그날만은 그럴 수 없었다. 우주선이 달에 착륙하는 광경을 놓치고 싶지 않았다.

광장으로 가는 길은 평소에 비해 무척 많은 사람들로 북적였다. 특히 길가 구멍가게는 발디딜 틈도 없는 아수라장이었다. 전날 가게 앞에 산더미처럼 쌓아놓았던 과자며 빵, 사이다, 막걸리 등은 어느새 다 팔려나가고 없었고, 하물며 싸구려 뻥튀기조차 웃돈 주고도 사기 힘든 상황이었다. 시간이 지날수록 오후 빛이 더욱 뜨겁게 마을을 달구었다. 광장에는 벌써 엄청난 수의 시민들이 자리를 잡고 앉아 있었다. 노란 어깨띠를 두른 질서요원들은 사람들에게 줄맞춰 앉으라고 연방 확성기로 떠들어댔다. 냉차장수에 김밥장수, 뽑기장수 들까지 고래고래 소리질러 손님들을 불러댔으며, 광장 여기저기서 솜사탕과 색색가지 풍선을 파는 장수들은 아이들에 둘러싸여 한발짝도 떼지 못한 채 어쩔 줄 몰라했다. 서울 시내의 장사꾼이란 장사꾼은 다 모인 것 같았다. 광장은 온통 기대와 흥분, 뜻모를 열정으로 가득 찬 거대한 소음 덩어리였다. 마침 기계충을 앓고 난 흔적이 여기저기 남아 있는 덕호가 솜사탕을 뜯어먹으며 내 앞을 지나가는 게 보였다. 어머니는 덕호를 불러세웠다. 그러고는 냉차 값 십원에 나를 떠넘기고는 아픈 동생을 데리고 병원으로 가버렸다. 그때부터 우리는 한쌍이 되어 광장 여기저기를 쏘다녔다. 거대한 소라 모양의 야외음악당엔 큰 광목천이 걸렸다. 오후 빛을 받아 하얗게 빛나는 천은 바람에 육중하게 나부꼈다. 전기기사로 보이는 아저씨들이 워커발로 성큼성큼 걸어다니며 마이크와 영사기를 설치했다. 한순간 나는 이다음에 크면 전기기사가 되고 싶다고 생각했다. 해질녘이 되자 광장은 사람들로 터져나갈 것 같았다. 우리는 꽤 앞자리를 차지하고 있었는데 갑자기 덕호가 오줌이 마렵다고 했다. 군중 사이를 뚫고 행렬 바깥으로 나가는 데만도 한참이 걸렸다. 광장의 마른땅에선 먼지가 뽀얗게 일었다. 사람들에게 선 땀냄새가 났다. 오줌을 누고 난 우리는 인파에 막혀 본래 자리로 되돌아갈 수 없었다. 어느새 해는 지고 야외음악당에 설치된 광목천 위로 어둠이 내렸다. 전기기사들이 낮동안 설치해놓은 영사기가 드르 륵드르륵 돌아가기 시작했다. 내 머릿속에서 호기심이 미친 나비처럼 퍼덕거렸다. 덕호와 나는 어른들 틈바구니에서 안절부절못했지만 소 용없었다. 덕호는 아무리 까치발을 해도 도저히 앞을 볼 수 없어서 하 는 수 없이 내 유모차 위로 올라와 나를 부축하고 섰다. 그러자 아무 장애물 없는 대형 화면이 온전히 보였다. 어디선가 아폴로 11호가 발 사되기 십초 전이라는 말소리가 들렸다. 입 안이 다 바짝 말라왔다. 이윽고 눈앞에 황홀하고 신기한 장면이 펼쳐졌다. 우주선이 거대한 연기와 불기둥을 폭발적으로 내뿜은 뒤, 푸른 하늘로 치솟아올랐다. 이어 잠시 뒤엔 우주복 차림의 암스트롱이 '고요의 바다'라 이름붙인 달의 표면에 첫발을 내디뎠다. 사막 같은 달 표면에 인류의 첫발자국 이 도장처럼 선명히 새겨졌다. 한걸음 한걸음 내디딜 때마다 우주인 들은 풍선인형마냥 통통 튀어올랐다. 가슴이 콩닥콩닥 뛰었다. 광장 을 채우던 모든 웅성거림은 물론 숨소리조차 사라졌다. 고요의 바 다…… 달뿐 아니라 광장 역시 고요의 바다였다. 내 머릿속에서 발광 하던 나비떼조차 날개를 접고 조용히 내려앉았다. 누군가 손뼉을 치 기 시작했고, 이윽고 광장이 떠나가라 우레 같은 박수와 환호가 터져 나왔다. 그때, 유모차가 균형을 잃고 넘어졌다. 내 몸뚱이 위로 덕호 와 유모차, 그리고 낯모를 얼굴들이 덮쳤다. 의식이 들었을 땐 병원이 었다. 아버지가 혀를 끌끌 찼다. 눈썹뼈 부위가 찢어져 일곱 바늘이나 꿰맸고, 금가 있던 다리뼈는 완전히 부러졌다고 했다. 그 일로 덕호는 내가 다 나을 때까지 유모차를 끌고다니는 벌을 받아야 했다. 덕호와 나는 입만 열었다 하면 우주인 이야기를 했다. 장래희망은 물론 우주인이었다. 미술시간이 되자 반 애들이 너나없이 우주선 타고 달나라에 가는 그림을 그렸다. 덕호는 난생처음 교내 과학상상화그리기대회에서 우수상을 받았는데, 담임선생님은 그 그림이 최우수상을 받지 못한 이유가 최첨단 우주선과 하늘을 나는 기차가 다니는 미래도시에 헬리콥터가 끼어 있어서였다며 아쉬워했다. 그러자 덕호가 큰 소리로 항의했다. "그건…… 골동품인데요." 선생님도 아이들도 배꼽을 잡고 웃었다. 당시 아이들은 누구나 다가올 이천년대를 꿈꿨다. 어른들은 과학의 위대함을 찬양하며 미래를 살아갈 우리 세대를 축복해주었다. 축복받은 세대……

"누가 알았겠어, 오늘날 우리가 이 꼴이 될 줄."

나는 그렇게 말하며 맥주를 홀쩍 입에 털어넣었다. 이제 막 야간조명을 켠 서울타워가 요염한 여배우 같은 자태로 밤하늘에 모습을 드러냈다. 너무 오래되어 식상하게 여겨지는 달도, 여전히 우리가 우주와 연결되어 있음을 증명하려는 듯 서울타워 옆구리에 떠 있었다. 한때 어머니 배 속에서 살았다는 증거물인 배꼽이 그렇듯이, 무익한 존재인 양 여겨지는 달은 값싼 구리동전처럼 작고 희미했다.

"달 대신 달을 가리키는 손가락만 보면서 살아왔나봐. 결국 이렇게 길을 잃고 말았어."

힘없이 중얼대는 나를 지켜보던 덕호가 내 어깨를 툭툭 쳤다.

"야야, 힘내, 인마. 혹시 너 저 달 갖고 싶냐?"

"무슨 소리야?"

"그냥…… 내가 저 달을 따주려고 그러지, 킬킬."

덕호는 무슨 말인가 꺼내려다 말고 허풍스레 웃었다.

관리실 문을 열고 들어서자, 한창 떠들썩하던 사람들 시선이 일시에 나에게 쏠렸다. 몇가닥의 귀밑머리로 겨우 대머리를 덮은 영감이 금세 눈치를 채고 다가왔다.

"내가 서가요. 이쪽은 새로 계약하기로 한 사람이고."

서영감이 긴 코트 차림의 젊은 사내를 가리키며 인사시켰다. 젊은 사내와 내가 통성명하는 사이에 느닷없이 아기 업은 여자가 사무실로 들어오더니 다짜고짜 서영감에게 대들었다.

"우린 절대 안 나갈 테니, 그런 줄 아세요."

여자가 바로 427호 세입자였다.

"제 안사람한테 듣기로는 계약이 만료된 지 꽤 됐다던데……"

나는 좀 어리벙벙하게 행동했다. 그래서는 안되는 거였다. 처음부터 그렇게 틈을 보여서야 어느 누가, 그것도 절박한 처지의 세입자라면 쉽게 포기하겠는가. 첫 단추를 잘못 끼운 것처럼 나는 점점 아기엄마의 하소연에 휘말려들었다. 애들 아빠 장사도 잘 안되고 물가가 올라서 그러잖아도 죽을 지경인데 이러기냐, 남의 사정도 봐가면서 살아야지, 하며 비난하다가 그래도 배우고 교양있는 분이니 잘 이해하실 거라고 믿는다, 제발 봐달라, 하고 애원하기도 했다. 젊은 여자가 생각보다 언변과 배짱이 있었다. 대책없이 서 있는 내게 이번에는 새로 계약하려는 사내가 짜증스레 물었다.

"계약을 할 거요, 말 거요. 나도 바쁜 사람입니다."

"글쎄, 애기엄마, 이제 와서 이러면 어떻게 해."

서영감은 가뜩이나 붉은 코를 심하게 씰룩거렸다. 아기엄마의 악쓰는 소리가 점점 더 거세지자 등에 매달린 아기가 겁에 질려 삐죽삐죽 울기 시작했다. 이대로라면 십만원은커녕 오만원도 올려받기 힘들게 생겼으니, 딸 수진이 피아노교습은 포기해야 할 거다. 나는 몹시 난감했다. 그때 서영감과 언성을 높이던 아기엄마가 멋모르고 뛰어노는 서너살배기 큰놈을 끌어당겨 내 앞에 들이댔다.

"이 애들 데리고 어쩌란 거예요, 엄동설한에 길거리로 나앉으란 거예요?"

여자가 얼굴을 감싸쥐고 울기 시작했다. 하지만 난 눈을 내리깐 채 주먹을 풀지 않았다.

밤이 되자 타워는 더욱 현란한 빛으로 번뜩였다. 부질없는 높이에의 열망…… 이제는 동양에서 네번째로 뒤처졌다는 서울타워를 뒤로 하고, 덕호와 함께 언덕길을 내려갔다. 끝내 더 받아낸 집세 십만원이 머릿속에 돌처럼 자릴 잡고 짓눌러왔다. 맥없이 걷다보니 어느새 회현큐큐 간판 앞이었다. 푸르스름한 형광불빛이 새어나오는 유리문으로 안을 들여다보았다. 중년사내는 여전히 드륵드륵, 일을 하고 있었다. 그의 팔뚝은 아까보다 더 단단하게 부풀어 보였다. 일을 하고 싶어졌다. 그게 어떤 일이든지. 그렇게 번 돈으로 가족을 위해 따뜻한 밥상을 마련하고 싶었다. 나는 사방을 둘러보았다. 어린시절, 어머니의 회초리로부터 몸을 피할 수 있었던 샛길은 더이상 보이지 않았다.

우리는 골목 입구에 있는 순대국집으로 들어갔다. 마침 식당 구석에 켜진 텔레비전에선 중국인들이 만든 우주선 션져우(神舟) 5호가 발사되는 장면이 재방송되고 있었다. 우주선은 엄청난 불기둥과 연기를 내뿜으며 마치 거대한 한마리의 용처럼 푸른 하늘로 치솟았다. 중국인들은 미합중국의 암스트롱과 쏘비에뜨 연방의 유리 가가린을 잇

114

는 새로운 우주 영웅이 탄생했다고 호들갑을 떨어댔다. 하지만 내 심장은 점점 공포감으로 쪼그라드는 것 같았다. 션져우 5호가 미사일이 되어 곧장 내 머리 위로 쿵, 떨어져내릴 것만 같은 불안감에 한동안 숨을 죽였다.

그 옛날, 우리가 광장에서 본 아폴로 11호의 위업은 지구인 전체의 것이었다. 단지 미국인들만의 영광이 아닌, 인류 전체의 감격이자 환희였고, 축제였다. 하지만 이제 우주선 발사 장면은 더이상 그렇게 보이지 않았다. 지구 대기권 밖은 이미 강대국들이 쓰고 버린 인공위성들로 쓰레기장이 되어버렸고, 언제 그것들이 지상으로 떨어져내릴지 모르며, 미국은 지금 이 순간에도 끊임없이 우주전쟁을 준비하고 있다는 걸 언젠가 신문에서 읽은 탓일까. 순대국집 밖으로 나와 하늘을 올려다보면서 덕호가 말했다.

"제길, 이 땅 위에도 좁아터진 집 한칸 없는데, 저 하늘마저 다 남의 게 되어가는구나. 이러다 하늘 한번 볼 때마다 요금이 착착 올라가는 거 아냐?"

우리는 라이브까페로 들어가 좀더 술을 마시기로 했다. 나는 위스키를 주문했다. 호주머니 사정으로는 무리였지만 어쩐지 독한 술이 마시고 싶었다. 위스키를 다섯 잔쯤 마실 때까지 밴드는 쉬지 않고 노래를 불렀다. 긴 생머리에 반짝이는 보랏빛 눈화장을 한 여자는 드럼을 두들겨댔고, 작달막한 키에다 배까지 좀 나온 남자는 베이스기타를 가슴에 바짝 끌어안고 엉덩이를 흔들어대며 연주했다. 리드기타를 어깨에 메고 시종일관 눈을 감은 채 노래를 불러대는 털보는 아마추어 가수 같았다. 그는 계속해서 사랑과 청춘, 낭만과 고독, 바다와 안개, 그리고 달과 별을 노래했다. 벽면에 걸린 대형 브로마이드 속에선 파도가, 잔잔한 파도가 쉼없이 밀려와 모래사장 위로 엎어졌다. 점점이 떠 있는 섬들만이 늙은이처럼 침묵 속에서 그 모습을 지켜보았는데, 모든 생의 비밀을 알고 있는 것 같았다. 와이키키 해변에 있어야할 가짜 야자나무가 그 바다 앞에 세워져 있었다. 나무에 매달린 장식용 꼬마전구가 십초에 한번씩 파랗게 눈을 깜빡거렸다. 그러자 갑자기 야자나무가 날 조롱하는 것처럼 느껴졌다. 난 들고 있던 위스키잔을 야자나무에 던졌다. 하지만 야자나무는 흠칫 놀랄 뿐 여전히 무슨 암시라도 내리듯이 깜빡임을 멈추지 않았다. 그때 덕호가 소리쳤다.

"야, 너 달세타령 그만하고 달장사로 큰돈 한번 벌어볼래? 내 말 들어. 그깟 푼돈 가지고 이게 뭐냐? 큰돈 쥐게 해줄게."

덕호는 입술에 침을 묻히고 나서 눈을 빛냈다.

"너 이거 아냐? 불가리아에선 지금 달 토지 일 에이커에 사십 레바 받고 분양하고 있대. 우리 돈으로 치자면 그러니까, 이만원 조금 넘지. 웃기냐? 웃기겠지. 너 같은 촌뜨기로선 당연하지. 한데 부자들은 벌써부터 달나라 분양을 서두르고 있단 말이야. 깜짝 생일선물로 구입하기도 하지. 어쨌든 사는 순간부터 값이 뛴다고 보면 돼."

놈이 취하긴 취했나보다, 생각하며 나는 피식 웃었다.

"웃기냐? 웃기겠지. 그러니까 너 같은 놈은 부자가 못되는 거야. 발빠른 대처, 이게 중요하다니까. 교황 요한 바오로 이세, 리처드 닉슨 전(前) 미대통령, 팝가수 마돈나, 미항공우주국의 간부들도 모두 달나라 토지 소유주야."

참 희한한 일도 다 있구나, 싶어 껄껄 웃어댔지만 은근히 호기심이 일었다.

"아직도 웃기냐? 웃지 말고 들어, 인마. 혹시 너도 아는지 모르겠지만 1967년 유엔이 제정한 우주조약에, 모든 우주자산은 국가의 소유물이 될 수 없다,라고 명시했지만, 특정인이나 회사에 대한 언급이 없어. 그래서 개인 소유권이 인정되는 거야."

"그래서?"

난 웃음기를 거두고 진지하게 물었다.

"그러니까…… 자칭 은하계 정부의 최고경영자인 미국의 데니스 호프가 승인한 달 대사관이 전세계에 수십개가 있거든. 나중에 사무실에 가서 보여줄게. 근데, 우리 사무실 관장님이 다음달에 국내 처음으로 달 대사관을 연다, 이거야. 그렇게만 되면 대박이 난다고. 사는 그 순간부터 돈이 굴러들어오는 거지. 땅의 좌표와 달 대사관의 서명이 들어 있는 토지양도증서를 받게 되니까 염려 마. 난 워낙 가진 게 없는 놈이라 조금밖에 투자를 못했지만, 넌 다르잖아. 퇴직금도 좀 있다면서?"

실내에 흐르던 음악이 일순 멈추었다. 머릿속이 어질어질했다. 푸른 조명을 받은 덕호 얼굴이 낯설었다. 그의 얼굴은 파충류처럼 파랬고, 연방 입술을 핥아댔다. 얼마쯤 지나자 음악이 다시 연주되기 시작했다. 아까보다 더 시끄러운 펑크록이었다. 그때 진한 청록색 액체가 덕호 입에서 흘러나와 턱을 적시고 흰 와이셔츠를 더럽히고, 양복바지 위에서 커다랗고 둥근 원을 그리다가 자줏빛 카펫으로 떨어져 스며들었다. 뱀눈깔처럼 초록빛을 띤 그의 망막 속으로 유성 하나가 꼬리를 길게 흔들며 죽어가는 것을 나는 홀린 듯이 지켜보았다.

롱아일랜드의 꽃게잡이

이층집들이 늘어선 슬로컴 가는 숨이 막힐 정도로 한산했다. 투명한 햇빛만이 거리를 가득 메웠고, 이따금 나뭇잎들이 이웃집 정원의 허기진 잔디 위로 힘없이 떨어져내렸다.

　수는 그 가을날, 창가에 서서 바깥 풍경을 내려다보고 있었다. 섬광과도 같은 가느다란 통증이 왼쪽 귀를 건드리고 지나가는 걸 의식하면서. 통증은 고막이나 달팽이관이 아닌, 외이도쯤에서 일어난 가벼운 증상이었다. 욕실 높이 고정된 샤워기에서 흘러내리는 물줄기 탓일지 모르겠다고 그는 생각했다. 이 도시로 이사온 뒤로 시작된 증상이었다. 서울에서와는 달리 샤워기를 벽에서 떼어낼 수 없어 몸에 묻은 비누거품을 골고루 씻어내기가 힘들었다. 힘없이 흘러나오는 물줄기 아래서 수차례 몸을 돌리고 허리를 꺾어야만 목욕을 마칠 수 있었는데, 아마도 그러는 중에 귓속으로 물이 들어가 말썽을 일으킨 듯했다. 아니면 급작스레 변해버린 환경 앞에서 겁먹은 짐승처럼 잔뜩 긴장한 그의 몸이 물기를 제때 말려버리지 못해서였을까.

수는 긴 나무의자 몇개를 볕이 잘 드는 창가에 잇대어놓았다. 입고 있던 푸른 체크무늬 셔츠를 벗었다. 한달 넘도록 걷기 외에는 아무 운동도 하지 않아 그나마 팔뚝과 가슴에 남아 있던 근육마저 풀어졌다. 아직 긴장의 끈을 놓지 못하는 마음과는 달리 완만한 곡선을 이루며 솟아오른 복부를 바라보다 그는 피식 웃고 말았다. 뉴욕에 온 뒤로 값싸고 흔한 쏘시지와 베이글을 먹어댄 탓이었다. 뿐만 아니라 영어회화 공부를 끝낸 뒤 사 달러 오십 쎈트에 밥은 물론 반찬 네 가지를 맘대로 고를 수 있는 싸구려 중국음식점에 자주 들른 결과이기도 했다. 그곳은 아무리 먹어도 충족되지 않는 이방인들의 식욕을 채우기에 안성맞춤이었다. 혼잡하고 어두컴컴한 식당 구석의 비좁은 테이블을 사이에 두고 낯선 중국인이나 남미 사람과 마주 앉아 할일이 뭐가 있겠나. 고개를 숙인 채 열심히 먹어대는 것밖에. 일회용 도시락에 수북이 담긴 양고기 구이며 닭튀김, 돼지고기절임을 남김없이 먹고 나면 가슴은 텅 비고 배는 불룩 튀어나왔다. 고개를 들어 실내를 바라보면 갑자기 눈앞이 부옇게 흐려지곤 했다. 그럴 때마다 수는 무너져가는 의지를 곧추세우고 현실을 직시하려 애썼다. 얼마나 어렵게 결정하고 추진한 미국행이었는가. 출판사 입사 때부터 경쟁관계에 있던 권팀장이 목욕탕에서 넘어져 다리가 골절되지 않았으면 영어회화 능력이 부족한 수에게 그같은 기회가 오기는 쉽지 않았을 것이다. 출판사가 미국 판권의 정기 수혈 쪽으로 출판 방향을 정한 건 지난해 말이었다. 교육부의 영어공용화정책 추진도 영향이 컸지만 그게 아니더라도 어차피 외국 판권이 돈 되는 세상이었다. 국내 출판시장에서 번역물이 차지하는 비중이 해마다 증가하는만큼 출판사는 해외 저작권 계약에 목을 매지 않을 수 없었다. 결국 수는 어학연수를 받으면서 영미 출판물에 대한 저작권을 중개하는 에이전씨들과 사귄다는 임무를 띠고 이 도시로 파견되었다. 하지만 낯선 언어와 문화에 익숙해지기란 생각처럼 쉽지 않았다. 기억력이 예전만 못할 뿐 아니라 삶의 열정도 차갑게 식어가고 있었다. 지희를 잃은 상실감 때문일까. 수는 흐릿하게 웃으며 고개를 흔들었다.

수는 바지를 벗었다. 마지막으로 팬티에 손을 댔다가 잠시 움직임을 멈추고 집 안을 둘러보았다. 두 개의 방문은 닫혀 있고 거실에 있는 침대를 겸한 갈색 소파, 작은 책장, 벽에 걸린 수선화 그림, 그리고 원형 테이블은 한낮의 밝은 빛 속에서 지루함을 견디고 있었다. 테이블에 놓인, 딸아이가 반쯤 먹다 둔 사과가 창문으로 들어오는 바람에 조응해 천천히 갈변해갔다. 사춘기 아이의 예민함 때문에 최근에는 욕실에서 꼭 옷을 갖추어입고 나와야 했다. 하지만 워낙 야무진 아이라서 그밖에 특별히 신경쓸 일은 없다. 오늘도 아이는 학교에서 사귄 친구를 따라 일요일에 몇차례 나간 적 있는 교회의 수련회에 갔다. 영어권의 낯선 환경 앞에서 잔뜩 긴장한 그와는 달리 낯섦과 모험 자체를 즐기는 듯 보인다. 이 도시에 온 직후 그리스 이민자가 운영하는 식당에 들렀을 때만 해도 그랬다. 포도잎으로 싼 그리스 밥을 먹으면서 처음 맛보는 시큼한 향에 잔뜩 이맛살을 찌푸리던 그와 달리 아이는 독특한데, 그럭저럭 괜찮아,라며 거침없이 음식을 먹어치웠다. 새롭고 다양한 체험에 대한 기대와 흥분으로 딸아이의 뺨은 붉게 달아올라 무엇이든 녹여버리는 칠월의 태양처럼 이글거렸다.

거침없이 낯선 음식을 핥고, 어금니로 부수고, 혀로 돌려가며 탐욕스레 맛을 보는 딸아이를 지켜보다가 그는 지희를 떠올렸다. 차갑게 끓는 수소처럼 위태로워 보이던 지희의 눈빛. 마침내 그 눈빛이 자신에 대한 원망으로 변하기까지의 긴 세월이 되살아나 독한 위스키를 들이켰을 때처럼 울컥 목울대를 데웠다. 딸아이의 눈을 피하며 그는 입으로 들어온 인디언식 연어요리를 맛도 보지 않고 삼켜버렸다.

전화벨 소리에 놀란 수는 엉겁결에 휴대전화의 폴더를 열었다. 여보세요,라고 했다가 다시 헬로우,라고 답했지만 상대편에선 아무 반응이 없었다. 통화상태는 얼마쯤 지속되다가 끊겼다. 순간 그는 지희일지 모른다고 생각했다. 지난 몇개월 동안 그는 응답하지 않는 전화를 가끔 받곤 했다. 확인해본 적은 없지만 그는 수화기 건너에서 들려오는 가느다란 숨소리가 지희 것임을 확신했다. 그런 날이면 지희의 꺼지지 않는 열정과 슬픔이 고스란히 그의 가슴을 적셨고, 그는 밤새 잠을 이루지 못했다. 미래에 대한 알 수 없는 희망과 절망이 봄날의 들판처럼 그의 전신에서 돋아났다. 어느 늦은밤, 백석의 시를 뒤적이다가 '사랑이란 치명적 병에는 말 피가 제격'이라는 시구를 읽으며, 그는 어떻게든 말 피를 구해 지희의 심장에 발라주리라 마음먹었다. 그리고 다음날, 그는 뉴욕 파견을 자청했다.

이제 지희는 뉴욕에서 발급받은 새 전화번호를 알지 못하고, 그의 일상이 어떻게 이루어지는지 볼 수 없고, 그의 머리카락이 얼마나 빠르게 세어가는지 짐작조차 할 수 없다. 그러니 전화를 건 사람은 지희가 아니다. 눈에서 멀어지면 마음마저 멀어진다 했던가. 다시 서울로 돌아갈 때쯤이면 지희는 둘째아기를 낳은 수유부가 되어 있을 거다. "임신인 거 같아요." 출국 전날, 마지막으로 만났을 때 지희는 창백한 얼굴로 제 신체의 변화를 고백했다. 수보다도 먼저 말 피를 마련했던 것이다. 다른 사내의 씨를 품고 길러내는 동안 지희는 빠르게 옛 정인을 잊어갈 거다. 그 자신이 낯선 거리와 낯선 사람들, 이국의 은성한 불빛 속에서 서서히 지희의 목소리를 잊고, 입술을 잊고, 향기롭던 살갗을 잊고, 마침내 출렁이던 눈빛을 잊어가듯이. 그는 십여년 전 아내와의 사별을 경험하면서 이미 인간 육체의 숙명적 한계를 알아챘다. 사랑하는 이에 대한 모든 것은 잊으려 발버둥칠수록 쉬이 잊혀지지 않는다는 것을, 그리고 사랑하는 이의 미소와 손길은 아무리 간직하려 해도 끝내 잊혀지고 만다는 것을. 몇해 전 어느 여름날, 지희의 미소와 손끝의 온기가 서서히 아내의 기억을 잠식해가던 순간의 당혹스러움이 새삼 되살아났다. 그 당혹감 속에는 다른 사람의 아내를 사랑하게 된 사내의 숙명적 설움이 서늘하게 녹아 있었다. 지희의 목소리와 미소를 떠올려보았다. 습자지처럼 얇고 투명한 영상이다. 불협화음과도 같은 이명과 통증이 또 한차례 그의 귓속을 할퀴고 지나간다.

그는 팬티를 벗고 의자에 길게 누웠다. 블라인드를 지나온 햇빛이 그의 육체에 얼룩무늬를 그려놓았다. 빛은 그의 축축한 피부로 스며들었다. 레몬즙으로 씌어진 편지가 불 앞에서 서서히 의미를 드러내는 것처럼 인간 내면의 비밀도 그렇게 드러내 보이겠다는 듯이. 빛은 그의 몸 구석구석을 핥아댔다. 그의 벌어진 가슴과 골반, 넓적다리가 벌겋게 달아오르면서 번들거리기 시작했다. 그는 자신의 내면에 숨어 있는 야생의 줄무늬를 기다렸다. 암컷 등으로 달려들어 제멋대로 힘을 가한 뒤 미련없이 바람을 가르며 먼 곳으로 달려가는 수컷을 상상했다. 그러나 그의 육체는 욕망을 누르는 일상에 너무도 오래 길들여져 쉽게 기운을 차리지 못했다. 일생의 마지막 사랑마저 막을 내린 걸까. 그런 생각을 하자 뜻밖에도 가슴이 저려왔고, 이어 아랫도리가 약간 꿈틀댔다. 하지만 그뿐이었다. 그는 조금 더 기다렸다. 이윽고 번들거리던 피부에서 땀이 송골송골 맺히기 시작했다. 구월 중순이 지났지만 아직 낮 기온은 한여름 못지않게 더웠다. 그는 수건으로 온몸의 땀을 닦으면서, 비로소 자기가 자기 몸의 주인으로 되돌아왔음을 깨달았다. 연인의 곁을 떠나, 연인 없이도 살아갈 수 있을 것 같았다. 지금부터야말로 인생에서 가장 행복한 순간이야,라고 그는 낮은 목소리로 혼자 중얼거렸다. 아무도 사랑하지 않는 육체의 상쾌함 속에서 그는 오랜만에 깊은 잠속으로 빠져들었다.

* * *

싸브리나는 휴대전화를 손에 쥔 채 오래도록 거울 앞에 앉아 있었다. 물어뜯은 손톱에서 떨어져나온 얇은 매니큐어 조각이 혀끝을 간질였다. 그녀는 거울을 통해 변해가는 자신의 눈동자를 지켜볼 수 있었다. 아래로 처져 있던 눈꼬리는 긴장감으로 팽팽히 당겨졌고 눈동자는 크게 확대되어 빛났다. 턱을 아래로 끌어당기면서 눈을 치떠보기도 하고, 치켜들어 시선을 지그시 아래쪽으로 두기도 했다. 화장기없는 피부는 늦가을 호박잎처럼 누렇고 시들하지만, 세심하게 파우더를 바르면 괜찮을 거라고 자신을 위로하면서. 롱아일랜드 끝에 있는 몬탁이 어떨까. 하얀 등대가 서 있는 그곳의 일출은 참으로 아름다워 누구든 인생을 새로 시작하고 싶어지지. 벌써 정오가 가까우니 그곳에 도착하면 곧 날이 저물 거야. 하지만 새벽까지 기다리자고 하기엔 너무 헤픈 여자란 인상을 줄 테고…… 차라리 존스비치로 가 일광욕을 할까. 바닷물에 발목을 적시며 드넓은 해변을 걷는 것도 괜찮아.

때때로 큰 파도가 밀려오면 깜짝 놀라 치마를 들쳐올릴 수도 있으니까. 희고 늘씬한 종아리를 살짝살짝 드러내 보이면서.

"싸브리나, 전화 받아."

한국인 주인아주머니가 그녀를 불렀다. 싸브리나는 현실로 돌아와 주위를 돌아봤다. 오전이어서 그런지 네일가게는 아직 한산했다. 창가 쪽 의자에 비스듬히 앉아 종업원이 발을 씻겨주는 동안 잠을 자는 백인 여자 두어 명, 그리고 방금 전에 손톱 손질을 끝내고 매니큐어를 드라이어로 말리는 흑인 여자가 있을 뿐이었다. 전화는 스미스 부인한테서 걸려온 거였다. 오후에 가게에 들르겠다는 내용이었다. 난처했다. 망설임 끝에 오늘은 몸이 좋지 않아 일찍 퇴근할 거라 대답했다. 스미스 부인이 못마땅한 듯 빠르고 부정확한 발음의 영어를 날렸다.

싸브리나는 후회하지 않았다. 오랜 단골인 스미스 부인의 환심을 사는 것보다 더 중요한, 남은 인생이 달린 일이 그녀 앞에 놓여 있지 않은가. 스미스 부인이 자기 남편에 대한 욕설과 제멋대로 살아가는 자식들에 대한 원망, 그리고 늙어가는 중년의 설움을 늘어놓을 때마다 열심히 들어주고, 위로해준다 해도 기껏해야 십 달러짜리 팁이 나올 뿐이다.

싸브리나는 오랜만에 자신의 손톱을 가다듬기로 했다. 아세톤 묻힌 솜으로 손톱에 남아 있는 매니큐어를 깨끗이 지워냈다. 핏기 없는 누르스름한 손톱색이 그대로 드러났다. 파일을 집어 손톱 끝을 갈고 니퍼로 큐티클을 잘라냈다. 초승달 모양으로 섬세하게 다듬어진 손톱 주위 살갗은 전용크림으로 문질러주었다. 그런 다음 흰색 매니큐어를 손톱에 발랐다. 나중에 새빨간 매니큐어로 장미꽃을 흰 바탕 위에 그릴 생각이었다. 장미꽃을 그리는 솜씨는 그녀만의 장기였다. 네일가게 종업원 중에 그녀만큼 섬세하게, 아침햇살을 받으며 갓 피어난 것처럼 생생하게 그려내는 사람은 없었다. 한때, 그러니까 그녀가 아직 이십대일 적에는 월수입이 웬만한 남자보다 더 나을 때도 있었다. 당시의 그녀는 미혼이었고, 젊고 친절했으며, 무엇보다 영어에 능한 몇 안되는 한국인이었다. 사실 네일가게 일이라는 건 손톱을 아름답게 가꾸는 것보다 상대방의 기분을 좋게 해주는 게 더 중요하다. 그렇기에 손님들 비위를 맞춰주거나 이야기 상대가 되어줄 정도의 영어실력을 갖춘 그녀가 인기 좋은 건 당연했다.

하지만 십년 만에 다시 일하러 나선 지금의 처지는 예전만 못하다. 브루클린의 허름한 아파트에서 살아가는 그녀는 노모에 아이마저 딸린, 별볼일없는 서른일곱 이혼녀일 뿐이다. "나한텐 백인 아내가 필요해." 아일랜드계 전남편은 결혼생활 십년 만에 그 한마디만 남기고 떠나버렸다.

거칠어지고 마디가 굵어진 그녀의 손끝은 이제 예전처럼 섬세하지 않다. 머릿속마저 보잘것없는 일상의 고민으로 가득 차, 손님이 말을 걸어오면 엉뚱한 대답을 하기 일쑤다. 심지어 손님의 손톱에서 피가 나게 하는 실수를 한 적도 있었다. 손톱 끝을 살짝 건드린 정도의 사고였지만 운나쁘면 고소를 당할 수도 있었다. 게다가 이제 영어를 잘하는 한국 여성은 길거리에 널렸다. 뉴욕으로 끊임없이 밀려드는 이민자들은 빠르게 그녀의 단골들을 가로챘다. 그중에는 유학생들도 끼어 있다. 영어를 잘할 뿐 아니라 젊고 예쁜, 무엇보다 미래에 대한 꿈을 아직 버리지 않은 그녀들은 특히 남자 손님에게 인기가 많다. 부드러운 손길로 발을 닦아주고 발톱을 가다듬어주면 엄청난 액수의 팁을 받기도 한다. 그녀들에겐 희망찬 미래를 위해 굴욕을 참아낼 마음의 여유가 있는 것이다. 하지만 싸브리나에겐 더이상 그럴 기운이 남아 있지 않았다. 그녀는 더이상 밝게 웃지 못했다. 뜻하지 않은 곳에서 갑자기 길이 끊겨 당황하거나, 비참하게 진흙탕을 걸어야 하는 게 인생임을 알아버린 나이인 것이다. 얼마 전에도 싸브리나는 손님과 한바탕 충돌하고 말았다. 어이없게도 신문이 문제였다. 그날따라 손님이 별로 없어 싸브리나는 『뉴욕타임즈』를 보고 있었다. 그녀가 맡은 손님은 매니큐어를 드라이어로 말리는 중이었다. 유독 코가 큰 여자는 싸브리나 또래의 백인이었는데, 갑자기 싸브리나에게 "너 영어로 된 신문도 읽을 줄 알아? 그것도 정치면을?" 하며 놀랍다는 듯 말했다. 싸브리나는 그렇다고 대답했다. 그러자 여자가 "너 정치는 알아 뭐 하게?"라며 입술을 비틀며 실소했다. 순간 화가 난 싸브리나가 "뭐 하게? 야, 나도 너랑 똑같이 미국 고등학교에서 공부했어. 그리고 나도 시민권자야!"라고 소리쳤다. 그러자 여자는 싸브리나를 노려보더니 두 시간 공들여 일한 댓가로 이십오 쎈트를 팁이라며 던졌다. 싸브리나는 이십오 쎈트 동전에 일 달러를 보태 여자에게 돌려주며 응대했다. "너 거지인가본데 이걸로 마이크로버스 타고 집에 가." 그날 저녁 싸브리나는 언짢은 마음을 달래려고 술을 퍼마셨다. 한국으로 돌아가는 유학생 환송파티에서였다. 그리고 그 자리에서 수와 가까워졌다. 인생이란 다 살아봐야 안다고 했던가. 오늘만큼은 싸브리나 가슴에도 희망이 깃들어 있다. 롱아일랜드에 대한 기대로 들뜬 그녀의 입가에는 미소가 어리고 눈빛은 촉촉이 젖어 있다.

　　　　　　　　　*　　*　　*

　　잔디 깎는 소리에 놀라 수는 잠에서 깼다. 그는 눈을 감은 채 좀더
잠을 청했지만 창밖에서 기계음이 우웅우웅 들려와 점차 정신이 또렷
해졌다. 열린 창문으로 기계가 뿜어대는 매연마저 흘러들어왔다. 그
의 얼굴로 쏟아지는 노란 햇빛과 희미한 매연 냄새는 하나의 풍경을
떠올리게 했다. 붐비는 바닷가, 아니 정확히는 바닷가로 향한 차량들
로 가득 찬 한여름의 도로다. 열세살의 그는 이불과 솥단지, 돗자리를
등에 멘 아버지 뒤를 따라가고 있다. 버스 종점에서 내려 얼마나 많이
걸었는지 발바닥에 물집이 잡힐 정도다. 그는 양팔에 옷가방과 쌀자
루를 들고 있었는데 어깨에 걸린 노란 튜브가 걸음을 옮길 때마다 무
릎에 부딪혀 쓰라리다. 햇볕은 미친 듯이 쏟아져내린다. 머리가 훤하
게 벗어진 아버지는 정수리에 화상을 입었는지도 모르겠다. 마른 먼
지와 자동차 매연이 비릿한 갯내에 뒤섞여 빈속을 울렁이게 한다. 얼
음을 채운 아이스박스 옆에 앉아 라디오방송을 듣고 있는 음료수 장
수, 소라와 꽃게를 삶아 파는 할머니들, 옥수수 껍질을 까 솥단지에
넣어 삶던 아주머니들이 길 양편에서 손님들을 목청껏 불러댄다.
　　아버지는 해송 그늘 아래, 꽃게를 수북하게 삶아놓은 집으로 들어
간다. 멀찌감치 떨어져 따라오는 어머니와 동생이 다가올 때까지 아
버지가 가격을 흥정하는 동안 어린 그는 염분기가 남아 있는 찬물을
얻어 마신다. 이윽고 손바닥만한 꽃게 두 마리를 앞에 두고 그의 가족
이 둘러선다. 어머니는 그중 하나를 우선 그에게 주고 다른 하나는 반
으로 갈라 동생에게 준다. 나머지 반쪽은 어머니 손에 남아 있다. 자
기 몫을 다 먹어치우고도 동생 손에 들린 걸 넘보는 그에게 어머니는

다리 두 개를 잘라준다. 집게 달린 굵은 다리는 아버지에게 건넨다. 아버지는 게 따위 안중에도 없다는 듯이 짐꾸러미에서 소주를 꺼내 마신다. 어머니가 날카로운 집게발을 뜯어내어 탱탱하고 새빨간 속살을 아버지 앞으로 다시 내민다. 손바닥으로 받아 그의 입에 털어넣어주며 아버지는 자식의 염치없는 식탐이 싫지 않은 듯 "굶어죽진 않겠구나, 야"라며 껄껄 웃는다. 앞니 빠진 구멍으로 바람이 쎄에쎄에 빠져나가는 헛웃음이다.

수는 어린시절의 한 장면에 발목이 잡혀 한동안 과거를 추억했다. 된장을 넣어 삶은 짭짤한 게는 처음 먹어보았는데 정신이 번쩍 들도록 맛있었다. 하긴 서해안 해수욕장으로 가족이 함께 피서간 것 자체가 처음이었다. 어머니는 재래시장에서 포목점을 운영하는 외할머니를 돕느라 밤낮으로 바빴고, 아버지는 몇년 동안 미국에서 살았으니까.

어머니를 따라 그는 가끔 '미국'에 다녀왔다. 미국으로 들어가는 입구에는 언제나 대기자들이 간이천막 아래서 콜록거리든가, 아니면 훌쩍였다. 때때로 아무렇지도 않은 듯이 떠들거나 웃는 사람들도 있었지만 전체적으로는 몹시 침울했고, 조용했다. 머리 위에는 언제나 창백한 해가 떠 있었다. 어머니는 한손엔 떡보따리를, 그리고 다른 한손엔 옷보따리를 들고 있었다. 이제 와 생각해보니 추석이나 설날 같은 명절에 어머니가 미국에 찾아간 듯하다. 창살 너머의 아버지는 푸른 수의를 입고 있었다. 천장에 매달린 백열등이 너무 말라 깊이 팬 아버지의 눈두덩 위로 어두운 그림자를 만들었다. 아버지가 무서웠다. 수야, 이리 온. 많이 컸구나, 많이 컸어. 아버지가 유리벽 너머에서 불렀다. 다정한 말투였지만 눈빛이 매우 날카롭고 빛이 났다. 아버지 눈길을 피해 유리 가까이 얼굴을 붙였다가는 다시 어머니 등뒤로 숨었다.

집으로 돌아오는 길에 어머니는 말했다. "친구들이 아버지 없다고 놀리거든 울 아버진 미국 갔다고 해." 미국에 다녀온 날이면 그는 하루 종일 방에 처박혀 꼼짝하지 않았다. 아버지가 부끄러워서가 아니라 아버지와 같이 살지 못하게 만든 변형사네 집에 불이라도 질러버릴 것 같아서였다. 아버지는 한때 중학교 국어선생이었지만, 수업시간에 "북한에서는 넥타이를 목댕기라고 한단다. 어떻든 우리말을 살리려 애쓰는 건 사실이야"라고 말한 죄로 경찰에 끌려갔다. 바로 '어떻든'이 문제였다. 아버지 반 학생이 집에 가서 부모에게 그 사실을 이야기 했고, 하필 공안경찰이던 그애의 아버지는 '어떻든'을 '적화통일도 상관없거든'으로 해석했다. 아버지는 운나쁘게도 80년도에 광주에서 살다가 뜻하지 않게 시민군이 된 삼촌의 존재로 인해 더욱 큰 죄명을 지게 되었다. 삼촌이 밀항선을 타고 미국으로 건너간 지 이태 만의 일이었다. 삼촌은 가끔 다른 사람 명의로 미제 연필이나 그림물감, 초콜릿 따위가 든 소포를 보내왔다. 덕분에 그는 아버지가 보낸 거라고 거짓말하며 아이들에게 초콜릿을 나눠줄 수 있었다. 아버지는 앞니가 두 개 빠져나간 뒤에야 집으로 돌아왔다.

감옥에서 나온 뒤 아버지는 끝내 교단에 다시 서지 못했다. 대신 외할머니가 운영하던 작은 포목점을 물려받아 겨우 가족의 생계를 꾸렸다. 그리고 밤에는 사라져가는 우리말을 발굴하려고 책을 뒤적였다. 때때로 아버지는 고향마을 노인들이나 벽촌 사람들을 찾아가 순수한 우리말을 찾아내기도 했다. 깊은 계곡 맑은 물, 흰 조약돌 틈에서 살아가는 산천어나 황금개구리 같은 천연기념물을 찾아다니듯이. 아버지와 아버지의 아버지, 그 아버지의 아버지 세대들이 공기놀이를 하면서 배운, 거의 죽기 직전의 상태에 몰린 말들이었다. 당신이 세상에 태어나 입술을 오물대며 어렵게 배웠던 말들이 늙어죽기도 전에 먼저 사라져가는 게 안타까웠을까. 아버지는 생물채집가처럼 공책에 적어온 말들을 그와 동생에게 가르쳤다. 그는 아버지한테 야단맞을까 두려워 집에서는 그 말을 썼다. 하지만 학교 선생님과 친구들은 그런 말들을 잘 알아듣지 못했다. 하는 수 없이 집에서는 순우리말을, 학교에서는 흔한 영어단어나 한자어를 썼는데 몹시 바쁘거나 피곤할 때는 종종 실수를 했다. 집에서 외래어를 쓰면 어김없이 불호령이 떨어졌다. "말을 잃으면 넋을 잃는 게야." 불편하고 못마땅할 때가 많았다. 아버지에 대한 반발로 밤늦도록 팝송을 듣다 잠들기도 했다.

창밖에서 들려오던 소음이 잠시 멈추었다. 수는 자리에서 일어나 옷을 걸쳤다. 밖에서 스페인계 사내들의 말소리가 들려왔다. 노란 귀마개를 이어폰처럼 끼고 일하는 스무살 안팎의 젊은이가 핑크빛 쿼터 음료수를 마시면서 쉬고 있는 게 보였다. 잘라낸 잔디를 커다란 공기 펌프기로 날려 한곳으로 모으는 일을 하는 머리칼이 반쯤 센 중년 사내가 안뜰에서 나오며 그에게 무어라고 지껄인다. 무슨 뜻인지 전혀 알 수 없다. 소음이 심한 일을 하는 중년의 사내는 가는귀가 먹었는지 언제나 큰 소리로 말을 해야만 알아듣는다. 청년 역시 노란 귀마개를 늘 착용하고 있어 상대방이 고함이라도 치지 않으면 들은 척도 하지 않는다.

싱그러운 풀냄새가 난다. 그들이 잔디 깎으러 오는 날이면 정원은 비로소 활기를 되찾는다. 커다란 호두나무와 장미, 사철나무, 그리고 여러가지 일년생 꽃들이 피어 있는 아름다운 정원이지만 평소에는 사진 속 풍경처럼 무료하고 쓸쓸해 보일 뿐이다. 정작 그 집에 사는 사람들이 꽃과 나무 들을 매만지거나 잔디에 앉아 휴식을 취하는 걸 본 적이 없다. 앞집 사람들은 두 대의 자동차에 실려 아침에 나갔다가 밤에 돌아와 차고 속으로 들어가버렸다. 저녁 어스름, 물푸레나무 위에 앉은 개똥지빠귀의 울음소리를 들으며 테라스에 놓인 의자에 앉아 수는 가끔 그들은 어떤 사람들일까, 궁금해했다. 커다란 호두나무를 비밀의 가면처럼 얼굴에 쓰고 있는 앞집 이층에는 두 눈과 같은 창문이 있고, 아래층에는 무엇이든 집어삼킬 듯한 현관이 있다. 이곳에 온 첫날, 딸아이는 몬스터 하우스네,라며 까르륵 웃어대는 걸로 그들에 대한 관심을 대신했다. 만화영화 「몬스터 하우스」에 나오는 사나운 사내와 뚱뚱한 여주인을 떠올리며 그도 따라 웃었다. 영화를 제작한 미국인들도 교분이 없는 이웃 사람을 상상으로만 그려보며 두려움에 떨어본 적이 있다는 뜻일까. 낯설다는 것, 정체를 알지 못하는 타인이란 공포의 대상이다. 언어의 장벽에 놓여 있는 이방인에겐 더욱 그렇다. 그 자신이 타인을 모르는 데서 오는 어려움보다 더 두려운 건 남들이 자신에 대해 전혀 알지 못한다는 사실이다. 미국인 이웃들이야말로 수가 어떤 자인지 궁금해하고 있지 않을까. 돈이 필요할 때 남의 집으로 뛰어드는 자인지 아닌지, 칼을 휘둘러 살인을 즐기는 자인지, 아니면 총을 쏘고 확인사살까지 하는 자인지, 총을 쏜다면 장총을 선호하는지, 권총을 잘 다루는지, 도대체 어떤 자인지, 그래서 그를 어떻게든 제거해야 하는지, 아니면 그냥 두고 봐야 하는지를. 알 수 없는 불안감에 떠밀려 수는 밤마다 현관문과 창문, 심지어 차고와 연결된 문까지 몇번씩 확인한 뒤에야 겨우 잠든다. 텔레비전에선 연일 9·11테러 참사를 보여주며 테러와 전쟁의 위험을 경고하고, 경찰차들은 치안을 이유로 요란한 싸이렌을 울리며 골목골목을 돌아다닌다. '위험이 닥칠 때, 누가 당신과 당신의 가족을 보호할 것인가' '경찰은 당신을 지켜주지 않습니다'라고 적힌 인터넷광고는 폭력에 맞서는 유일한 방법으로 권총 소지를 권한다.

정말 권총을 사야 하는 것 아닐까. 수는 완강하게 고개를 흔들었다. 권총을 손에 쥐는 순간 그가 갈 곳은 뻔하다. 변희철…… 아마 그를 향해 달려가겠지. 질긴 악연이다. 포 더 퍼스트 타임, 플리즈. 포 더 퍼스트 타임, 쏘리…… 변희철 앞에서 그런 어눌한 영어로 말하게 될 줄은 정말 몰랐다.

미국 판권을 관리하는 중개인들을 만나려고 한인사회 인맥을 총동원해서 어렵게 찾아낸 인물이 변이었다. 하필 그 자식이라니. 이십여년의 세월, 빡빡머리 대신에 새치 희끗한 머리, 그리고 희철 대신 브라이언이란 이름이 가로막고 있었지만 수는 대번에 그를 알아보았다. 틀림없는 변희철이었다. 그는 수를 모르겠지만, 수는 그를 잘 알고 있었다. 아버지를 삼년이나 미국으로 보낸 한성중학교 이학년생. 목댕기 사건으로 아버지가 수감되고 가족마저 허름한 변두리 동네로 이사해야 했던 반면, 변희철 아버지는 고속 승진을 거듭했고 변희철은 일찌감치 미국으로 유학갔다. 변희철에 대한 소문은 동창들한테 가끔 들을 수 있었다. 그가 미국 주립대학에서 법률을 공부했다는 것까지. 하지만 그가 하필 저작권 중개업자가 되어 있으리라곤 상상도 하지 못했다.

동부지역 사립대학 출신으로 구성된 에이전씨 사람들 중에 변은 유일한 한국인이었다. 한국어가 가능한 드문 에이전트라서 한국 출판계와 거래할 때 주로 중개 역할을 하나본데, 입찰액을 공개하거나 필요 이상으로 경쟁을 붙여 값을 올리는 비겁한 재능을 가지고 있었다. 하지만 수 앞에서 통역할 때 변의 한국어는 비문으로 얼룩져 있었다. 사실 그의 영어란 것도 어딘가 완전치 못하고 부자연스럽다는 느낌을 주었다. 수는 한국어와 영어 중 어느 언어를 모국어라 생각하느냐고 물었다. 그러자 변은 자랑스럽다는 듯이 눈썹을 치켜올리며 대답했다. "앱솔루틀리 잉글리시!" 순간 무언가 뜨거운 것이 수의 가슴으로 치밀어올랐다. 그토록 쉽게 헌신짝처럼 버릴 수 있다니. 사라져가는 우리말을 유물인 양 주워모아 아끼고 보듬어온 아버지의 삶이 모욕당한 기분이 들었다. 자신도 모르게 주먹이 불끈 쥐어졌고 얼굴마저 달아올랐다. 수는 변의 면상을 사납게 쏘아보았다. 당황한 변의 얼굴이 심하게 일그러졌다. 그때 맞은편에 앉은 젊은 흑인 에이전트가 "아유 오케이?" 하며 수에게 말을 걸어오지 않았다면 어떻게 되었을까.

수는 또다시 붉게 달아오르는 자신의 뺨을 맨손으로 여러차례 문질러댔다. 그때 거실 탁자에 놓인 전화기가 울렸다.

"저, 싸브리나예요. 오늘 약속 잊지 않으셨겠지요?"

"네? 아, 네에."

"혹시 잊었을까봐 걱정했는데…… 맨해튼 오는 길은 아시죠? 에이 라인 타고 다운타운 쪽으로 쭉 내려오면 되는데, 아세요?"

머릿속으로 핏빛 장미무늬가 그려진 손톱이 스쳐지나갔다. 미니스커트 차림에 포도주빛 스카프를 목에 감은, 이국적인 느낌에다 쉽게 나이를 가늠할 수 없던…… 여자, 순이.

수는 여자에게 미안하지만 무슨 약속이었느냐고 조심스레 물었다. 여자가 다소 서운한 목소리로 말했다.

"롱아일랜드에 가기로 했잖아요, 기차 타고……"

마침 요란한 싸이렌 소리가 들려와 그 뒷말은 제대로 알아들을 수 없었다. 어디선가 총기 사고라도 난 걸까. 수는 싸브리나에게 곧 출발하겠다고 말한 뒤 전화를 끊었다. 어차피 특별한 계획도 없는, 무료한 연휴였다. 게다가 롱아일랜드는 수가 이 도시에 올 때부터 꼭 한번은 가보고 싶던 곳이기도 했다. 삼촌은 편지에 늘 이렇게 쓰곤 했다. '⋯⋯주말에 롱아일랜드에 다녀왔단다. 롱아일랜드⋯⋯ 무척 아름다운 곳이지. 그곳에 가면 두고 온 서해바다, 비릿한 고향 냄새를 맡을 수 있어. 나와 순이, 그리고 순이 아버지는 가끔 낚싯대를 들고 그곳으로 간단다⋯⋯'

수는 오랜만에 이국생활의 고달픔에서 벗어나고 싶어졌다. 변희철 따위가 뭐냐. 기분을 바꿔보려 휘파람을 불었다. 그러고 보니 아주 오랜만에 맛보는 설렘이었다.

현관문을 열고 집을 나서는데 골목이 어수선했다. 앞집 잔디 위에 한 사내가 사지를 벌린 채 누워 있고 키작은 두 명의 스페인계 사내들이 그들보다 곱절이나 덩치가 큰 경찰에게 무언가를 설명하고 있었다. 가까이 다가가보니 귀마개를 한 청년의 다리에서 피가 나고 있었다. 일하던 중에 장비를 잘못 다뤄 사고가 났나보다. 붉은 피는 잘 가꾸어진 푸른 잔디를 붉게 적신 뒤 흙으로 떨어져 스며들었다. 청년의 고통스러운 신음은 사방에서 몰려드는 몇대의 경찰차와 구급차가 내는 싸이렌 소리에 잠겨 들리지 않았다.

*   *   *

가게문이 벌컥 열리더니 모리슨 양이 붉은 머리칼을 휘날리며 급하게 들어왔다. 약속시간까지 아직 여유가 있어 싸브리나는 손님에게 다가갔다. 최근에 단골이 된 그녀의 손톱은 표면에 골이 많아 신경을 꽤 써야 한다. 다른 가게에서 큐티클을 무리하게 벗겨낸 적이 있거나 너무 강한 매니큐어를 썼나보다. 출산을 했거나 알코올 중독일지도 모르지만. 이런 손톱은 블록버퍼를 이용해 손톱의 표면을 다듬고 큐티클 전용크림을 바른 뒤 베이스코트를 칠해야 한다. 싸브리나는 요즘 인기가 좋은 아쿠아블루를 바르겠느냐고 손님에게 물었다. 펄이 없으면서 세련되고 지성적인 것도 있고, 여성적인 분위기를 원한다면 은색 펄이 섞인 것을 발라줄 수도 있다는 조언과 함께. 그러자 모리슨 양이 갑자기, 방금 전에 아버지가 죽었다고 말했잖아,라고 소리치며 남유럽 출신 특유의 얇은 윗입술을 심하게 떨었다. 싸브리나는 고개를 조아렸다. 그런 이야기는 들은 적이 없다. 하지만 사실이 어떻든간에 손님이 주장하면 그게 사실인 것이다. 몇번이고 미안하다고 사과한 뒤 싸브리나는 손님 손톱에 반투명의 연보랏빛 에나멜을 바르기 시작했다. 가족이 죽으면 네일가게로 달려와 손톱부터 정리하고 조문객을 맞이하는 걸 예의라 여기는 뉴욕 사람들…… 수없이 많이 보았는데도 매번 낯설기는 마찬가지다.

싸브리나는 오래전에 눈을 감은 아버지를 떠올렸다. 아버지의 죽음은 너무 일찍, 준비되지 않은 순간에 찾아왔다. 미국으로 이민온 지 이십여년 만의 일이었다. 이십여년 만에 아버지는 가장 편안하고 행복한 표정을 지었다.

한국에서 정비기술자로 일하던 아버지가 가족을 이끌고 이민온 건 이십칠년 전의 일이다. 당시 열한살이던 싸브리나는 자신의 키만큼 큰 가방을 질질 끌고 공항을 빠져나왔다. 어머니는 여동생 손과 핸드백만을 꼭 쥐고 있었다. 비행기 안에서 내내 울어 눈알이 빨갛게 충혈된 어머니는 장시간 비행 뒤에 오는 무릎통증 때문에 제대로 걷지도 못했다. 내키지 않는 이민길에 따라나선 어머니는 매사에 짜증을 냈다. 짐을 옮기는 일은 아버지와 오빠가 맡았다. 오빠라고 해봐야 겨우 열네살이었기에 사실상 산더미 같은 짐을 아버지가 다 옮겼다. 그런데도 아버지는 이마에서 솟는 땀을 닦아내며 농담을 걸기도 하고 환하게 웃기도 했다. 젊고 패기 넘치던 아버지는 그러나 시간이 지나면서 빠르게 웃음을 잃어갔다. 영어로 된 노조 신문을 읽지 못하는 아버지는 새 정비기술을 제때 배울 수 없어 점점 기술자에서 보조자로 밀려났고 결국 다른 일거리를 찾아야 했다. 아버지는 잔디 깎는 일부터 페인트 도공, 비행장 청소부까지 안해본 일이 없었다. 아버지 얼굴은 하루가 다르게 피로와 분노로 찌들어갔고 몇년이 더 지나자 정글 속 맹수처럼 험악해졌다. 그러나 그마저도 오래가지 않았다. 작은 식품점을 운영하면서 생활이 안정되고 아이들도 무난히 학교에 적응하자, 아버지는 점차 무기력증과 삶의 회의에 빠져들었다. 그런 아버지에게 어머니는 별로 위안을 주는 상대가 아니었다. 처음엔 어머니도 아버지를 도와 가게 일을 함께했다. 하지만 영어를 제대로 구사하지 못하면서 손님을 상대로 물건을 판다는 건 쉬운 일이 아니었다. 어머니는 스트레스로 머리카락이 빠져나가 대머리가 될 지경이 되자 집 안에 들어앉았다. 오빠와 나, 여동생은 용돈을 모아 어머니에게 가발을 선물했다. 영화배우 오드리 헵번 스타일이었다. 집에서 종일 영화만 보던 어머니는 그러니까 일종의 헵번 마니아였다. 어머니는 헵번 스타일의 옷을 좋아할 뿐 아니라 헵번처럼 말했다. 처음 영어를 배울 때 헵번이 출현하는 영화를 보며 따라한 탓이었다. 심지어 어머니는 딸의 이름까지 싸브리나로 바꾸었다. 싸브리나 자신은 미국식 새 이름에 익숙해지기까지 꽤 오랜 시간이 걸린 반면 어머니는 며칠 만에 거

의 실수 없이 딸의 이름을 바꿔 불렀다. 게다가 어머니는 '싸브리나'
라는 영화 속 주인공처럼 언젠가는 딸이 상류사회 아가씨가 되어 한
국으로 돌아가기를 바랐다. 사실 어머니의 꿈은 미국에 있지 않았다.
언젠가는 고국으로 금의환향하는 데 있었다.

　아버지가 낯선 청년을 집으로 끌어들이기 전까진 어머니의 그런 희
망은 꽤 가능성 있어 보였다. 아버지가 낯선 청년과 가까이 지내면서
결국 모든 계획이 수포로 돌아갔지만. 한국에서 밀항선을 타고 건너
온, 나중에 싸브리나가 훈이삼촌이라 부르게 된 그 청년은 처음엔 아
버지 가게에서 일하는 평범한 점원에 불과했다. 미루나무처럼 키가
크고 비쩍 말랐는데, 몸을 사리지 않고 열심히 일했다. 특히 무거운
야채 따위를 나를 때는 남들의 두세 배로 일을 했다. 차차 아버지는
훈이삼촌을 믿게 되었고, 마땅한 거처가 없어 고생하는 그에게 밤이
면 가게 구석에 간이침대를 펴고 자도록 허락했다. 한여름 무더위가
아무리 심해도 훈이삼촌은 밤새 음료수 하나 건드리지 않았다. 아버
지는 점점 더 삼촌을 신뢰하게 되었고, 친동생처럼 여겼다. 겨울이 되
어 지독한 추위가 들이닥칠 무렵에는 거의 한식구나 마찬가지가 되었
다. 아침이면 성에가 앉아 허옇게 된 눈썹으로 가게문을 열어주는 훈
이삼촌을 위해 아버지는 다락방을 내주었다. 키큰 훈이삼촌은 물론
싸브리나조차 허리를 잔뜩 굽혀야 겨우 걸어다닐 수 있는 다락방이었
다. 하지만 도로 쪽으로 난 두 개의 창문으로 도시의 먼 끝까지 바라
볼 수 있었고 봄, 가을에는 창문 바로 옆에 가지를 드리운 커다란 버
찌나무에서 꽃잎이나 낙엽이 날아들어오기도 했다. 훈이삼촌은 다락
방 바닥에 몇장의 스티로폼을 깔고 그 위에 중고 전기장판, 그리고 카
펫을 깔았다. 카펫 위에는 과일상자를 붙여 만든 책상이 하나 놓였고,

둥근 갓이 달린 중고 스탠드가 올려졌다. 스탠드를 켜면 둥글고 노란 불빛이 다락방을 따뜻한 둥지처럼 만들어주었다. 싸브리나는 훈이삼촌이 가게에서 일하는 동안 그곳에 올라가 쉬거나 책을 읽었다. 가끔 훈이삼촌과 마주치기도 했는데, 다감한 눈길로 빙긋 웃어주거나 머리를 쓰다듬어주었다. 책상 위에는 언제나 책이 놓여 있었다. 가게 일로 몹시 피곤할 텐데 언제 그 많은 책을 읽는지 알 수 없었다. 게다가 어디서 구해오는지 한국 신문도 자주 보였다. 신문에는 언제나 시위대 수천명이 모여 있는 거리나, 여공들이 재봉틀 앞에 앉아 일하는 비좁은 공장, 대머리 대통령이 군부대를 사열하는 장면 등의 사진이 실려 있었다. 심지어 군인들이 사람들을 향해 총을 쏘거나 몽둥이로 때리는 장면, 그리고 흰 천으로 덮은 시체들이 즐비한 사진들도 있었는데 그 사진은 누런 봉투에 따로 모아놓았다.

점차 아버지는 훈이삼촌뿐 아니라 그 주변 사람들과도 가깝게 지냈다. 낯선 사람들이 집으로 찾아오기도 하고 때로 아버지와 훈이삼촌이 밖에서 밤을 새우고 돌아오는 날도 있었다. 아버지는 차차 예전의 활기를 되찾았다. 눈빛은 알 수 없는 기대와 열정으로 타올랐고, 매일 저녁 한국 뉴스를 시청할 땐 얼굴을 벌겋게 물들이곤 했다. 한국 정치 사정은 급박하게 돌아가는 것 같았다. 연일 간첩단 사건이 터져 사람들이 감옥에 잡혀가는가 하면 학생이나 노동자가 몸에 휘발유를 끼얹고 죽어가기도 했다. 그즈음 훈이삼촌은 자기보다 조금 더 나이든 아저씨를 다락방으로 데려왔다. 중키에 날카로운 눈매를 가진 그 아저씨는 일주일가량 다락방에 머물렀다. 수상쩍은 사람들이 집과 가게 주위를 빙빙 돌며 감시하게 된 건 그 무렵부터였다.

늘 영화에만 빠져 있던 어머니마저 아버지와 훈이삼촌의 비밀스러운 움직임을 눈치챘다. 가게에서 들어오던 수입이 줄고 늘 집에만 처박혀 지내던 아버지가 시간만 나면 외출을 하니 그럴밖에. 드디어 어머니는 아버지와 크게 싸움을 벌였다. 밥상이 엎어지고 신발이 날아다녔다. "고국이 위험에 처했어. 당신과 내가 태어난 고국이 군화에 짓밟혀 신음하고 있다고." 낮고 굵은 목소리의 아버지 말투는 비장했다. 언젠가 다락방에서 읽은 적 있는 훈이삼촌 공책을 옮겨놓은 듯 닮아 있었지만. 어머니가 대꾸했다. "우린 이제 미국인이라면서? 당신 입으로 말할 땐 언제고 이제와 웬 고국타령이야?" 어머니는 영화 「티파니에서 아침을」에 나오는 술취한 헵번처럼 몸을 흔들며 웃었다. 그러고는 몇마디의 영어를 섞어가며 아버지를 조롱했다. "거금 주고 미국 시민권 샀잖아. 그것도 모자라 한국 선거권 사려고? 다 때려치워. 우리한테 고국이 무슨 소용이야. 난 내일이라도 당장 티파니로 달려가고 싶단 말이야." 아버지는 고함치는 걸 중단하고 한참 침묵하더니 낮고 부드러워진 목소리로 말했다. "고국이 잘살아야 우리도 이국 땅에서 무시당하지 않는다는 거 몰라? 그리고…… 언젠가는 돌아가야지."

어머니와 아버지는 그뒤로도 자주 다투었다. 눈에 띄게 장사가 안되면서 싸움은 점점 더 심해졌다. 수상한 사람들이 들락거린다는 소문이 나면서 불법체류중인 한인들이나 중국인, 스페니시, 그리고 범죄경력이 있는 흑인들이 발길을 끊었다. 그런데도 아버지는 어머니 몰래 돈을 빼돌려 훈이삼촌과 그 주변 사람들이 하는 일을 돕는 눈치였다. 어머니의 노골적인 박대를 감내하며 하루하루 불편하게 지내던 훈이삼촌이 다락방에서 떠난 건 그로부터 얼마 뒤의 일이었다. 집 근처 스쿨버스 정거장에서 싸브리나가 내리기를 기다리고 있던 훈이삼촌은 쓸쓸한 미소를 지으며, 머리를 쓰다듬는 대신 악수를 청한 뒤 지하철역 쪽으로 걸어갔다. 그리고 그뒤로 다시는 나타나지 않았다. 몇년 뒤 롱아일랜드만의 모래톱에서 시신으로 발견되기 전까지.

싸브리나가 고등학교를 졸업할 무렵에는 온 가족이 살던 집에서 쫓겨나야 했다. 더이상 집세를 물 수 없었기 때문이다. 장사가 되지 않는 가게도 남의 손에 넘어갔다. 오빠마저 멀리 떨어진 주립대학에 진학해 집을 떠난 직후였기에 싸브리나는 가족의 생계를 책임져야 했다. 고등학교를 졸업하자마자 싸브리나는 네일가게로 일하러 다녔다. 그녀가 받아오는 약간의 주급과 팁으로 가족이 생계를 이어갔다. 어머니는 점점 더 현실에서 도피해 영화 대사를 주절대다가 혼자 웃기도 하고 울기도 했다. 어느새 반백이 되어버린 아버지는 그나마 나이가 들어 막일조차 제대로 하지 못했다. 일감을 잡지 못한 날엔 무기력하게 거리를 배회하다 밤이 되면 눈을 크게 뜨고 텔레비전 앞에 앉았다. 한국에서 대통령 직선제가 시행되었다는 소식을 듣던 날, 아버지는 두 손을 번쩍 들어 환호성을 질렀다. 어머니도 옆에 앉아 처음으로 꼼짝않고 뉴스를 들었다. 만세부르는 아버지를 멍하니 지켜보던 어머니는 갑자기 티파니 매장에서 가져온 보석 카탈로그를 내던지며 앙칼지게 소리쳤다. "이제부터 당신은 뭐 할 건데? 투표하러 귀국할까? 훈인지 뭔지 하는 그 망할놈만 아니었어도…… 저 사람들은 투표라도 한다지만 우린 이게 뭐냐고?" 어머니는 머리카락이 빠지고 너덜너덜해진 가발을 벗어 창밖으로 내던졌다. 아버지는 눈을 휘둥그레 뜨고 어머니의 숱없는 머리를 쳐다보았다. 그뒤로도 아버지는 저녁이면 텔레비전 앞에 앉았다. 하지만 어느 순간부턴가 싸브리나는 아버지가 더이상 텔레비전 뉴스를 보거나 듣지 않는다는 걸 알아챘다. 아버지는 그날 그 순간, 잔뜩 열려 있던 눈망울로 무엇을 본 걸까.

복어처럼 퉁퉁 불어버린 훈이삼촌의 시신이 롱아일랜드 바닷가에서 발견된 건 그무렵의 일이었다. 폐병이 들어 고생하다 바다에 뛰어들었다는 말도 있고, 누군가 죽인 뒤 바다에 버렸다는 소문도 있었다. 그뒤로 아버지는 가끔 롱아일랜드까지 기차를 타고 갔다. 꽃게낚시를 하러 다닌다고 했다. 바닷가 근처에 사는 친구가 낡은 포드자동차를 끌고 역까지 데리러 와 함께 움직인다고 했다. 어머니는 그 친구에 대해 묻지 않았다. 어차피 살아가는 데 도움되지 않는 별볼일없는 친구 중 한명이 분명하니까. 이듬해 가을, 아버지는 롱아일랜드 바닷가로 꽃게낚시를 떠났다가 다시는 돌아오지 못할 길을 가버렸다. 그즈음 서울에서 초청장이 날아왔다. 한때 훈이삼촌이 다락방으로 데려온 적 있는 아저씨가 보낸 거였다. 그 아저씨 이름 옆에는 국회의원이란 직함이 붙어 있었고 고급스러운 금박 테두리가 둘려 있었다. 어머니는 그 초청장을 자신의 빈약한 보물상자에 넣었다.

싸브리나는 훈이삼촌 얼굴을 떠올려보았다. 크고 빛나던 눈매와 웃음기 머물던 입가만 어렴풋이 생각났다. 너무 오래전의 인연이었다. 게다가 사춘기 시절의 첫사랑을 기억하기엔 그녀의 인생이 그뒤로 너무 고되었다. 싸브리나는 대신 지난주 유학생 환송파티에 자신을 초대했던 수를 생각했다. 뜻밖이었다. 지난여름, 주소가 적힌 편지 한장을 들고 찾아와 훈이삼촌을 아느냐고 물어왔을 때의 수는 긴장한 표정에 차가움을 더한, 낯선 이성에 대한 관심이라곤 전혀 없어 보이는 사람이었다. 그는 훈이삼촌과 가까이 지낸 몇몇 사람들의 이름을 대며 그들의 행방을 물은 뒤 가버렸다. 그런 그가 다시 연락을 해 파트너로 동행해줄 것을 요청한 것이다. 그날 그들은 오래 사귄 사람들처럼 스스럼없이 웃고 떠들어댔다. 싸브리나 자신이야 낮에 있은 손님과의 마찰을 잊고자 과음을 한 탓이었다지만 수는 왜 그랬을까. 그도 훈이삼촌처럼 좋은 사람일까. 싸브리나는 고개를 흔들며 피식 웃었다. 중요한 건 그가 어떤 사람인지가 아니다. 그가 자신을 서해안 바닷가까지 데려가줄 사람인지 아닌지이다.

*　*　*

일 달러짜리 허름한 마이크로버스는 죠지 워싱턴 다리 위를 달리기 시작했다. 창밖으로 수량 많고 드넓은 허드슨 강이 보였다. 처음엔 맨해튼 시내에 들렀다가 강을 건너 집으로 돌아갈 때면 비누처럼 형체가 닳아버린 자신을 발견하곤 했다. 모국어는 삽시간에 잊혀지고, 그의 뇌는 단순한 영어들, 먹고 마시거나 오물을 버리거나 길을 묻는 데나 쓰이는 영어들로 꽉 차 더이상 사고를 진전시키지 못했다. 그럴 때 바라보는 허드슨 강은 '그림자도 가라앉는 강'처럼 보였다. 해가 밝은 날에도 그림자 하나 보이지 않는, 옛이야기에 나오는 강…… 그 강에 닳아버린 자신의 존재가 송두리째 빠져 사라질 것 같은 두려움에 수는 부르르 몸을 떨곤 했다. 수는 어쩔 수 없이 아버지를 떠올렸다. 이제는 알 것 같았다. 왜 아버지가 말을 잃으면 넋을 잃는 것과 같다고 했는지를.

차가 다리 중간에 다다르자 햇빛을 받아 금빛으로 반짝이는 맨해튼 고층건물들이 아름다운 스카이라인을 이루며 눈앞에 펼쳐졌다. 무엇이든 멀리서 바라볼 때는 아름답게 마련이다. 그 속에서 살아가는 사람들의 아픔을 속속들이 알기 전까지는. 살아간다는 건 어느 후미진

곳에서 사는 가난뱅이든 휘황한 도시를 달리는 부유한 자든 고통스럽기는 마찬가지라고는 하나, 이렇게 멀리서 바라보는 동안 사람들은 전혀 다른 세계가, 유토피아가 존재한다고 믿는 것이다.

어린날의 수에겐 초콜릿과 고급 색연필을 보내오는 미국이 유토피아로 여겨졌다. 삼촌은 자신 때문에 아버지가 고생한 것에 늘 미안해하는 편지를 보냈다. 수는 열네살 되던 해에 처음으로 삼촌에게 편지를 썼다. 그 내용은 거의 다 잊었지만 몇개의 문장만큼은 지금도 분명히 기억한다.

'보고 싶은 삼촌, 물든 플라타너스 잎사귀들이 바람에 날리는 가을이에요.'

삼촌은 답장에 그 대목을 인용하면서 나중에 커서 시인이 되라고 했다. 그는 편지를 읽으며 얼굴을 붉혔다. 자신이 한 거짓말 때문이었다. 사실 그가 편지를 쓸 때는 아직 더위가 가시지 않은 늦여름이었는데 한두 달 뒤에나 편지를 받아볼 것을 계산해 꾸며 적은 문장이었다. 삼촌은 어느 소녀에 대해서도 썼다.

'순이는 아주 착하고 예쁜 아이지. 나는 그 아이 부모의 도움으로 잘 지내고 있단다.'

한장의 사진이 동봉되었다. 삼촌과 소녀가 교회건물 앞에서 찍은 거였다. 밝은 햇살 탓인지 둘다 눈을 찡그리고 있었지만 입가에는 미소가 어려 있었다. 수는 사춘기 내내 그 소녀를 상상하며 지냈다. 삼촌의 조언대로 가끔 시를 쓰기도 했다. 유명한 시인이 되면 미국에 초청받을 수 있다고 적혀 있었기 때문이다.

그러나 지금의 수는 금빛으로 반짝이는 맨해튼을 바라보며 유토피아 대신 「걸리버 여행기」에 나오는 하늘을 나는 '라퓨타 섬'을 연상한다. 라퓨타 왕국이 발니바르비라 불리는 지상의 영토를 지배하듯 뉴욕 맨해튼은 지금 전세계 여러 나라를 자본과 전쟁, 그리고 상업문화로 지배하고 있다. 라퓨타 국왕이 저항하는 지상의 어느 도시를 징벌하기 위해 그 도시의 허공에 섬을 머무르게 하듯이 중동의 모래사막위에 머물며 아랍인들의 땅에 그늘을 드리우고 있다. 그렇게 해서 벌어들인 돈으로 미국인들은 체세포 복제기술을 개발하고, 대량학살무기를 만들어낸다. 라퓨타 섬의 라가도 아카데미에서 무모하게도 사람의 똥으로 원래의 음식을 만들어내거나, 언어 대신 물건으로 대화하는 기술을 개발하는 데 힘을 기울인 것처럼.

버스는 강을 건너자마자 멈추었다. 지하철과 연결된 지하도로 들어가니 모자를 뒤집어놓고 멋진 쌕소폰 연주를 하는 흑인, 플라멩코를 연주하는 멕시칸 기타리스트, 그리고 불법제조한 디브이디를 팔러 나온 아기엄마가 행인들의 시선을 끌기 위해 애쓰고 있었다. 그는 아주머니 쪽으로 다가갔다. 최신영화들이 대부분이었지만 더러 오래된 영화들도 끼어 있었다. 그는 한국에서 '사랑과 영혼'이라는 이름으로 소개된 「고스트」를 골랐다. 달러 몇장을 내미니 아주머니 옆의 찬 바닥에 앉아 있던 아이들이 땡큐를 연발하며 웃는다.

영화를 통해 볼 때와 달리 뉴욕의 지하철은 낡고 지저분하다. 꽃무늬 타일로 장식되어 있는 벽면조차 종교의 자유를 찾아 이주해온 청교도들의 정신이 타락해간 것만큼 더럽혀져 있다. 바닥에는 수없이 많은 껌들이 붙어 있다. 그중에는 딸아이 것도 있다. 뉴요커라면 껌을 바닥에 뱉을 줄 알아야 해,라며 껌을 뱉은 뒤 과감하게 신발로 꾹 눌러붙이던 딸아이. 수는 이 도시의 빛과 어둠을 거름망 없이 받아들이는 아이가 위태로워보여 인상을 썼다. 그랬으면서 지금 딸아이가 만든 껍자국을 친척이라도 찾듯이 열심히 찾고 있다니. 어이없는 웃음이 나왔다. 비질비질 새어나오는 웃음을 참으려고 입술을 앙다물었다. 그러자 웃음은 볼을 부풀린 뒤 그의 눈가로 옮아갔다. 비로소 긴장으로 잔뜩 굳어 있던 어깨에서 힘이 빠져나간다.

수는 전철에 올라탄 뒤에도 영화 속에서 유령이 된 주인공과 어느 유령 걸인이 싸우던 코믹한 장면을 떠올리고 혼자 또 웃었다. 물론 영화에서처럼 풍경 한쪽에 한국어 자막이 있는 건 아니다. 주위 사람들과 수 사이에는 소통하기 어려운 언어장벽이 가로놓여 있다. 맞은편에 앉은 메스띠소 아주머니들은 큰 소리로 웃고 떠든다. 그 옆에 앉은, 두 눈을 꼭 감고 자는 척하는 아가씨는 한국인이 틀림없다. 수가 이 도시에 와서 발견한 것은 자신을 비롯해 대부분의 한국인이 놀라우리만큼 닮아 있다는 사실이다. 중국인의 고집스럽고 태평한 표정과도 다르고, 자판기처럼 일회용 미소를 수시로 뽑아낼 준비가 되어 있는 일본인과도 다른, 오만과 분노가 뒤섞인 특유의 무표정이다. 모자를 비뚤게 쓴 흑인 소년은 이어폰으로 랩을 듣는지 연방 고개를 끄덕이고 어깨를 흔든다. 세상과 결별한 채 자신만의 리듬에 빠져 있다. 다양한 인종들이 살아가는 이 도시에서 자기정체성을 유지하기가 쉽지 않아서일까. 옆자리에 앉은 뚱뚱한 금발 여성은 길게 기른 엄지손톱으로 무언가를 긁고 있다. 옆눈으로 살펴보니 퍼즐 위에 덮은 은박을 떼어내는 중이다. 운좋으면 몇달러짜리 경품이라도 받는가보다.

"왜 하필 롱아일랜드에 가고 싶으세요?"

지난주말, 붉은 장미문양의 손톱을 한 싸브리나가 호기심어린 눈빛으로 그에게 물은 게 문득 생각났다.

"그냥, 좋다고 들었어요. 『위대한 개츠비』란 소설의 무대이기도 하고."

그는 얼버무렸다. 삼촌 이야기를 꺼내고 싶지 않았다. 롱아일랜드 바닷가에서 발견된 삼촌의 주검을 이야기하기엔 술자리가 너무 흥겨웠다. 벌써 오래전 이야기인데다, 입에서 입으로 전해진 이야기라서 틀릴 수도 있었다. 삼촌에게는 죽음마저 불법이었다. 삼촌의 시신은 한밤중에 바다에 던져졌고, 그의 삶은 한장의 엽서 속에 짧게 언급되는 것으로 완전히 끝났다. '그는 건실하고 정직한, 참으로 아까운 젊은이였습니다.'

"물론, 아름다운 곳이에요. 비좁은 퀸즈 아파트에서 사는 이주자들한텐 거기가 꿈이죠. 푸르른 대서양, 드넓은 백사장, 갈매기 울음소리…… 그리고 꽃게. 아, 맞아, 꽃게!"

싸브리나는 상체를 벌떡 일으키더니 수의 턱 바로 밑에까지 얼굴을 들이대고 소리쳤다. 그녀한테서 달콤한 와인 향기가 났다.

"주말에 꽃게 잡으러 갈래요?"

"좋지요. 롱아일랜드 해협에 잠긴 은빛 지느러미 같은 달을 볼 수 있다면."

"걱정 마요. 달을 보는 데는 텍스도 팁도 필요없으니까. 아, 기분 좋아. 우린 뜰채 하나만 가져가면 돼요. 밀물때는 수천 마리, 아니 수만 마리 게들이 헤엄치고 있거든요. 그저 뜰채로 떠올리기만 하면 된다고요. 그거 아세요? 내가 아는 어떤 남자는 얼마나 거길 좋아했는지 끝내 그 바다에서 돌아오지 않았어요. 말하자면 게장을 치르게 된 거지요."

수는 깔깔 웃는 여자가 궁금했다. 도무지 감이 잡히질 않았다. 우울한 중년부인으로 보이기도 하고 한없이 천진한 아가씨로 보이기도 했다. 여자는 손가락까지 건 다음 춤을 추러 나갔다. 젊은이들 틈에서 신나게 맘보를 추고, 다른 테이블에 들러 웃고 떠들고 나서 다시 수 옆자리로 돌아와 숨을 헐떡이는 여자한테서 술냄새가 많이 났다. 와인에 위스키를 섞어 마신 듯했다.

"다음 주말이에요, 알았죠? 잊지 마세요, 다음 주말. 그 대신 나중에 당신은 날 서해로 데려다주는 거야, 어때요?"

수는 그러겠다고 했다. 물론 농담일 뿐이었다. 달나라에 가서 저녁식사를 하자고 했더라도 아마 그러자고 약속했을 거다. 한동안 둘은 어느 습기차고 갯벌이 새까만 바닷가 마을에 대해 길게 이야기를 나누었다. 여자는 갯내 풍기는 서해 바닷가에서 부드럽게 타오르는 석양을 바라보며 저녁식사를 하고 싶다고 했다. 한팔로 턱을 받치고 모래사장에 모로 누운 것 같은 자세로 이야기했기 때문에 여자의 젖가슴이 훤히 들여다보였다. 뉴욕에 와서 좋은 점이 있다면 여자들이 가슴을 깊이 판 옷을 입고 다닌다는 거였다. 이야기 도중에 술기운이 올라오는지 여자는 점차 의자 깊숙이 몸을 파묻더니 잠들어버렸다. 여자를 집까지 데려다줬던가. 아마 그랬던 것 같다. 택시로 브루클린에 갔던 기억이 난다. 낡고 좁은 계단을 한참 걸어올라가 꼭대기층 녹색 철문 앞에 여자를 세워두고 돌아왔다. 헤어지기 전에 여자가 굿나잇 키스를 해주었다. 입술이 따뜻했다. 입술이 따뜻한 여자와 미국에서 평생 사는 걸 상상했던 것 같다. 하지만 그게 계단을 내려오면서인지 아니면 돌아오는 택시 안에서였는지, 그도 아니면 희미한 꿈속에서였는지 확실치 않다.

지하철이 갑자기 멈추었다. 안내방송조차 없자 승객들이 술렁이기 시작했다. 한참 시간이 흐른 뒤에야 문제가 발생했음을 알리는 크고 거친 남자 목소리의 안내방송이 나왔다. 바쁜 뉴요커들은 몇마디 한숨과 불평을 쏟아내며 다른 교통편을 찾아 내렸다. 대체로 영어를 알아듣지 못하는 이방인과 노인, 어린아이나 짐 있는 여자 들만이 남았다. 수는 34가 펜스테이션에서 싸브리나를 만나 롱아일랜드행 기차를 타기로 했으니 아직 몇정거장 더 가야 한다. 하지만 다른 교통편은 전혀 알지 못한다. 택시를 타고 혼잡한 시내에 들어간다는 건 더 무리다. 남은 사람들처럼 그대로 자리에 앉아 상황이 수습되기를 기다리는 길밖에 없다. 싸브리나에게 늦는다는 전화라도 해주면 좋겠지만 지하철 안은 휴대전화 불통지역이다.

전철은 꼼짝도 하지 않는다. 또 한차례 알아들을 수 없는 거친 안내방송이 나오자 남아 있던 사람들 중에서 일부가 하나둘 지하철에서 내린다. 노인들 몇이 내리고, 아기를 실은 유모차에다 무거운 보따리까지 든 아기엄마조차 불편함을 감수하고 내린다. 무언가 심상치 않은 사고가 났나보다. 테러라도 발생한 걸까. 지도를 들고 있는 아시아계 여행자와 스페인계 아주머니들, 그리고 수만 남았다. 초조하고 답답했다. 왼쪽 귀가 심하게 아파왔다.

결국 수는 지하철에서 빠져나와 무작정 거리로 나왔다. 서쪽에서 다가온 구름이 하늘의 절반가량을 덮고 있었지만 아직은 날이 맑았다. 크고 작은 빌딩숲 너머 엠파이어스테이트 빌딩이 도도한 자세로 서 있는 게 보였다. 할인행사를 하는 백화점 앞으로 어깨와 가슴을 드러낸 멋쟁이 백인 아가씨와 새털 모자를 쓴 인디언 청년, 신사복 차림에 운동화를 신은 서남아시아계 중년남자, 옆머리를 턱밑까지 기르고 머리에 둥글고 납작한 모자를 붙여 쓴 유대인, 온몸에 페인팅을 한 흑인 소녀들이 물결치듯 오갔다. 수는 자신이 가야 할 길을 몰라 선 채로 우두망찰 지켜볼 뿐이었다. 그때 주머니에서 전화기가 울렸다. 부재중 전화가 몇통 와 있었다. 오늘따라 자주 울리는 전화를 이번에는 침착하게 받으려 수는 숨을 몰아쉬었다. 전화기를 귀에 대는 순간, '끼이익' 날카로운 마찰음이 들려왔고, 갑자기 앞에서 걸어가던 거구의 흑인 청년이 뒷걸음질치다 수의 팔과 가슴을 찍어눌렀다. 전화기가 수의 손에서 미끄러져 바닥으로 떨어졌다. 그와 동시에 횡단보도를 건너기 위해 주변에 서 있던 사람들이 갑자기 비명을 지르면서 이리저리 몰려다니기 시작했다. 번화한 사거리가 해일을 맞은 것처럼 삽시간에 심한 혼란에 빠져들었다. 자동차들이 경적을 울려댔고, 어디선가 싸이렌이 울렸다. "테러블 카 컬리전(끔찍한 자동차 추돌)!" "카쑤어싸이드 테러(차 자살 테러)!" 수없이 봐온 할리우드 영화 속 장면, 9·11테러 사건과 이라크전을 중계하는 CNN을 통해 익숙해진 단어들이 놀랍게도 잘 들렸다. 지하철에서와 달리 말이 잘 들리자 수는 이상하게 침착해지는 자신을 발견했다. 그래, 지난번에는 실윈스키 사건, 엊그제는 클리블랜드 사건, 오늘은 또다른 사건이 중계되고 있을 뿐이다. 소외된 이방인들로 가득한 도시는 튀고 자살하고 싶은 사람들을 얼마든지 공급할 테고 어휘는 굿모닝 잉글리시 회화테이프처럼 풍부한 사건사고에 맞춰 나날이 향상되겠지. 테이프가 다 돌고, 뉴스가 끝나면 사람들은 아무 일 없었다는 듯이 자리를 빠져나갈 거고, 바에 가서 찬 맥주를 들이켤 거다. 그 순간 바닥에 떨어진 전화기가 눈에 들어왔다. 수는 전화기를 줍기 위해 몸을 굽히고 팔을 뻗었다. 그러나 곧 그의 몸은 인파에 휩쓸려버린다.

                    *   *   *

스팀타월로 스미스 부인의 발을 닦으면서 싸브리나는 벽에 걸린 시계를 올려다봤다. 벌써 오후 세시였다. 그런데도 수한테선 연락이 오지 않았다. 스미스 부인은 예정된 시간에 도착했고, 아직 퇴근하지 않은 싸브리나를 보자 자신을 기다린 줄 알고 몹시 좋아했다. 손톱을 끝내자 스미스 부인은 여름내 맨발로 다닌 탓에 거칠어진 발을 내밀었다. 두배 이상의 팁을 기대할 수 있는데다, 어차피 수가 근처에 도착해 전화할 때까지 기다려야 했기 때문에 거절하지 않았다. 발마싸지를 마친 뒤 발톱에 유리처럼 광택이 나는 체리 빨강을 바르기 시작했다. 오래 써 닳아버린 탓인가. 매니큐어솔 끝이 자꾸 갈라진다. 몇번씩 덧바르는 동안 등줄기로 식은땀이 돈다. 어깨가 결리고 쑤셔온다. 손끝마저 미세하게 떨린다. 발톱 주변에 묻은 빨간 매니큐어가 지저분하게 번진다. 눈에 띄지 않게 세심히 닦아내려면 또 한참을 들여다봐야 한다. 아름답다는 것, 그것은 지겨운 일이다. 정교한 세공품을 보면 언제부턴가 오른쪽 어깨와 손목으로 통증이 온다. 저 혼자 빛을 발하지 못하는 건, 심지어 달조차 끔찍하다. 진한 페디큐어 냄새를 맡아 그런지 머릿속이 빙빙 돌고 속이 메스껍다.

스미스 부인에게 페디큐어를 다 발라준 뒤 싸브리나는 다시 한번 시계를 보았다. 너무 늦어지고 있었다.' 몇차례 수한테 전화를 걸었지만 계속 불통이다. 혹시 길을 잃은 걸까. 이상하리만치 가슴이 두근댔다. 불행은 언제나 뜻하지 않은 순간에 찾아오곤 했다. 싸브리나는 한번 더 전화를 했다. 이번에는 정상적으로 신호가 갔다. 누군가 전화를 받았다.

"여보세요, 수? 어디예요?"

아무 대답이 없다. 전화기 속에서 웅성대는 소음이 난다. 사방에서 자동차들이 급정거하는 소리, 경적 소리가 들린다. 이어 싸이렌 소리……

"괜찮아요? 수, 대답해요."

어수선하면서도 나직한 소음이 들리던 전화기 속에서 갑자기 비명이 솟구친다. 크고 거대한 혼돈의 굉음이 귀를 찢는다. 그리고 더이상 아무 소리도 들리지 않는다.

폭
식

1

사옥의 외벽을 뒤덮은 초록빛 유리 탓일까. 테이블에 놓인 캐머마일 차향이 그렇게 느끼게 하는 걸까. 햇빛조차 뚫지 못하는 어둡고 축축한 숲속에 홀로 들어선 느낌이다.

"민팀장, 잠깐만 기다려."

전화를 받던 홍이사는 통화가 길어져서 난감하다는 듯이 내게 눈짓을 하면서도 끊지 못하고 있다. 그의 아내인가보다. 어쩌면 애인일지도 모르고. 홍이사가 복도 쪽으로 걸어가 전화를 받는 동안 나는 고개를 돌려 창밖을, 아니 정확히는 창밖의 화염을 바라본다. 창밖에선 뜨거운 여름볕이 사옥 앞 광장을 하얗게 흐물거릴 정도로 달구어대고, 태양을 향해 맞대응이라도 하려는 듯 한쪽에선 시뻘건 불길이 치솟고 있다. 붉은 머리띠를 두른 사내들은 불을 가운데 두고 동그랗게 둘러서서 박수를 치고 환성을 지른다. 하지만 그 소리는 들리지 않는다. 단단한 초록 창유리 너머 그들은 입만 벙긋대는 물고기처럼 보인다. 그들은 쉬지 않고 손뼉을 친다. 손바닥을 부딪치면 동그란 물방울이 희망을 품고 보글보글 솟아오른다고 믿는 물고기들처럼. 그중에는 낯익은 얼굴도 더러 있다. 장작에 붙은 불은 순식간에 타오르더니 이내 광목천으로 만들어진 인형으로 옮겨붙는다. 노란 바탕에 붉은 글씨가 씌어진 천을 대각선으로 두른 인형은 병신춤을 잘 추던 어느 춤꾼처럼 사지를 오그라뜨린다. 인형은 형체를 알아볼 수 없게 일그러지더니 검은 숯덩이가 되어 광장에 내동댕이쳐진다. 인형이 쓰러지는 순간 차가운 땀이 등줄기로 흐른다. 냉방이 잘된 영화관에서 불길이 치솟는 재난 영화를 보는 기분이랄까. 시각 정보와 피부 온도의 불일치가 곤혹스러운 신체반응을 일으키는가보다. 갑자기 속이 불편하다. '숲속의 빈터'에 갔다가 린도우인의 미라를 보았을 때처럼.

몇달 전 영국 체셔로 출장갔다가 윌름슬로우 근처에 있는 린도우모스에 들른 건 그곳 '숲속의 빈터'가 유명하다는 말을 들었기 때문이다. 이탄이 대량으로 채굴되고 있는 그 지역은 이천년 전에는 숲과 작은 호수들이 흩어져 있는 곳이었다던가. 차가 유적지를 향해 달리는 동안 옆자리에 앉은 현지 직원의 설명이 이어졌다. "특별한 날이면 켈트족은 '숲속의 빈터'에 모여들었어요. 숲속의 신성한 나무들 아래에서 회합을 가졌지요. 신성한 나무를 뜻하는 '빌라'는 신성한 샘가에 많았는데 당시에는 부족끼리 싸울 때 상대의 신성한 나무들을 파괴했나봐요. 상징적인 공격인 셈이죠. 고의로 나무껍질을 벗긴 자는 중형에 처했대요. 죄인의 배를 갈라 김이 모락모락 나는 창자를 꺼내 그가 손상을 입힌 나무에 못박았지요. 살아 있는 것이 나무껍데기를 대신한다고 생각해 창자가 붕대처럼 나무줄기를 감쌀 때까지 그를 끌고 나무 주위를 돌았대요. 섬뜩하지요?"라고 묻는 그의 말대로, 등줄기가 서늘하도록 섬뜩했다.

흑갈색으로 바짝 말라버린 린도우인 몸뚱이는 옷이 약간 벗겨진 상태로 묶여 있었고 머리는 몽둥이로 얻어맞아 함몰된데다 대단히 강한 힘으로 밧줄에 목을 졸린 흔적이 선명했다. "학자들은 린도우인이 우연히 물에 빠져 익사한 게 아니라, 기원전 삼백년경에 신성한 연못에 내던져졌으리라 추측하고 있어요. 그는 목이 꺾인 채 엎어진 자세로 연못에 떨어졌고, 수백년이 흐르자 이탄층이 형성되면서 연못이 메워졌지요. 법의학자들은 부검을 통해 린도우인이 죽기 직전에 매우 특이한 식사를 했다는 사실을 밝혀냈어요. 세심하게 고른 식물들로 꾸며진 최후의 만찬. 그는 초목의 신을 달래기 위해 바쳐진 제물이었거든요. 린도우인의 위를 빈틈없이 꽉 채운 건 겨우살이 열매를 비롯한 다양한 씨앗과 열매 들, 그리고 시커멓게 탄 빵……" 설명을 계속하려는 직원에게 나는 피곤하다는 표정을 지으며 그만하지,라고 점잖게 말을 막았지만 이미 긴장으로 손바닥에 땀이 맺혀 있었다.

린도우인 미라를 본 날, 나는 저녁식사로 나온 양고기 스튜를 반 이상 남겼고 그나마도 소화시키지 못했다. 체증은 며칠간 계속되다가 겨우 사라졌다. 동시에 세상을 떠도는 동안 지속된 내 폭식의 습관도 사라졌다. 오랜 해외생활중에 가끔 한국에 들를 때마다 탐식하던, 고추장을 잔뜩 넣은 비빔밥마저 거부하게 되었다. 제상에 오르는 고사리와 도라지, 시금치 따위는 보기만 해도 역겨웠다. 무엇보다 위가 꽉 찬 상태가 싫었다. 온갖 나물들을 배 속에 넣고 쫓겨나다시피 조국을 떠난 십여년 전의 내가 떠올랐기 때문이다. 그해 겨울, 나는 대신기업의 제물이었다.

첫번째 바람은 매형한테서 불어왔다. 하지만 그 바람은 여름 한낮의 개망초꽃이나 슬쩍 흔들고 지나갈 정도로 미약한 바람에 불과했다. 다니던 여행사에서 상사와 싸우고 홧김에 사표를 쓴 매형이 카드빚을 쓰기 시작했다. 안타까운 일이지만 그렇다고 내 인생까지 위협할 정도로 심각한 사건으로 보이진 않았다. 당시만 해도 나에겐 대학을 졸업한 뒤 바로 입사해 뿌리를 튼튼히 내린 직장이 있었고, 매형의 소개로 만난 아내 역시 여행사를 다니며 맞벌이하고 있었으니까. 매형의 카드빚을 갚아주는 걸로 사태가 수습되리라 여겼다. 하지만 매형의 숨겨진 카드빚은 그뒤로도 계속 드러났고, 새 직장은 들어가기 무섭게 뛰쳐나왔다. 급기야 매형은 직접 여행사를 차리겠다면서 내게 집을 담보로 목돈을 빌려달라고 했다. 개기일식이 있는 날 밤의 어둠처럼 속을 알 수 없는데, 언제든 거짓말할 준비가 되었다는 듯이 툭 튀어나온 매형의 입을 바라보며 나는 고개를 절레절레 흔들었다. 그런 내게 매형은 세계화된 오늘날엔 여행사가 벤처기업이라 곧 빚을 갚게 될 거라 장담했다. 이참에 가족이 함께 휴양지라도 다녀오자고 허풍스레 웃어대며. 그 시절엔 그게 유행어였다. 세계화, OECD, 국민소득 일만 달러, 그리고 해외여행. 봄날 강둑에 피는 제비꽃만큼이나 흔하게 들려오던 낙관적 단어들. 매형은 꿈쩍도 않는 나 대신 아내에게 접근했다. 결국 아내는 직장을 그만두고 퇴직금과 그동안 모아둔 돈을 보태 여행사에 쏟아붓겠다고 나섰다. 큰 시설도 필요없고, 여행사에서 오래 근무한 두 사람의 경험과 인맥을 잘 활용하면 사업을 무리없이 해나갈 수 있을 거라면서. 결국 아내는 매형의 동업자가 되었다. 불안과는 달리 여행사는 생각보다 순조롭게 자리를 잡아갔다. 이듬해 여름, 누나네 가족과 우리 가족은 싼 패키지 상품을 이용해 토오꾜오 근처 하꼬네 휴양지로 여행을 갔다. 이국의 풍경은 신비로웠고, 상인들은 친절했으며, 호텔 음식은 풍성하고 다양했다. 폭풍 전야의 기이한 평화가 유독 우리를 행복하게 한 걸까. 그것이 우리의 마지막 즐거움이었다. 그해 겨울, 외환위기가 닥치더니 아이엠에프 구제금융 시대가 열렸다. 부실기업, 실업대란, 노숙자…… 새로운 유행어들이 가을 낙엽처럼 이리저리 거리를 떠돌았다. 환율이 요동치면서 '새로운 세상, 세계로 여행'이란 로고를 내건 여행사 간판은 쉽게 부러져나갔다. 매형은 카드빚이란 빚은 몽땅 끌어들인 뒤 잠적했다. 빌려쓴 돈의 이자가 눈덩이처럼 불어 우리를 덮쳤다. 내 월급은 차압당했다. 게다가 그토록 튼튼하다 믿었던 대신기업마저 정리해고를 감행했다. 가열로사업부에서 꽤나 인정받는 사원이던 나도 해고자 명단에 올라 있었다. 월급을 차압당하는 직원이란 사생활이 복잡하게 마련이라는 통념이 나를 밀어낸 것이다. 하필 왜 나란 말인가. 원망도 많이 했다. 돌이켜 생각하면 어떻게든 제물이 필요한 때에, 누군가를 붙잡아 린도우인처럼 온몸을 꽁꽁 묶고 목을 꺾은 뒤 늪 바닥에 내던져야만 했던 야만의 시기에 하필이면 내가 걸려든 것이다. 나는 재빨리 도망칠 수 없는 한마리 상처입은 영양이었다.

집을 팔아 급한 빚만 일부 갚은 뒤 새 일자리를 찾아나섰다. 지인들을 찾아가 신세를 지기도 하고 때로 무리한 요구를 하기도 했다. 어느 날 난 주머니는 물론 위장까지 완전히 빈 상태에서 서울역 대합실에 서 있었다. 주위엔 온통 노숙자였다. 그들은 추위를 피해 대합실 텔레비전 앞에 옹기종기 모여 있었다. 국경일 기념식장을 생중계하는지

애국가가 울려퍼졌다. 그때 추레한 차림의 사내 하나가 가슴에 손을 얹는 게 보였다. 나는 그자에게 달려가 심장에 올려진 손을 억지로 끌어내린 뒤 손목을 세게 비틀었다. 쓸개도 없는 자식이라고 욕을 퍼부으면서. 나와 그자는 차가운 바닥에 몸을 뒹굴며 굶주린 승냥이들처럼 주먹질을 해댔다. 왜 그랬는지 모르겠다. 평생 세금을 갖다 바치고도 결정적 순간에 버림받은 자의 설움이 그렇게 폭발한 걸까.

경찰의 호루라기 소리를 뒤로하고 역에서 도망쳐나온 나는 무작정 홍을 찾아갔다. 내 직속상사였던 홍 앞에 무릎을 꿇고 살려달라고 빌었다. 무슨 일이든 좋으니 시켜만 달라고. 시커멓게 더럽혀진데다 피범벅이 된 내 와이셔츠를 보고 깜짝 놀라던 홍의 표정은 지금도 잊혀지지 않는다. 며칠 뒤 홍은 내게 일본행을 권유했다. 일본의 중소기업에서 가열로사업부 직원을 채용한다고. 가열로사업에 대해서만큼은 화공과를 수석으로 졸업한 나만큼 잘 아는 사람도 드무니 그쪽에서도 좋아할 거라고. 외국에서 산다는 건 생각해본 적도 없지만, 선택의 여지가 없었다.

한국을 떠나던 날, 누나는 비빔밥을 만들어줬다. 고사리와 콩나물, 시금치, 도라지가 들어간 새빨간 고추장 비빔밥을 나는 눈물을 삼키려 목이 미어져라 퍼먹었다. 배가 터지도록 먹던 그날의 기억이 또다시 린도우인을 떠올리게 한다. 나는 아이엠에프의 제물이었나? 아마 그럴 거다. 그렇지 않다고 위로하기엔 비빔밥을 잔뜩 먹고 비행기에 올라탄 뒤로 겪게 된 고통이 너무 크다.

린도우인의 형상을 지우려 나는 세차게 머리를 흔든다. 또다시 속이 거북해진다. 갈비찜으로 꽉 채운 위장이 활동을 거부하면서 불쾌한 두통을 유발한다.

죽음의 늪에 던져졌다가 가까스로 살아나온 지금, 나는 유령이다. 온몸에 붕대를 휘감고 있는 미라다.

"자네만 눈감아주면 공사는 당장이라도 강행할 수 있어. 저자들이야 아무리 설쳐봤자 어차피…… 알지?"

홍이사는 창유리 너머 사내들을 손가락으로 가리키며 한쪽 입술을 냉정하게 비튼다. 사내들은 이제 불타버린 잿더미를 둘러싸고 장례식을 치르는 양 침통한 표정을 하고 있다. 짙은 감색 셔츠를 입은 늙수그레한 자가 거리의 행인들을 향해 확성기를 입에 대고 떠들고 있다. 나머지는 죽은 물고기들처럼 입도 벙긋하지 않는다.

빌딩 밖으로 나오자 뜨겁고 끈적끈적한 공기가 전신으로 훅 밀려온다. 사내들 역시 기다렸다는 듯 홍에게 달려든다. 누군가 갈라진 목소리로 "비정규직 노동자도 사람이다. 회사는 책임져라"라고 외친다. 이어 항의의 목소리가 거칠게 이어진다. 하지만 정작 자신들의 운명을 좌우할 권한을 가진 나에겐 아무도 관심을 두지 않았다. 그중의 한 사람, 탈모가 심하고 얼굴이 바짝 마른 중년사내만 빼고. 확성기를 손에 쥔 사내는 내 얼굴을 오랫동안 쳐다보았지만 끝내 나를 알아보지는 못한 듯했다. 슬며시 고개를 돌리고는 반대방향으로 가버린다. 쉽게 잊혀지지 않는 눈빛이다. 그가 누구인지 기억해내는 데는 그리 오랜 시간이 걸리지 않는다. 나와 입사동기이고 한때 해고자 복직싸움을 함께했던, 눈빛이 강한 반면 유난히 잘 웃던 최형. '저 친구…… 마른북어처럼 심하게 말라버렸군. 내 몸뚱이가 알아보기 힘들 정도로 비대해진 것처럼' 하고 생각하는데 그는 이미 시야에서 사라지고 없다. 십년 전 외환위기가 닥쳤을 때 함께 해고된 우리는 각각 다른 길을 택했다. 해고자 복직싸움에 적극 뛰어든 그와 일찌감치 포기하고 새 일자리를 찾아 전국을 누빈 나. 0.7평 감옥으로 추방된 그와 망망대해 같은 외국으로 추방된 나. 어쩌면 이리도 다른 모습으로 망가진 걸까. 내가 맥도날드 햄버거와 튀긴 감자, 기름진 이딸리안 피자 따위를 씹으며 지구를 뱅글뱅글 도는 동안 그는 0.7평에 갇힌 채 제자리 뛰기로 팔다리를 풀며 배급된 음식으로 연명해왔음이 분명하다. 내가 유령이 되어 돌아올 동안, 그는 여태 늪에서 허우적대고 있었단 말인가. 뜨거운 햇볕이 따갑게 뺨으로 쏟아진다.

2

오피스텔의 초인종이 짧고 경쾌하게 울린다. 왼쪽 다리의 붕대를 벗기고 있던 나는 움찔 놀란다. 홍이사인가보다. 낮에 회사에서 만나 종일 함께 있다가 헤어졌는데 아직 할말이 남은 걸까. 지겹도록 이야기해놓고도 모자라 숙소로 들이닥치다니. 나프타 저장탱크 시공 '가' 공구 공사를 편법으로 인척에게 맡긴 홍은 요즈음 좌불안석이다. '가'공구 지반이 무너져 납기를 맞추지 못한 계약위반 불똥이 원청업체 관리책임자인 홍이사한테까지 넘어올 수 있기 때문이다. 수억원 되는 리베이트가 문제였다. 비자금 마련을 위해 지반 기초환경 조사를 소홀히 한 것이다. 지반 기초공사는 늘 하던 대로 H빔과 보강말뚝으로 대충 벽을 치고 콘크리트를 치면 넘어가곤 했는데, 이번에는 운이 따라주지 않았다. 봄철이라 지반이 약해지는 시절인데다 일꾼 몇 명이 수맥을 건드려서 일을 크게 만들었다. 용역회사 '시흥'은 수맥을 건드려 말썽을 일으킨 인부들을 해고했다. 그러자 잘린 인부들은 부당해고라며 원청인 대신기업을 상대로 농성에 들어갔다. 최형이 이들을 이끌고 있는 눈치다. 영리한 최형은 부실공사의 원인이 된 지반 기초공사의 부실을 폭로하며 비리 의혹을 제기하고 나왔다. 십여 년 전에도 인사관리부장이던 홍과 노조간부인 최는 툭하면 핏대를 올려야 한 불편한 관계다. 질긴 악연인 셈이다.

홍이사는 숙련도가 떨어지는 인부들이라도 고용해 어떻게든 공사를 진행하려 한다. 그래야만 계약대로 공기를 지킬 수 있으니까. 하지만 어림없는 이야기다. 미국 본사의 설계대로 시공하지 않았을 때 그 책임은 누가 진단 말인가. 결국 내 차지다. 게다가 한때 동료였던 사람들을 매몰차게 저버리기란 쉽지 않다. 낮에 사옥 앞 광장에서 광목 인형을 태우는 걸 직접 본 상황에선 더욱. 또다시 초인종이 울린다. 지금은 정말 쉬고 싶다는 걸 모르는 걸까. 홍이 벌컥 문을 열어젖힐까 염려스럽다. 내 정체를 들켜서 좋을 게 없다. 요즘 세상에, 게다가 좁은 이 업계에서 나쁜 소문은 하룻밤에 온 지구를 수천번 돌고도 남을 터이니. 내 육체가 이미 거덜났다는 걸 안다면 맨해튼 42번가의 꼭대기층에 있는 합리주의자 퍼커슨은 민첩하게 제 업무를 수행할 거다. 퇴출, 감원, 해고를 전문으로 하는 그는 즉시 다른 사람으로 내 자리를 대체할 테지. 인도나 파키스탄, 일본이나 브라질 혹은 동유럽에서 온 대기자 중 누군가로. 온종일 붕대로 된 껍질에 갇혀 창백하게 굳어 있던 살점들이 흐물흐물하게 퍼져 있다. 세포 하나하나가 통증을 호소한다. 다문 입술 사이로 신음소리가 새어나온다. 붕대를 다시 친친 감는다. 홍반성 낭창으로 흉측해진 종아리와 넓적다리를 압박붕대로 가두며 억지로 신음을 삼킨다.

"홍이사? 잠깐만 기다려. 씻으려던 참이어서……"

목소리가 떨린다. 온몸이 땀으로 젖는다. 겨우 옷을 걸치고 문을 연다. 술기운 탓인지 머리가 어지럽다.

"저, 실례합니다."

낯선 여자가 민망한 표정으로 눈앞에 서 있다. 긴 파마머리를 하나로 묶은 여자는 나이를 가늠하기 힘든 얼굴인데다가 기묘한 미소까지 짓고 있다.

"죄송합니다. 실은 휴대전화를 그만……"

꾸벅 인사를 한 뒤 안으로 들어간 여자가 휴대전화를 찾아 황급히 돌아나온다. 얼굴이 빨갛게 상기된 여자한테서 독특한 향내가 난다. 남도 특유의 억양이 남아 있는 말투. 그러고 보니 누나가 말한 그 세입자인가보다. 오늘 아침에 공항에서 내리자마자 누나에게 전화했을 때, 누나는 평소와 달리 몹시 당황하는 눈치였다. 사전연락 없이 갑자기 찾아온 내가 부담스럽다는 듯이. "그럼 세입자한테 연락해야겠네. 말 안했던가? 네가 워낙 뜸하게 와서 세를 줬어. 주인이 올 때만 며칠 비워주는 조건으로. 대신 좀 싸게 놨지." 조심스레 말을 꺼낸 누나는 결국 무능력한 매형이 최근에 저지른 잘못에 대해 늘어놓으며 비난의 화살을 그쪽으로 쏟아부었다. 그럴 수 있다고 생각했다. 평생 빚이나 지고 다니는 남편과 살면서 혼자 살림을 꾸리는 누나 처지라면. 누나나 세입자 입장을 생각해 호텔로 갈까 하다가 그냥 오피스텔로 갔다. 고국에 돌아와서까지 낯선 호텔 로비에서 서성이고 싶지 않았다. 게다가 어디까지나 내 방이지 않은가. 겨우 마련한 목돈을 누나에게 보내 장만한, 지구상에 유일하게 내 소유로 되어 있는 공간. 회사가 맨해튼에 있고 일하는 현장이 세계 여기저기에 흩어져 있다 해도 아직 국적만큼은 한국인 것이다. 십층짜리 오피스텔 건물의 방 하나를 가지게 된 날, 나는 소리없는 눈물을 흘렸다. 빈손으로 쫓기듯 한국을 떠난 뒤 십년 만의 일이었다. 이리저리 흘러다니는 떠돌이만이 안다. 작은 화분만큼의 땅에라도 마음을 붙이고 싶은 낡고 지친 육신을. 그 육신에 깃든 불안한 영혼을.

굽이 닳아버린 한쪽 구두가 내는 날카로운 마찰음이 복도를 울린다. 복도 끝까지 걸어간 여자가 갑자기 몸을 돌려 묻는다.

"혹시…… 오래 머무실 건가요?"

쇠종처럼 높고 맑은 목소리다. 어쩐지 난감하다.

"글쎄요, 한 사나흘?"

여자는 알겠다는 듯 고개를 끄덕이고 나서 거친 걸음으로 걸어가 가방을 엘리베이터 앞에 쿵 하고 내려놓는다. 뭔가 못마땅하다는 뜻이겠지. 조금 짜증스럽다. 어째서 내가 내 집에서 미안해해야 하는 건지. 누나가 내게 매달 오피스텔 관리비까지 받아갔다는 사실을 떠올리자 이맛살이 구겨진다. 누나는, 아니 더 정확하게 매형은 자신들이 내게서 얼마나 많은 것들을 앗아갔는지 모른단 말인가. 그러고도 모자라서 더?

3

창밖을 내다보지만 어느 것도 눈에 익은 게 없다. 삼십년 전에 어머니와 누나, 그리고 내가 살던 그 동네가 아니다. 그렇다고 어머니가 돌아가신 뒤 아내와 신혼살림을 차렸던 그시절의 모습도 아니다. 전혀 딴판으로 재개발되었다. 오피스텔과 무도회장, 모텔, 그리고 쇼핑몰 따위가 뒤섞인 이 동네에선 어쩐지 수상한 쇳내가 난다. 정감어린 것들은 다 사라져버렸다. 지붕 낮은 집들과 금간 씨멘트 담벼락, 그 틈새로 피었다 지던 민들레와 토끼풀, 밤이면 날아들던 왕물결나방, 개 짖는 소리, 그밖에도 달콤하고도 짭짜름한 가난한 동네 특유의 냄새까지. 달빛에도 냄새가 있었지. 지금과는 사뭇 다른.

높은 빌딩과 오피스텔 사이 빈틈에 겨우 비집고 들어앉은 창백한 달을 바라본다. 풍경은 정지상태다. 움직이는 거라곤 앞 건물 꼭대기에 매달린 환풍기의 날개뿐이다. 그것은 쉼없이, 일정한 속도로 미친 듯이 돌아가고 있다. 창문을 열고 고개를 쑥 내밀어 골목길을 내려다본다. 바람이 분다. 나뭇가지 하나 없는 공중에서 흔적없이 불어대는 바람. 손가락 사이로 빠져나가는 바람의 느낌이 좋다. 밖을 내려다보니 편의점에서 나온 웬 사내가 까만 비닐봉지를 흔들며 빠르게 걸어간다. 그 옆으로 야채를 실은 트럭이 툴툴거리며 지나간다. 승용차 한대가 그 뒤를 따라오다가 오피스텔 주차장으로 미끄러져들어온다. 아무래도 예전 우리집 수도가 있던 자리 같다. 자동차 밑으로 지금도 물이 흐르고 있을까. 화단에 해마다 피던 봉숭아며 분꽃 씨앗은 땅밑에서 숨쉬고 있을까. 흐응, 그럴 리가 없다.

어쨌거나 이곳은 경매로 헐값에 넘기고 간 내 집터에 세워진 새 오피스텔이다. 공중누각일망정 아주 약간의 땅 지분은 나에게 있겠지. 내 집을 되찾았다는 안도감이 단단하게 자리잡은 가슴속 검은 응어리를 조금씩 풀어준다.

냉장고를 열어보니 식이음료와 먹다 남긴 빵조각, 말라비틀어진 상추와 귤, 상한 냄새를 풍기는 고등어가 눈에 띤다. 살림에 소홀한 여자임에 틀림없다. 하지만 가끔은 고등어를 직접 구워먹나보다. 개봉

하지 않은 식이음료만 남기고 모두 버린다. 책상과 연결된 간이 책꽂이에 놓인 『베스트 애피타이저 100선』 『야생악어 길들이기』 『최신판 유럽여행 안내』 『쉽게 이별하는 법』 따위의 책들도 눈에 보이지 않는 곳으로 치울까 하다가 그만둔다. 책이란 어차피 읽는 자의 것이니까.

내 짧은 머리카락들이 그새 방 안 여기저기 떨어져 있다. 긴 머리카락과 자리다툼이라도 한다는 듯이. 긴 머리카락들을 집어 쓰레기통에 버린다. 낯선 여자의 흔적이 지워진다. 비로소 열세 평 오피스텔이 내 공간으로 여겨진다.

침대에 누워 베개에 얼굴을 묻는다. 이부자리에서 희미한 여자의 살내가 난다. 살림하는 여자의 냄새를 맡아본 지가 얼마 만인지 모르겠다. 시골집 아랫목에서 어머니 곁에 누워 자던 어린시절이 떠오른다. 비오는 날, 모처럼 쉬는 어머니 옆에 누워 낮잠을 잘 때면 맡아지던 마늘 냄새, 밥 냄새, 그리고 마른 이삭 냄새. 집안일과 농사일로 바쁜 어머니를 오랜만에 곁에 두고 누웠을 때의 그 나른한 행복감. 유독 비오는 날이면 스멀스멀 피어올라 방 안을 가득 채우던 오래되고도 정겨운 냄새. 문지방과 구들, 장롱과 재봉틀, 그리고 벽에 걸린 헌옷가지들이 이윽고 아득하게 멀어지면서 졸음이 이마까지 차면 어머니는 말했다. "행여 꿈엘랑 절대 강을 건너지 마라. 배도 버스도 타고 가면 안되여. 그걸 타고 가버리면 영영 가버리는 거여, 알겠쟈? 혼이 육신을 찾아오지 못한단 말이지." 사촌이 물에 빠져죽은 날로부터 그리 오래지 않은 때였을 거다. 어릴 적에 나와 누나, 그리고 내 또래의 사촌은 자주 냇가에서 헤엄을 치며 놀았는데, 사촌이 죽은 뒤론 꿈에서 그애를 자주 만났다. 사촌은 배를 타고 늘 어딘가로 떠나자고 했다. 반가운 마음에 배에 오르려다 신발이 벗겨지는 바람에 징징 울다가 퍼뜩 잠에서 깨이나곤 했다. 마치 죽음의 문턱에서 살아돌아온 기분이 들곤 했다. 그럴 때, 옆에 누운 어머니한테서 나던 살림 냄새. 가만히 누워 있으면 어느새 죽음에 대한 두려움은 사라지고 바깥 공기를 맡고 싶은 맘, 친구들과 놀 궁리, 뒷산 소나무에 매달아놓은 죽은 뱀이 어찌되었을까, 하는 새삼스러운 궁금증 따위가 하나둘 되살아났다. 어느결에 마음이 명랑해지면 솟구치듯 자리에서 일어나 밖으로 뛰어나가곤 했다.

붕대를 푼 다리가 욱신거린다. 세포들이 일제히 깨어나 아우성친다. 시차를 극복하려고 마신 술기운이 남았을 때 잠들어야 했는데, 이미 늦은 듯하다. 밤 열한시. 지금쯤 맨해튼의 사무실 직원들은 간단한 브런치로 점심을 해결했겠지. 태국의 친구들은 아직 저녁을 먹기 전일 거고. 진통제와 수면제를 입에 털어넣는다. 어떻게든 잠을 자야 한다. 내일은 중요한 결정을 내려야 하는 날이니. 먹은 뒷돈을 토해서라도 홍을 설득해 기초공사부터 다시 하자고 하든, 용역업체 시흥 사장의 멱살을 붙잡아서라도 인력 공급을 원활히 하든 내 담당구역인 '나'공구만이라도 공사 진행이 되게 해야 한다. 납기를 맞추지 못하면 내 몫의 커미션은 날아가고, 맨해튼 본사는 책임을 물을 것이다. 억지로 잠을 청하며 눈을 꼭 감는다. 눈꺼풀 안쪽의 어둠속에서 무수한 빛의 입자들이 출몰한다. 입자들은 서로 엉켰다 풀어지기를 반복한다. 우주를 넘나드는 빛의 흔적이 이럴까. 언젠가는 우주에 다녀오는 일이 일상이 될지도 모르겠다. 매달 화성이나 달로, 혹은 프록시마 켄타우리라는 가장 가까운 별로 출장가는 스케줄…… 불가능하다고만 할 순 없다. 우리 아버지만 해도 내가 이토록 자주 비행기를 타고 대양을 건너게 될 줄 몰랐을 테니까. 지구 안에서 이동하는 시차도 극복하기가 힘든데 우주를 돌아다니며 일해야 하는 다음 세대는 진짜 힘들겠구나, 하는 생각이 들어 설핏 웃음이 나온다. 내 아이들은 나처럼 돌아다니지 않고 살 수 있을까. 그애들은 너무 어린 나이부터 이리 저리 떠돌았다. 열세살까지 시골 동네를 벗어나지 않고 산 나도 이토록 힘든데 아이들은 어떨까. 아니, 어쩌면 떠돌아다니는 삶이 뼛속까지 스며들어 차라리 잘 견딜지도 모르겠다. 나처럼 꿈에 시달리지 않는다면 어쩌면 가능할지도. 나는 지금도 물에 빠지는 꿈을 꾼다. 사촌과 함께 배에 올랐다가 강의 중간쯤에서 퍼뜩 정신을 차려 깊은 강물로 뛰어드는 꿈. 한참을 허우적대다가 깨어나면 온몸이 땀으로 젖어 있다.

비행기에 오를 때마다 이것이 꿈은 아닐까, 하며 황급히 사방을 둘러보는 버릇이 생긴 것도 그 때문이다. 열세살 되던 해, 죽은 아버지를 뒷산에 묻고 고향을 떠나 도시로 이사할 때도 그랬고, 처음 고국을 떠나 일본으로 갈 때도 그랬다. 일본에서 오년 칠개월을 버틴 끝에 가족을 데리고 미국으로 이주할 때도 역시 마찬가지였다. 이것이 혹시 악몽은 아닐까. 흔히 알려진 수법대로 허벅지를 꼬집어본 적도 있다. 다행히 악몽은 아니었다. 그러나 정말로 악몽이 아니었다고 말할 수 있을까. 새로 이주해간 곳에서의 삶은 매번 우리 가족을 허우적대게 했는데도?

일본에서의 생활은 쉽지 않았다. 일본어에 익숙해지기 전까진 서툰 대로 영어로 의사소통을 하며 버텼다. 캄캄한 밤길을 걷는 것처럼 위태롭고 답답한 생활이었다. 직장에서의 어려움이야 이미 각오한 거지만 문제는 아내와 아이들이었다. 그곳은 언젠가 여행삼아 들렀던, 친절하고 풍요로운 토오꾜오가 아니었다. 여행자에겐 더없이 친절하던

170

사람들이 이주자들에겐 차가운 멸시와 차별의 눈길을 보냈다. 하긴 유흥업소나 토목 건설현장에서 일하는 사람들, 혹은 역 근처에 가면 언제든 볼 수 있는 노숙자들의 대다수가 한인이었으니까. 나는 비록 일본 중견기업의 사무직원이었지만 한인들은 가난하고 열등하며 불법을 일삼고 야비하기까지 하다고 믿는 일본인들의 차별적 시선을 피할 순 없었다. 그 시선은 어느 순간부턴가 어린 내 아이들의 머릿속에 날카로운 비수처럼 꽂혔다. 시간이 지날수록 상처는 커졌고 점차 심하게 곪아갔다. 학교나 어린이집에서 돌아올 때면 아이들은 늘 시무룩한 표정을 지었다. 집에서도 한국말을 피하려 했다. 심지어 큰아이는 나와 아내가 학교에서 벌이는 학부모행사에 참가하는 것조차 꺼려했다. 아이들은 한국말 대신 차라리 영어로 말하기를 원했다. 놀이공원에서 겪은 일 때문인 듯했다.

그 사소한 사건은 오월의 어느 화창한 일요일에 일어났다. 그날 놀이공원엔 아이들을 데리고 나온 토오꾜오 시민들로 매우 북적였다. 입장권을 사는 데만도 한참을 기다려야 했다. 겨우 내 차례가 되었을 때 나는 서툰 일본말로 입장권 할인을 받으려 애썼다. 하지만 표를 파는 일본인 아가씨는 내 어눌한 말씨에 짜증을 부리며 무조건 할인이 안된다고 우겼다. 할인권을 제시해봤자 소용없었다. 그 순간 나와 아가씨를 번갈아 바라보는 아이들의 커다랗고 검은 눈과 마주쳤다. 겨우 열살, 일곱살 된 아이들 눈에 비친 한국인 아버지의 모습이 얼마나 초라해 보일까, 생각하니 갑자기 부아가 치밀었다. 내 말을 듣지도 않고 다음 손님을 상대하려는 아가씨에게 나는 영어로 따지기 시작했다. 그러자 뜻밖에도 아가씨가 몹시 당황하며 얼굴을 붉혔다. 아가씨는 서툰 영어로 몇마디 겨우 얼버무리다가 황급히 할인 입장권을 내 손에 쥐여주더니 어서 입장하라고 했다. 그러고는 머리를 깊이 조아렸다. 그 광경을 지켜본 내 아이들은 무슨 생각을 했을까. 화인처럼 박혀버린 쓰린 기억 탓인지 그날 이후 아이들은 집이 아닌 곳에선 한국어나 서툰 일본어 대신, 영어로 말하기를 바랐다. 세계에서 가장 강력한 제국의 언어에 기대어 이등시민이란 열등감에서 벗어나고 싶었나보다.

시간이 지날수록 아이들은 눈에 띄게 침울해졌고 위축된 모습을 보였다. 자의식이 싹트기 시작한 큰아이가 유난히 심했다. 이미 세상의 어두운 비밀을 눈치챈 아이의 눈은 금빛 광채를 잃고 서서히 회색으로 시들어갔다. 아이는 종일 방에 틀어박혀 만화영화와 컴퓨터게임, 초콜릿과 감자칩, 그리고 콜라에 빠져 지냈다. 아이는 이스트를 넣은 빵처럼 점점 살이 쪘다. 다시는 어느 누구도 자신을 이리저리 옮겨놓지 못하게 만들겠다는 듯이 체중을 늘려 바닥에 밀착해버렸다. 최다께시를 만난 건 그 무렵의 일이다. 그는 이른바 '바람의 모임'이라는 단체를 이끌며 이국의 땅에서 살아가는 이방인들, 소위 뉴커머라 불리는 한인들의 아픔과 고민을 들어주고 해결하려 애쓰고 있었다. 바람의 모임은 한달에 한번씩 만나 서로 살아가는 이야기를 나누기도 하고, 현실적으로 유익한 정보를 주고받기도 하면서, 동시에 아이들을 데려와 함께 놀게 했다. 그 모임에는 한국 회사의 주재원이나 컴퓨터 프로그래머도 끼어 있었다. 하지만 대다수는 보석가공 기술자나 가방공장 직원, 석공, 그리고 일용잡부 들이었다. 다부루(double)라 불리는 이들도 많았다. 일본인과 국제결혼한 한인의 2세, 3세이거나 일본 국적을 가진 한인부부 자녀들인 다부루들은 정체성 혼란과 현실 적응의 어려움을 극복하려 모여드는 듯했다. 한인들의 권리를 얻기

172

위한 일을 도모할 때면 밤늦게까지 열띤 토론을 벌이기도 했다. 모임이 끝나면 사람들은 쇼꾸안도오리 코리아타운에 가서 김치찌개나 비빔밥, 불고기를 먹곤 했다. 오랜만에 기분좋게 웃고 마시다보면 쉽게 취했다. 취해서 집으로 돌아오는 길엔 나 대신 운전하는 아내와 아이들에게 큰소리로 희망을 말할 수도 있었다. 그당시 내게 희망이란 빨리 돈을 벌어 고국으로 돌아가는 거였다. 나는 한국에서보다 더 많은 보수를 받고는 있었지만 빚을 남기고 왔기 때문에 매월 고국으로 돈을 부쳐야 했다. 게다가 일본의 물가는 터무니없이 비싸 생활비는 늘 부족했다. 아빠가 술기운이라도 빌려 크게 웃는 날이 그리 많지 않았기에 아이들은 바람의 모임에 가는 일요일을 손꼽아 기다렸다.

대부분의 나날들은 내게 고통의 연속이었다. 과중한 업무, 일본인에 둘러싸여 섬이 돼버린 것 같은 외로움. 그리고 미래에 대한 알 수 없는 불안. 직급이 올라가자 이번엔 태국이든 인도네시아든 플랜트 공사가 있는 곳은 지구 어디에라도 가야 했다. 집에 머무는 날은 점점 뜸해졌다. 아내는 혼자 아이들을 돌보는 걸 힘들어했다.

아내는 가끔 국제전화를 걸어 훌쩍이곤 했다. "큰애가 갈수록 비뚤어져. 도통 내 말을 듣지 않아" "야단을 쳤더니 집을 나가 밤늦도록 안 돌아와" "내가 일본말 서툰 걸 알면서도 그앤 고집스럽게 일본말로만 말해. 그러니 대화가 될 게 뭐야. 도대체 왜 그러는 걸까" "이젠 둘째까지 제 오빠처럼 굴어. 의논할 상대도 없고…… 당신은 언제 돌아오는 거지?" 유난히 자의식이 강하고 감수성이 예민한 큰아이가 아니었다면 어쩌면 좀더 오래 토오꾜오에 머물렀을지도 모르겠다. 아니면 아내가 좀더 강인한 신경을 가지고 태어났든가. 아이들보다 아내가 먼저 지쳐떨어졌다. 아내가 수면제를 과다복용했다는 소식을 들은 건 태국의 땡볕 아래에서였다. 오래전부터 불면증을 호소하던 아내는 어느새 우울증을 앓고 있었던 것이다. 다행히 최다께시가 빨리 발견해 겨우 살아난 아내는 나를 보자 하염없이 눈물만 흘려댔다.

퇴원을 하면서 아내는 미국으로 가겠다고 했다. 집도 없고, 직장도 없고, 빚만 잔뜩 있는 한국으론 절대 돌아가지 않겠다고 했다. 빚쟁이들한테 시달리며 머리카락을 쥐어뜯기던 날의 수모를 아내는 그때까지 잊지 못하고 있었나보다. 그동안 모은 약간의 돈을 손에 쥐고 우리 가족은 다시 멀고도 낯선 땅을 향해 길을 떠났다. 비행기가 활주로를 달려 공중으로 떠오르는 순간, 나는 또다시 부르르 떨며 사방을 둘러보았다. 혹시 악몽을 꾸고 있는 건 아닐까. 이대로 멀리 떠나 바다를 건너면, 다시는 이승으로 돌아오지 못하는 건 아닐까.

4

차갑고 축축한 공기가 온몸을 감싼다. 팔뚝을 쓸어내리자 자잘한 물알갱이가 손바닥에 미끈 잡힌다. 어둡다. 나뭇가지들이 뒤얽혀 만들어낸 어둠이 햇빛을 몰아냈나보다. 햇빛은 나무숲 너머에서 아른대며 기웃거릴 뿐이다. 새조차 나뭇가지에 내려앉기를 두려워한다. 바람은 아예 숲속으로 들어오려 하지 않는다. 미풍조차 없는데도 나뭇잎들은 제 스스로의 의지로 흔들린다. 어둠속에 발을 내디딘다. 나무들이 쓰러진 곳에서 사는 억센 엉겅퀴, 끈끈이장구채가 발밑에서 쓰러진다. 진한 꽃향이 맡아진다. 어디선가 만삼이 꽃망울을 터뜨렸나보다. 사촌의 맑은 목소리가 들린다. 한발을 더 내디딘다. 그러자 연못이 눈에 들어온다. 물안개 자욱한 연못가에 쪽배가 놓여 있고 그 위엔 사촌이 있다. 사촌은 손짓하며 나를 부른다. 다시 몇걸음 더 나아간다. 발밑으로 뭔가 뭉클 하고 밟힌다. 피다. 피가 사방에 흩뿌려져 있다. 잘려나간 나무, 연못 주변의 돌제단, 오래된 참나무 줄기에 인간의 피가 묻어 있다. 비린 피냄새가 만삼향에 뒤섞여 사방으로 흩어진다. 그때 갑자기 누군가 내 팔을 잡아 꼼짝못하게 뒤로 묶는다. 아, 악. 눈알이 튀어나올 만큼 갑자기 뒤통수가 아프다. 머리를 강타한 돌덩이를 누군가 내 발목에 묶는다. 피흘리는 목을 뒤로 꺾고 팔다리를 꽁꽁 묶은 뒤 어디론가 데려간다. 물비린내가 훅, 코끝을 자극한다. 끈적끈적하고 불쾌한 늪의 흙탕물이 발목을 적신다. 종아리를 적신다. 엉덩이와 등과 묶인 팔을 적신 더러운 흙물은 뒤통수에 와닿더니 삽시간에 눈과 코 속으로 밀려든다. 나는 헤어나려 발버둥친다. 하지만 팔다리가 꼼짝도 하지 않는다. 악, 악, 신음을 낼 때마다 비릿한 핏물이 왈칵왈칵 입으로 들어온다. 고사리와 도라지, 겨우살이풀과 탄벼로 가득 찬 배가 점점 더 불러와 터질 것 같다. 몸을 움직일수록 돌덩이는 나를 늪의 바닥으로 끌어내린다. 나는 소리친다. 허파까지 물이 찬 몸이 터져버릴 지경인데도 아내의 이름을, 아이들의 이름을 차례로 불러댄다. 요란한 전화음이 울린다.

"민팀장, 골치아픈 문제가 생겼어. 주차장에서 기다릴 테니 준비되는 대로 나와요."

홍이사 목소리가 전화기를 타고 쩌렁쩌렁 울린다. 누워서 잠결에 전화를 받던 나는 눈을 번쩍 뜬다. 깜짝 놀라 자리에서 일어서는데 무언가 내 가슴께를 누르고 있다. 여자다. 낯선 여자가 내 가슴 위에 팔을 두른 채 자고 있다. 어찌된 일이지? 당혹감을 누르고 정신을 차리니 서서히 사태파악이 된다. 간밤에 내 잠을 설치게 한 방주인이다. 방주인은 나지만…… 어쨌거나 또다른 방주인이다. 여자는 아직 깊은 잠에 빠져 있다. 곯아떨어졌다고 해야 맞겠지. 혀로 입술을 적시며 큰숨을 몰아쉬기도 하고 두통이 심한지 머리를 싸쥐고 신음을 내기도 한다. 그럴 때마다 여자한테서 술냄새가 진동한다. 하이힐 한짝이 현관에, 한짝은 침대 옆에 떨어져 있고, 큼지막한 가방은 현관에 내동댕이쳐져 있다. 가방에 있던 옷가지며 화장품, 수첩 따위가 쏟아져 어수선하게 흩어져 있다. 오 마이 갓, 오 마이 갓, 오 마이 갓. 몇번이고 같은 말을 되풀이하다가 겨우 침대에서 빠져나오려는데 여자가 돌아누우며 무릎으로 내 넓적다리를 세게 친다. 붕대 풀린 허약한 다리는 그대로 균형을 잃고 쓰러진다. 여자의 등허리를 찍어누름과 동시에 오른쪽 이마로는 침대 머리판에 박치기를 한다. 여자가 어렴풋이 눈을 뜬다. 퉁퉁 부어 쌍꺼풀이 이중으로 잡혀 있다. 여자의 눈이 점차 크게 벌어진다. 여자는 믿기지 않는다는 듯이 다시 눈을 감더니 고개를 흔든다. 그럴 테지. 나 역시 믿기지 않는 현실이니까. 제대로 움직여지지 않는 육체를 겨우 추슬러 일어나려는데 여자가 갑자기 벌떡 일어난다. "야, 이 미친놈아, 너 죽을래?" 여자가 다짜고짜 욕설을 퍼부으며 내 뺨을 세게 때린다. 어이없는 일이다. 수장되는 악몽보다야 낫겠지만 아침부터 겪기에는 너무 심한 일이다. "이봐 아가씨, 지금 뭐하는 짓이야?" 치켜든 여자의 팔을 붙잡고 내가 버럭 소리를 지른다. 그제야 여자는 눈을 한번 더 깜박이고, 고개를 세차게 흔들어댄다. 사태파악이 된 걸까. 여자가 갑자기 으악, 하는 비명과 함께 이불 속으로 숨어든다. 둥글게 말린 이불 속에서 여자는 죽은 시늉을 하는 고슴도치처럼 꼼짝않는다.

여자가 쳐들어온 건 새벽 세시쯤이었다. 시차 때문에 내내 뒤척이다가 겨우 잠이 들 무렵이었다. 무언가 현관문에 쿵 부딪는 소리가 나더니, 문에 달린 잠금장치의 비밀번호 누르는 소리가 났다. 잠시후 느닷없이 문이 벌컥 열리면서 만취한 여자가 안으로 들어왔다. 머리카락을 산발한 여자는 인사불성으로 보였다. 안으로 들어서자마자 가방을 쿵, 내던지더니 신발조차 아무데나 벗어던지고 침대로 다가왔다. 그러고는 옷도 벗지 않은 채 침대 위에 그대로 너부러지는 게 아닌가. "이봐요, 아가씨, 정신차려요. 방을 잘못 찾아온 것 같은데……" 다음 순간 나는 입을 다물고 말았다. 눈에 익은 노란 가방이 보였기 때문이다. 저녁나절에 만났던 세입자가 엘리베이터 앞에서 짜증스레 내려놓던 그 가방. 여자는 아마 잔뜩 술에 취한 상태에서 무의식중에 자기 방으로 찾아든 것 같았다. 난감한 상황이었지만 하는 수 없었다. 여자를 깨우기 시작했다. 처음엔 팔꿈치를 건드렸고, 그다음엔 어깨를, 그다음엔 엎어져 있는 여자의 머리채를 잡고 뒤흔들어보았다. 하지만 여자는 완전히 간 것 같았다. 아악, 하는 비명을 지르고 나서 왜 때려, 이놈아, 하고 욕설을 내뱉더니 그대로 다시 엎어져 코를 골았다.

밤새 씨름을 해도 소용없을 것 같았다. 하는 수 없었다. 여자가 깨어날 때까지 기다리는 수밖에. 침대 옆면에 등을 기댄 채 바닥에 앉아 멍하니 앞을 바라보았다. 얼마쯤 지나자 피로감이 밀려들었다. 근육이 수축되기 시작하더니 관절 마디마디가 쑤셔왔다. 근육과 근섬 사이에 차오른 독성산소가 또다시 내 육체를 장악한 듯했다. 결국 나는 여자를 벽 쪽으로 밀치고 그 옆에 누워 잠을 청했다.

홍한테서 두번째 전화가 걸려온다. 여자를 무시한 채 옷을 벗고 샤워를 한 뒤 다리에 붕대를 감는다. 여자의 무례함을 생각해봤자 스트레스만 받지 도움이 안된다. 종아리의 홍색 반점들이 오늘따라 유난히 선명한 빛을 띤다. 잠을 설친 탓인가보다. 와이셔츠를 입고 붉은 넥타이를 맨다. 공격적으로 협상해야 할 땐 붉은빛이 제격이다. 피로가 너무 쌓인 걸까. 갑자기 통증이 몰려온다. 병이 많이 호전되었다고는 하지만 발작처럼 시작되는 통증 앞에선 여전히 아무 대책이 없다. 진통제를 찾아 입에 털어넣는다. 물! 그러고 보니 물이 없다. 입 안에 침이 고일 때까지 기다리는 수밖에. 몸을 양손으로 힘껏 감싼 채 바닥에 주저앉아 부들부들 떤다.

이처럼 고약한 병을 얻은 건 가족이 미국 땅으로 흘러들어간 지 이년 만의 일이었다. 처음 미국에 들어갔을 때 나는 한동안 미친 듯이 돈벌이에 매달렸다. 늘어난 생활비를 충당하기 위해 수당이 높은 출장을 도맡았으므로 여전히 나는 비행기를 타고 지구 곳곳을 돌아다니는 생활을 해야 했다. 유럽으로 가는 경우도 더러 있었지만 동남아시아나 남미로 가는 경우가 더 많았다. 인도네시아로 간 지 삼개월 만이던가. 어느날 나는 고열에 시달렸다. 너무 오래 시달려온 내 육체가 반발하기 시작한 것이다. 풍토병은 내 몸을 극도로 허약하게 만들었다. 하지만 여전히 나는 쉬지 못했다. 나약해진 육체는 향수병마저 불러들였다. 가족과 떨어진 낯선 곳에서 고독한 생활을 오래 해본 사람만이 안다. 불안한 육체가 어떻게 영혼을 갉아먹는지를.

마침내 나는 인도네시아 정글 한복판에서 갑자기 쓰러졌다. 병상에서 눈을 뜨니 이상하게도 다리가 움직이지 않았다. 과로 탓인가 싶어 며칠 쉬었지만 소용없었다. 한달이 지나고 두달을 넘겨도 몸은 회복되기는커녕 점점 더 석화상태로 굳어만 갔다. "몸에 있는 항체가 서로를 적으로 여기고 싸우다가 세포를 죽게 하는 병입니다"라고 자가 면역질환을 설명하던 의사의 말이 공중에 흩어져 윙윙 귓속을 울러댔다. 자기가 자기를 적으로 여기다니 그런 어이없는 일이 있나. 아니야, 거짓말이야. 나는 완강히 고개를 저었다. 하지만 의사는 아직 고개를 저을 힘이 남아 있을 때, 고향으로, 가족에게로 돌아가라고 권했다. 폭탄을 뒤집어쓴 부상병처럼 온몸을 붕대로 감싸고 공항에 내리니 거기에 내 고향이나 다름없는 아내가 나와 있었다.

목발을 짚고서야 겨우 걷는 나를 보며 아내는 제 잘못인 양 눈물을 훌쩍였다. "괜찮아, 여보. 이 목발만 있으면 CEO가 부럽지 않게 대우해준다고. 비행기에서도 장애인 전용좌석은 다른 사람의 두 배야. 끝내주지 않아?" 익살스레 웃어대는 나를 향해 눈을 흘기며 눈물을 삼키던 아내. 그랬던 아내가 내 곁을 떠나리라곤 당시엔 상상도 하지 못했다.

입 안에 고인 침으로 진통제를 삼키려 하지만 쉽지가 않다. 목구멍이 뻐근하도록 힘을 주어도 소용없다.

"저, 물 대신 소주라도 마실래요? 제 가방에 하나 있을 텐데. 어제 먹고 남은 거지만."

어느새 이불 속에서 고개를 내민 여자가 나를 향해 말한다. 나는 고개를 겨우 끄덕인다. 여자가 노란 가방을 뒤져 소주병을 가져온다. 한 모금의 알코올을 타고 진통제가 몸속으로 흘러들어간다. 얼마쯤 지나자 차차 통증이 줄어든다. 그사이에 또 두 번이나 전화가 온다. 생각해보니 다행히 홍이사는 내 오피스텔 호수를 알 리가 없다. 수위실에 물어본다 해도 어차피 이 방의 입주자는 현재 이 여자 이름으로 되어 있을 테니까.

"빈속에 소주랑 약을…… 속이 쓰릴 텐데. 물하고 먹을거리 좀 사다드릴까요?"

여자가 밖으로 나간다. 얼마쯤 더 침대에 쓰러져 있다가 나는 큰숨을 내쉰다. 이제 좀 견딜 만하다. 땀을 닦고 가방을 챙겨든다. 그때 홍의 세번째 전화가 걸려온다.

"미안해요, 홍이사. 지금 내려갑니다."

5

비상등을 켠 응급차 몇대가 '나'공구 사고현장에서 앵앵거린다. 사람들의 아우성 소리, 지나가는 차들이 울려대는 경적소리, 몇몇 노조원과 직원들 간에 오고가는 고성이 뒤섞여 차 안에 있는데도 귀가 먹먹할 지경이다.

홍이사가 내 숙소로까지 찾아온 건 간밤에 발생한 '나'공구 폭발사건 때문이었다. 탱크 해치커버 조립작업 중 잔류가스 점검을 하지 않아 폭발사고가 난 것이다. 세 명이 죽고 여러 명이 부상당해 사태는 간단히 수습할 성질을 넘어섰다. 3교대 용역을 2교대로 바꾼 용역회사의 무리한 인력공급이 문제를 일으킨 듯했다. 에틸렌 플랜트 시공구인 '나'공구는 하필 내가 직접 시공관리 책임을 지고 있는 구역이다. 원인규명, 책임전가 씨나리오가 번개처럼 머릿속을 회전한다. 해고자 농성이 용역회사 시흥의 인력공급 씨스템을 무너뜨려 벌어진 일로 처리하는 거다. 이 사건은 국제법적으로 배상책임이 누구에게 있지? 나는 맨해튼 본사 해외 플랜트 수주팀 법률고문인 스미스 변호사를 떠올린다. 하지만 직접 전화로 묻기 보단 이메일을 보내는 편이 낫겠다. 스미스의 텍사스 사투리 영어를 알아듣는 건 쉬운 일이 아니다. 게다가 이렇게 복잡한 사안에 대해 논의하는 건 사실상 불가능에 가깝다.

사실 내 영어실력은 그다지 좋지 않다. 이 업계에선 따발총처럼 쏘는 통화내용을 정확히 알아듣고 예스 노우를 분명히 하지 않으면 결과는 수백수천만 달러라는 감당할 수 없는 손해로 나타난다. 그러나 내가 아무리 영어에 집중해도 감도 좋지 않은 국제전화가 대부분인 이 업계에서, 또 꼬부라지는 아프리카 영어와 딱딱거리는 스페니시 영어 발음 같은 온갖 종류의 난해한 발음이 혼재하는 국제영어 세상에서 그 말을 완전히 알아듣기란 도저히 불가능한 일이다. 그러나 나는 단 한 번도 실수한 일이 없다. 나의 생존요령은 내가 알아들을 수 있고 상대방이 잘못 이해할 리가 없는 가장 단순한 영어문장으로 대화를 축약하는 것이다. 가령 나의 통화는 중요한 수주일수록 더 단순해진다. 헬로우, 마이 네임 앤드 컴퍼니 네임 앤드 마이 이메일 어드레스…… 이프 유 해브 애니 비즈니스 투 미, 쎈드 미 이메일. 땡큐, 씨 유 어게인. 바이바이. 내게 볼일이 있다면 중요한 업무일수록 반드시 이메일로 용건을 알려야 하기 때문에 내 업무는 지장이 없는 것이다.

영어실력이 이 정도인 내가 화공플랜트 수주 세계 5대 업체의 하나인 맨해튼 스위치사의 수주팀원으로 고용될 수 있었던 것은 병이 호전된 것만큼이나 기적이다. 인도네시아에서 가족이 있는 미 동부의 해캔쌕으로 돌아간 뒤로 나는 석달을 식물인간처럼 누워만 지냈다. 일어설 수만 있다면 악마에게 영혼이라도 팔 것 같았다. 울어도 소용없고, 약을 먹어도 통증은 계속됐다. 손가락만 대도 끊어질 듯 밀려오는 고통 때문에 하루에도 몇번씩 죽고 싶었지만 만리 이국에서 나만 쳐다보는 가족을 두고 차마 그런 짓을 할 수는 없었다. 누군가 지푸라기라도 던져준다면 그의 발바닥이라도 핥을 것 같았다. 극도로 세심하고, 신경질적이고, 나약한 성격이 되어갔다. 나는 신을 믿기로 결심했다. 아니 믿는 척이라도 하기로 했다. 기댈 곳이 필요했던 나는 교회에 나가기 시작했다.

신이 있는지 없는지 더이상 따질 이성이 내겐 없었다. 그때 기적 같은 일이 일어났다. 병원에서도 포기한 신체 석화과정이 문득 중단된 것이다. 투병 끝에 마침내 혼자 일어서자, 나는 한인이 운영하는 세탁소에서 시간제로 일을 시작했다. 온종일 땀을 비오듯 쏟고 집으로 돌아올 때면 몸속의 수분이 다 말라버려 영혼마저 사막처럼 서걱대는 기분이었다. 그런 중에도 밤이면 영어공부에 매달렸다. 아내 역시 식당에서 주방일을 했다. 아내와 나는 매일매일 육체적 한계에 부딪혔다. 아이들은 늘 자기들끼리만 있었다. 그나마 다행이라면 학교생활에서 아이들이 겪는 스트레스가 일본에서보다는 적다는 거였다. 이민자의 나라라는 명성에 걸맞게 뉴욕의 학교들은 비영어권 아이들을 위해 이중언어를 구사할 수 있는 선생님을 채용해 따로 언어수업을 받게 해주었다.

하지만 저녁에는 아무도 아이들 곁에 있어주지 못했다. 청소년기에 접어든 큰아이는 친구들과 어울려다니는 걸로 저녁시간의 외로움을 달래려 들었다. 몸집만 큰 그나이 또래 아이들이 어두운 밤길에서 어울려 할 수 있는 일이란 건 뻔했다. 술과 담배, 총기와 마약은 밤벌레가 전깃불에 몰리듯이 소외된 아이들 주변으로 꼬이게 마련이니까. 그렇지만 부모란 자기 자식을 믿게 마련이다. 사고가 나기 전까지 우리 부부는 그 사실을 전혀 알지 못했다.

그렇게 몇년을 지냈는데 마침 구역예배를 같이 보던 박집사가 내 경력을 듣고, 스위치사 부사장 미스터 포엘에게 나를 소개했다. 고급 스파를 세 점포나 운영하던 박집사는 메디슨 가의 부호들과 친분이 있었다. 나는 팔다리에 친친 붕대를 감고 그위에 말끔한 양복을 걸쳐 입고 면접장에 나갔다. 무엇이든, 무슨 일이든 최선을 다해 일하겠다는 내 각오가 다행히 오너에게 전달되었는지, 그간의 내 경력을 인정해서인지 잘 모르겠지만 아무튼 스위치사는 어눌한 내 영어실력에도 불구하고 플랜트 수주를 따오는 사업부에 나를 채용했다. 실적이 없으면 기본급도 없다는 조건으로. 세계를 상대로 한 나의 플랜트 수주 비즈니스는 그렇게 시작되었다.

홍이 갑자기 책임보상이라 쓴 피켓을 언론사 카메라 앞에서 흔들어대는 노동자들을 향해 손가락질을 하며 역정어린 목소리로 말한다.

"나, 원 기막혀서. 무식한 것들이 약삭빠르기는. 안 그래, 민팀장?"

홍이사 말에 순간적으로 반감이 들었지만 대꾸하지 않고 참는다. 어쨌거나 현재 그는 내가 맡은 사업의 파트너이고, 그의 도움 없이 이 사태를 원만히 해결하기란 쉽지 않을 터이니.

홍이사는 용역업체 사주가 이 일에 아무 손도 쓰지 않고 나앉아 있다며 입에 담기 힘든 욕설을 퍼붓는다. 마음이 무거워진다. 용역업체 선정과정에서 홍이사의 부탁을 들어준 내게도 책임이 있다. 홍이사가 챙겨준 뒷돈 때문에 그의 요구를 들어준 것만은 아니었다. 그가 한때 나에게 베풀어준 친절, 그러니까 일본 회사로 갈 기회를 준 은인이란 걸 모른 체할 수 없어서였다. 홍이사가 고개를 돌려 나를 바라본다.

"좀 버티는 게 나을까? 아님 여론이 악화되기 전에 우리 선에서 대충 보상을 마무리짓는 게 나을까? 민팀장 그런 쪽으론 선수였잖아, 한때는."

교활해 보이는 홍이사의 뒤틀린 미소가 갑자기 역겹게 느껴진다. 결국 '나'공구 시공 하청을 그의 인척이 운영하는 회사에 맡긴 나한테도 책임이 있다는 말을 하고 싶은 게다.

"법을 떠나 여론몰이에서 벗어나려면 원청인 대신기업이 보상금의 일부라도 내놓아야 한다고 이사회에 말해보겠어. 하지만 결과는 장담 못해, 알지?"

홍이사의 말대로만 된다면 내 몫의 수주 커미션을 보장받을 수 있을지 모르겠다.

"아무렴요, 잘 부탁합니다."

나는 최대한 정중히 말한다. 그러고 나서 "일이 잘 안되면 앞으로 나도 본사 지시대로만 철저히 따라야 합니다"라는 말로 홍이사의 뒷거래를 눈감아주기 힘들다는 뜻을 분명히한다. 맨해튼의 본사에 알려지기 전에 해결해야 한다. 하지만 사태를 진정시키기에는 책임관계가 너무 복잡하게 얽혀 있다. 게다가 옛 동료들을 상대로 직접 협상을 벌이고 싶지도 않다. 어차피 홍이사의 힘을 빌리는 수밖에. 노련한 홍은 아마도 납기 위반과 인력 감독관리 책임을 물어 사망자와 부상자 보상을 시흥 쪽에 전적으로 떠넘기려고 공작할 것이다. 그러나 영세한 시흥이 공구당 수백만 달러나 되는 플랜트 시설을 배상할 능력이 없다는 것은 누가 봐도 알 일이었다. 홍이사가 노리는 게 바로 그것이리라. 영세한 시흥을 상대로 보상을 과도하게 요구한다며 해고자나 피해자 들을 도덕적으로 몰아붙이려는 수작이다. 결국 시흥은 영세한 회사 규모를 내세워 보상금을 최저수준으로 낮추고, 단기계약직 사원이 대부분인만큼 고용 관례에 따라 문제가 된 사람들을 재계약에서 배제하면 그만인 것이다. 하지만 그렇게 되면 한때 나와 한솥밥을 먹었던 동료들에게 너무 심하게 하는 게 아닐까. 마음이 무겁다. 처음부터 이 사태를 하나하나 짚어봐야겠다. 지금처럼 '나'공구 플랜트 공사가 지연되어 납기를 어기면 결국 수주계약자인 맨해튼 스위치사 책임이다. 맨해튼 본사가 그 책임을 내게 물을 것은 불 보듯 뻔하니 이 문제는 결국 내 문제가 되는 것이다. 인명사고를 사실대로 보고하고 그 비용을 받아낼 수도 있지만 그럴 경우 더 위험하다. 나 자신이 비리 의혹을 받게 될 테니까. 결정을 내려야 한다. 파괴된 탱크는 대물보험으로 처리하면 될 일이지만, 인명사고 보상은……

"앗, 뭐야?"

운전기사가 자동차를 급정거하자 홍이사가 큰 소리로 역정을 낸다. 주차장으로 들어서려던 자동차 앞에 웬 사내가 서 있다. 차를 막아선 사내는 차창 너머로 이쪽을 노려본다. 아니, 그의 시선은 홍이사가 아닌 나한테 집중되어 있다. 비쩍 마른 저 친구, 전보다 눈빛이 더 강해져 있다. 홍이사의 고함소리에도 그는 아랑곳하지 않는다. 나는 더이상 버티지 못하고 차창을 내려 그에게 아는 체한다.

"오랜만이야, 최형."

내 말투는…… 글쎄, 어색하지도 냉정하지도 않으려 애썼지만 결국 우쭐대는 걸로 들린다. 그는 아무 대답이 없다. 기분이 나쁜 모양이다. 아니 유령이라도 본 것처럼 놀라움이 서린 표정이다. 그는 천천히 발걸음을 떼어 내가 앉은 뒷좌석으로 다가오더니 낮은 목소리로 말한다.

"자네가 아닌 줄 알았어, 처음엔. 설마했지."

"그래, 살이 좀 쪘어. 최형은 더 말랐군."

내가 하하, 웃자 그도 슬며시 입가에 웃음을 띤다. 내가 차에서 내리려고 하는 순간, 갑자기 차가 꾸물꾸물 움직이기 시작한다.

"출발하라니까."

옆자리에 앉은 홍이사가 단호한 목소리로 운전기사를 다그친다. 그러고는 내 팔을 잡아끌어 제자리에 앉히면서 한마디 던진다.

"민팀장, 약하게 나가지 마."

말이 끝나기가 무섭게 차는 주차장으로 미끄러져들어간다. 최형이 조용히 뒤에서 이쪽을 응시한다. 점점 멀어지는 그의 마른 육체는 뜨거운 여름 태양 아래 소금인형처럼 하얗게 말라 부서져내릴 듯하다.

6

"어머, 벌써 돌아오셨네." 여자는 나를 보자 당황한 나머지 한창 돌아가는 세탁기의 뚜껑을 열고 안으로 손을 집어넣으려 한다. 세탁기는 상황을 감지하고 자동멈춤을 해야 하는데도 몇초 동안 매우 위험하게 돌아간다. 만들어진 지 오래되어 팔순 노인만큼이나 행동이 느린 세탁기다.

"죄송해요, 빨래를 해서 가져가려다 그만."

여자는 물이 뚝뚝 떨어지는 젖은 빨래를 예의 그 노랗고 커다란 가방에 마구 쑤셔넣는다. "이왕 이렇게 됐으니 마저 빠세요"라는 내 말에 여자가 갑자기 손을 멈춘다. 그러고는 고개를 돌려 정면으로 나를 쳐다본다. 동그랗고 귀염성있는 얼굴이다. 희고 둥근 이마. 저녁해를 받아 시시각각 색이 변하는 커다란 눈동자. 말할 때마다 살며시 벌어지는 입술 사이로 드러나는 희고 가지런한 이. 안하무인격으로 나오던 지난밤의 모습과는 사뭇 다른 인상이다. "고맙지만, 괜찮아요"라고 말한 뒤 여자는 다시 무겁고 축축한 빨래를 가방에 집어넣고 지퍼를 잠그려 애쓴다. "어려워 말고 마저 끝내고 가요"라고 내가 재차 말하자 그제야 동작을 멈춘다. 이번에는 내 얼굴을 보지 않고 "정말 고맙습니다"라고 말하며 빨래뭉치를 다시 세탁기에 넣는다. 세탁기가 요란하게 털털거리며 돌아가는 동안 여자는 민망한 듯 고개를 숙인 채 그옆에 서 있다. 세탁기 옆에는 간단한 조리시설이 있다. 전기레인지 위에 놓인 연녹색 주전자며 아주 작은 전기밥솥과 토스터, 아크릴 미니 도마, 하트 문양의 머그컵, 그리고 허브가 심긴 작은 화분이 놓인 부엌은 여자와 아주 잘 어울린다. 여자는 많아야 이십대 후반쯤으로 보인다.

"고마우면 차나 한잔 줄래요?"

여자한테 그런 요구를 하다니, 나 자신이 놀랍다. 여자는 주전자에 찻물을 붓고 작은 찻잔을 꺼낸다. 모든 것이 정지한 실내에서 무언가 움직이는 생명체가 있다는 사실이 싫지 않다. "재스민차 어때요?"라고 여자가 쇠종처럼 맑은 목소리로 묻는다. 내가 고개를 끄덕이자 여자가 "실은 재스민밖에 없지만……" 하며 피식, 웃는다. 저녁놀이 방의 모퉁이를 반짝 비추고는 사라진다. 해가 진 뒤의 저녁 어스름이 창을 넘어와 방 안 가득 내려앉는다. 혼자 떠도는 자에겐 가장 위험한 시간이다. 존재가 물에 쓸려나가는 기분이라고 해야 할까. 알 수 없는 고독이 심장을 가득 채워 마침내 돌덩이처럼 무거워질 때면 어째서 나는 창밖으로 떨어지지 않고 버티는 거지? 하고 스스로 묻곤 한다.

나는 누구일까, 민지환인가 토머스 민인가, 나는 어디에 소속된 자일까, 한국인가 미국인가, 하는 생각이 꼬리에 꼬리를 물고 일어나는 것이다.

물에 휩쓸려 떠내려가는 나를 오늘 저녁엔 여자가 잡아주려나. 방 안에 불을 밝히고 우리는 조용히 차를 마신다. 재스민 향기가 실내 가득 퍼진다. 여자가 내게 외국에서 사느냐고 묻기에 그렇다고 했더니 너무 멋져요, 전 외국생활하는 게 소원인데, 어디서 사세요? 하는 식의 질문을 퍼부으며 호들갑을 떤다. 어디에 사느냐고? 뭐라 답해야 할지 모르겠다. 본사가 있는 미국이라 해야 할까, 아니면 최근까지 머물렀던 인도네시아? 두달 뒤부터 머물게 될 브라질? 망설이다 그냥 여러 나라를 떠돈다고 말한다.

"국경을 떠돈다고요? 어머, 정말 멋져요. 낭만적이야."

"멋지다? 생각처럼 그렇지 못해요. 특히 해가 지평선 너머로 넘어가는 때면 집으로 돌아가고 싶어 목이 메곤 하지."

"하지만 여행가방을 든 신사가 낯선 도시, 낯선 호텔로 걸어들어가는 풍경을 상상해보면…… 슬프도록 아름답잖아요."

이 여자, 영화를 너무 많이 본 걸까. 산다는 건 그렇게 낭만적이지 않다는 것쯤 알 만한 나이로 보이는데. 하긴 요즘 젊은이들은 너무 늦게 철이 드는 편이니까. 여자의 철없는 말들이 이상하게도 위안이 된다.

"아저씨, 중국엔 가보셨나요? 제가 유일하게 가본 데가 북경이에요, 이 차도 중국서 사왔죠"라는 말로 시작해 여자는 자신의 첫 해외 여행지인 중국에 대해 한참을 늘어놓는다. 흥분으로 양볼이 붉게 물들어 한층 생기있어 보인다. 여자는 잔에 담긴 차를 탁자에 거칠게 내려놓더니 갑자기 비명처럼 큰소리로 말한다.

"난 이 지긋지긋한 나라를 뜨고 싶어. 평생 여행만 하면서 살면 얼마나 좋을까."

이번엔 팔을 마구 휘저으며 어딘가로 달려가는 시늉을 하다가 갑자기 멋쩍어졌는지 혀를 살짝 내민다. 역시 얌전하기만 한 여자는 아니다. 여자는 다시 두 손을 무릎에 철퍼덕 소리가 나게 내려놓으며 시무룩하게 말을 잇는다.

"하지만 지난주에 직장에서 정리해고됐으니 당분간 여행가긴 글렀어요. 생활비 벌기도 힘든 판에."

"무슨 일을 해요?"

조심스레 묻는 내 얼굴을 쳐다보던 여자는 뭔가 체념했다는 듯이 손사래를 치더니 머리를 벽에 기대며 대수롭지 않게 답한다.

"흥, 아무 일이나 닥치는 대로."

"아무 일이나?"

"그래요, 아무거나 닥치는 대로 해요. 제약회사 영업사원, 편의점 아르바이트, 밤무대에서 노래를 부른 적도 있고, 동물원에서 악어 이빨을 닦은 적도 있어요. 내일은 놀이공원에서 여름방학 특별행사가 있어서 신데렐라 복장을 하고 야간 퍼레이드에 참석할 거예요. 그래서 저 드레스를 오늘 꼭 빨아야 했어요."

"아직 젊은데 왜 전문성을 기르지 않고 이 일 저 일 하지?"

내 질문이 이상한 걸까. 여자가 쿡쿡 소리내어 웃는다.

"요샌 다 그래요. 우리 아버지처럼 직장에 목숨걸거나 동료를 형제인 양 여기는 건 바보짓이래요. 과거도 없고 미래도 없으니까. 이 순간에 내가 몸담은 직장에서 원하는 표정과 동작으로 전문가인 양, 고객의 영원한 친구인 양 행동하면 돼요. 오호, 그래, 차라리 연기학원에 다녀볼까? 그편이 빠를지도 모르지. 사장님은 이번에 절 해고하면서, 사실 제가 눈물을 좀 찔끔거렸거든요, 그랬더니 저더러 더 유연해져야 한다고 했어요. 얼마나 유연해야 하는 거지? 버드나무 가지처럼 낭창낭창? 아니면 아메바처럼 흐물흐물해져야 하나?"

여자는 재미있다는 듯이 깔깔 웃는다. 차를 다 마시니 실내가 덥게 느껴진다. 창문을 열자 여름 밤거리의 소음이 들려온다. 음식점과 술집마다 환하게 불을 밝히고 퇴근길의 사람들을 붙잡는가보다. 누군가는 큰소리치고 누군가는 노래를 부른다. 어느 집 아기는 잠에서 깨어 칭얼대고 멀지 않은 곳에선 젊은 부부가 이른 저녁부터 욕설을 퍼부으며 싸운다. 음식을 배달하는 오토바이들이 요란한 소리를 내면서 그 틈을 가르고 달린다. 세탁기에서 세탁을 마쳤다는 신호음이 들린다. 어느새 무거워진 마음을 달래려는 듯이 딩동딩동 가볍게. 내 집에 돌아온 기분에 휩싸인다. 문득 아내가 그립다.

"가져가서 널 데는 있나요?"

"아니요."

"그럼 빨래를 여기에 널고 가요."

어째서 그런 선심을 썼는지 모르겠다. 살림하는 집에서 나는, 빨래 마르는 냄새가 갑자기 그리워진 건가. 여자는 흘금흘금 나를 훔쳐보며 자신의 빨래를 건조대에 널기 시작한다. 가벼운 티셔츠들과 파자마, 속옷, 검은 스타킹, 그리고 상앗빛 인조견 드레스. 일을 마치자 여자는 고맙다는 인사를 수차례 하더니 가방을 들고 현관 쪽으로 다가간다.

"혹시…… 라면 같은 거 있어요?"라고 내가 그녀를 붙잡는다. 그렇다. 붙잡는다는 표현이 맞을 거다. 오랜만에 식당에서가 아니라, 호텔 바에서가 아니라, 내 부엌에서 저녁식사를 하고 싶어진 게 분명하다. 여자는 달걀이나 파 따위 없는, 아무것도 넣지 않은 순수한 라면을 끓인다. 신혼시절의 어느 저녁이 떠오른다. 목련이 피는 마당, 달래무침이 올려진 밥상, 그리고 격렬하던 몸의 겹침. 정충 하나가 꼬리를 흔들며 나타나 머릿속을 뒤흔든다. 빛나는 진줏빛 꼬리는 팽팽하게 긴장한 내 마음의 현을 날카롭게 퉁기며 자극하고 나는 전율한다. 여자를 상대로 한 음흉한 상상은 점점 부풀어 머릿속을 채운다. 마흔다섯의 사내에겐 너무 젊은 상대가 아닐까. 스스로가 부끄럽게 여겨진다. 그러자 다음 순간 내 아내를 빼앗은 자도 따지고 보면 노인이나 마찬가진데 뭐, 하는 뻔뻔함이 나를 구한다. 사실이다.

아내에게 다른 남자가 생긴 건 내가 다시 스위치사에 입사해 해외로 떠돌기 시작하고 얼마쯤 지나서부터였다. 부부가 너무 오랜 시간 떨어져 지내다보니 외로웠던 걸까. 아내는 일주일에 한번 육십이 가까운 나이든 음악치료사를 만나 우울증 치료를 받았다. 큰아이가 마약에 손을 댄 사실이 그녀를 충격에 빠뜨린 뒤 시작된 거였다. 비싼 비용을 지불한 덕분인지 아내는 차차 웃음을 되찾았다. 음식도 잘 먹게 되어 점차 볼살도 차오르고 혈색도 좋아졌다. 아내는 바쁜 내게 전화해 외롭다느니, 울적하다느니, 큰아이가 약물치료를 받아야 한다느니, 작은아이가 학교를 옮기고 싶어한다느니, 하는 귀찮은 말들을 꺼내지 않게 되었다. 어쩌다 전화를 하면 괜찮아, 잘 지내,라며 오히려 자주 전화하는 걸 마땅찮아했다. 처음엔 나도 좋았다. 그러다가 어느 순간부터 불안해지기 시작했다. 직감이란 게 있다. 뇌의 어느 부위가 관장하는지 알 수 없지만 명민한 감각인 것만은 분명하다. 하지만 달리 손을 쓸 수 없었다. 아내를 달래거나 통제하기엔 나는 늘 너무 먼 곳에 있었으니까. 어느날, 아내는 이혼을 요구해왔다. 이미 이딸리아 출신의 나이 많은 치료사한테 완전히 넘어가버린 상태였다. 나는 오랫동안 버텼지만, 결국 그녀를 보내고 말았다. 마지막으로 아내가 떠나면서 말했다. "미안해, 더이상 불안한 생활을 지속하고 싶지 않았어." 오른쪽 손가락을 이마에 대고 두통을 참는다는 듯이 미간을 찡그리며. 하지만 목소리만은 미뉴에트 가락에 맞춰 흥얼대듯 자연스럽게. 그렇다. 음악에 마취된 상태가 아니라면 제정신으로 그렇게 나올리가 없다. 라흐마니노프가 아내의 상처받은 영혼을 달래준 것처럼 새로운 남편이 언제까지고 자신을 편안하게 해줄 거라 믿는 눈치였다. 하지만 모든 결혼생활이란 그 나름의 함정을 가지고 있게 마련이다. 쥐새끼처럼 턱이 뾰족한 이딸리아 출신의 음악치료사가 어째서 동양에서 온, 서툰 영어로 말하는 중년여성을 맘에 들어했는지 모르겠다. 어떤 결함이라도 있는 게 아닐까, 그 자식? 하긴 서른만 넘어도 심하게 주름지고 살이 찌는 백인 여성들에 비하면 동양인 여성은 훨씬 젊어 보인다. 게다가 투명한 피부며 검은 머리칼은 아내를 한층 돋보이게 했을 거다. 아내는 영주권자 신분을 얻자마자 아들의 양육권을 가져갔다. 그렇게 되면 무료시설에서 약물치료를 받을 수 있다면서. 하지만 딸아이만큼은 아내를 따라가지 않았다. "전 그냥 기숙학교로 갈래요. 아빠, 그 정도는 벌 수 있지요?" 흐응, 웃기는 이야기다. 한가족이 산산조각나는 건 시간문제다. 결별이 쓰레기통에 버려진 일회용 스타벅스 잔보다 더 흔한 맨해튼에선 더욱. 아내가 코쿠닝(cocooning, 누에가 고치를 짓듯이 가정을 재창조하고 중시하는 현상) 증상의 늙은 백인이랑 뒹구는 걸 생각하니 부아가 치민다.

"소주 한잔 할래요?"

여자가 아침에 마시고 남긴 병을 가져오며 빙그레 웃는다. 친절한 건지, 아니면 헤픈 건지 모르겠다. 숭숭 구멍이 난 것 같은 여자. 가볍고 편안하다. 바람이 잘 통하는 그물침대처럼, 부드럽게 상처를 감싸는 얇은 면 거즈처럼.

밤늦도록 여자와 나는 여러 병의 소주를 나눠마신다. 물론 이런저런 쓸데없는 이야기들을 늘어놓으면서. 한이불 속에 누워, 당신 나한텐 너무 어린 거 아닐까,라고 물으니 여자가, 안 어려요, 나 이제 사랑을 믿지 않거든요, 그럼 되는 거 아니에요?라고 답한다. 여자는 까르륵 웃어대고 나는 키득키득 웃는다. 웃어대는 여자의 입을 내 입술로 덮어버린다. 거품 같은 웃음이 입 안으로 흘러들어온다. 한쪽 손으로 브래지어 밑을 뒤져 작고 단단한 가슴을 주무르고 다른 한손으론 여자의 은밀한 곳을 더듬는다. 여자는 몸을 배배 꼬며 점점 더 웃음거품을 만들어낸다. 여자의 웃음이 내 몸을 가득 채워 전신이 물위로 떠오르는 것 같다. 또다시 어딘가로 떠밀려가지 않으려고 나는 점점 더 깊숙이 여자의 몸속으로 파고든다. 산란할 곳을 찾는 물고기처럼 집요하게 수풀을 헤쳐 안으로, 안으로. 절정의 순간이 다가오자 여자가 내 귀에 대고 속삭인다. 날 데리고 먼데로 가줘요, 제발, 멀리멀리, 제발……

여기가 어디지?

아침에 눈을 뜨자, 한동안 내가 있는 좌표를 몰라 헤맨다. 에이라인 지하철을 타고 맨해튼 타임스퀘어로 가야 하는지, 택시를 타고 자카르타 공항으로 가야 하는지, 아니면 기차를 타고 브라질의 히오 부란꾸 거리를 찾아가야 하는지.

등을 보인 채 자고 있는 여자가 눈에 들어온다. 여자가 백인인지, 흑인인지, 아니면 아시안인지부터 살핀다. 아시안인데다 젊고 꽤 예쁜 여자다. 그제야 전날밤의 일들이 조각난 필름처럼 언뜻언뜻 머릿속에서 되살아난다. 약간의 부끄러움과 몸속에 남아 있는 달콤한 여운을 느끼며 좀더 누워 있으려는데, 모닝콜이 울린다. 부리나케 몸을 씻고 붕대로 단단히 다리를 감싼 뒤 양복을 갖춰입는다. 문을 열고 밖으로 뛰쳐나가려는 순간에 여자가 부스스 눈을 뜬다. 낯선 거리 낯선 장소에 와 있는 것 같은 표정으로. 여자가 다시 낯설어진다. 나는 백달러짜리 지폐를 전기레인지 옆에 올려놓고 밖으로 뛰쳐나간다.

7

오피스텔에서 보내는 마지막 밤에, 나는 잠들지 못했다. 시차 때문만은 아니었다. 시차라면 이미 비행기 안에서 와인을 잔뜩 마시고 곯아 떨어져 자는 걸로 절반은 해결하고, 다음날 낮잠을 자지 않고 안간힘으로 버티다보면 어느정도 해결되었다. 전세계의 호텔이란 호텔은 다 다니면서 잠들었지만 낯선 공간에 적응하는 데 걸리는 시간은 하루면 충분했다. 하지만 이번만은 달랐다. 어젯밤 나는 누군가를 기다리고 있었다. 한밤중에 찾아올지도 모르는 불청객. 바로 여자였다.

다시 이 방에 들어왔을 때 여자는 가고 없었다. 나는 옷도 벗지 못한 채 침대에 쓰러졌다. 이틀간 홍이사를 위시한 대신기업 경영진, 그리고 문제의 하청업체 사주, 사상자 대표단과의 협상에 시달리고 그 진행과정을 본사에 보고해야 했던 것이다.

홍이사와 나는 시흥에 다른 사업권을 준다는 약속 아래 '나'공구 용역공급을 포기하도록 만들었다. 사상자 보상은 소속업체인 시흥이 알아서 처리하도록 했다. 그들은 일용직이거나 기껏해야 이번 공기에 맞춘 계약직이기 때문에 시흥은 법정위로금 정도의 보상으로 사건을 마무리할 수 있을 테니까. 사고처리는 내 손을 떠나는 듯했다. 나는 새 인력공급업체를 수소문해서 납기를 지키면 그만이었다. 그러나 사태는 생각대로 움직여주지 않았다. 소문이 돌자 시흥에서 잘린 해고자들과 위로금에 불만인 사망자 유족들이 농성에 합세했다. 그들은 하청업체인 시흥이 아니라 대신그룹과 스위치사를 상대로 책임배상을 요구했다. 기묘한 떼쓰기였다. 고문변호사 스미스는 계약에 없는 일이며, 국제법상 투자조약 위반이라고 펄펄 뛰었다. 그들은 분명히 불법행위를 하고 있다. 내 책임도 아니고, 그렇다고 대신그룹이 책임질 사항도 아니다. 납기를 채우려면 공사현장을 점거하고 있는 그들을 달래거나, 공권력을 동원해서 강제로 들어내는 수밖에 없다. 곤혹스러운 선택의 갈림길이 온종일 두통을 유발했다.

어제 오후에 나는 다시 최형을 만났다. 대신그룹 시절 동료였던 우리는 협상단의 맞은편 자리에 앉았다. 피해자 가족 대표와 함께 협상 자리에 나타난 최형은 충분한 보상과 해고자 복직, 그리고 비정규직의 정규직화를 요구했다. 그러지 않는다면 공사장을 점거해 싸울 거고, 아마 기일 내 완공은 어려울 거라면서. 난감했다. 기일 내 완공이 되지 않으면 계약파기를 하는 꼴이 될 테고, 그러면 내가 소속된 스위치사의 손해가 불가피했다. 퍼커슨에게 사실대로 보고한다면 그간의 내 실적은 무효가 되고 과실기록이 남겠지. 이 사실을 비밀에 부치면서 손해액을 다 감수할 수도 있지만 그러기엔 너무 큰 액수다. 나도 먹고살아야 할 것 아닌가. 딸아이 기숙사비랑 아들 양육비, 맨해튼의 아파트 렌트비, 새로 산 자동차 할부금도 내야 한다.

이런저런 고민을 하는데 갑자기 홍이사가 최형을 상대로 고함을 쳤다. "억지부리지 마. 자넨 그 나이 먹도록 남의 뒤나 봐주면서 등치고 다니나. 원청기업은 아무 잘못이 없다는데 왜 이 난리야. 그나마 보상금을 주겠다고 할 때 순순히 받아"라고. 그러고는 "똑똑히 들으세요. 책임지고 일 끝내지 못할 거면 이제라도 두손 들고 나가든지"라며 옆자리의 하청업자 사장한테 다짐을 받으려 했다. 그러자 눈치없고 탐욕스럽기만 한 그 사장은 느닷없이 나를 향해 짜증을 부렸다. "차라리 원점으로 돌아갑시다. 애초부터 그 가격에 공사를 맡는 게 아니었어. 난들 시키는 대로 공사 진행하고 싶지 않은 줄 알아? 하지만 수지가 안 맞는 걸 어떡해. 그동안 들어간 돈이 얼만데, 안 그래요, 민팀장님?" 은근히 뒷돈을 걸고넘어지려는 심보였다. 눈치빠른 최형이 그 사정을 알아챈 걸까. 최형은 경멸어린 눈초리로 나를 쏘아보았다. 순간 눈앞이 하얘졌다. 도대체 저 눈빛은 어찌된 건지, 예나 지금이나 맞받아치기 힘들었다. 나는 고개를 숙인 채 한동안 아무 말 하지 않았다. 한참 뒤에 결국 마지못해 입을 열었다. "홍이사가 제시한 보상금이 적정액이라 여겨집니다. 나머지 문제는 법에 따라 처리할 수밖에 없을 테고." 그러자 최형이 분노에 찬 목소리로 말했다. "설마, 자네가 그렇게 나올 줄 몰랐네." 그러고는 더이상 협상할 필요가 없다면서 자리를 박차고 일어났다.

나는 밖으로 나가려는 그의 앞을 가로막고 서서 억지로 내 말을 듣게 했다. 국제투자 분쟁에서 한번도 진 적 없는 스위치사가 전례없는 양보를 받아들일 턱이 없다. 그들은 단 한푼의 손해를 보지 않기 위해서 역대소송도 불사하는 다국적 기업경영의 전설이다. 국내 노동문제에만 익숙한 당신들에게 수십명의 국제 상사분쟁 전문 변호사를 갖춘 스위치사의 경영방침을 이해시키기란 불가능한 일이다,라는 변명을 늘어놓은 뒤 대신그룹과 스위치사가 함께 최소한의 위로금을 전달하는 성의를 보이고, 재취업을 보장하겠다고 타협안을 제시했다. 내가 해줄 수 있는 일이란 내 보수인 수주 커미션을 대신 이 친구들에게 위로금으로 주거나, 홍이사에게 부탁해서 새 인력용역업체가 선정되면 취업자리를 알선해주는 정도였다. 최형이 이런 사정을 알 리 없다. 문밖으로 나서기 전에 그가 내게 차갑게 말했다. "자네가 살아돌아온 걸 기뻐할 수 없는 나를 용서하게나." 말없이 나를 바라보던 그는 잠시 뒤에 혼잣말하듯 한마디 더 내뱉었다. "우린 악연이 되고 말았어." 그러고는 뒤도 돌아보지 않고 나가버렸다.

최형이 던진 말이 귓가에 어른거려 차를 타고 오피스텔로 돌아오는 내내 기분이 침울했다. 몸에 있는 항체가 서로를 적으로 여기고 싸우다가 세포를 죽게 한다고 했던가? 내 몸의 병만큼이나 고약한 상황이었다. 몹시 피곤했지만, 그렇다고 금방 잠들 수도 없어 오랫동안 침대에 쓰러져 꼼짝하지 않았다. 그러다 어느 틈엔가 잠이 들었나보다.

두어 시간가량 그대로 쓰러져 자다가 깨어난 것 같다. 방 안에 널린 여자의 빨래가 눈에 들어왔다. 보송보송하게 마른 옷가지에서 향긋한 사프란 향내가 났다. 신데렐라 드레스는 보이지 않았다. 여자가 빨래를 가지러 다시 올 거라는 생각이 들자 나도 모르게 마음이 들떴다. 나는 텔레비전 앞에서 흑맥주 세 병을 마시며 여자를 기다렸다. 하지만 자정이 넘도록 여자는 돌아오지 않았다. 새벽 한시, 두시, 세시…… 여섯시. 신데렐라 드레스를 입은 여자는 한심한 가짜 왕자를 만나기라도 한 걸까. 밤새 춤을 추다가 어느 어두운 골목의 가로등 아래서 지쳐 쓰러져 자는 걸까.

나는 지금 여자를 기다리는 걸 완전히 포기한 상태다. 그런데도 여전히 잠이 오지 않는다. 한동안 눈을 감고 피로감을 줄이기 위해 애쓴다. 지난 사흘간의 일들이 떠올랐다가 망각의 강을 따라 멀리 흘러간다. 공항으로 출발하기 전에 마지막으로 여자에게 쪽지를 남긴다. '잘지내요, 고마웠어요.' 그렇게 쓰고 나니 더이상 할말이 생각나지 않았다. 대신 여자가 왜 어젯밤에는 돌아오지 않았는지 알 것 같다. 이곳은 온전한 여자의 방이 아니었던 것이다. 내가 여기 머물러 있는 동안 여자는 어딘가로 밀려나야 하는 존재였던 것이다.

8

공항으로 가는 택시를 잡으려면 큰길을 건너야 한다. 실로 십년 만에 찾은 집이 또다시 멀어진다. 이번엔 마음속에서조차 완전히. 아무도 기다려주지 않는 곳은 더이상 집이 아니다. 오랜 망설임과 기다림 끝에 돌아온 동네의 빛깔과 냄새를 기억하려 하나하나 시선을 주고 숨을 깊이 들이쉴 필요도 없다. 어차피 기억조차 오래가지 않을 테니까. 사막을 건너온 랍비 여호수아와 인도 왕자 붓다에 댈 건 아니지만, 지구를 수없이 돌고돌아 귀향한 자를 맞아주는 가족이 하나도 없다는 면에선 내가 더 외로운 처지가 아닐까. 홀로 살아가려면 짐승같이 덮치는 고독과 이국적 취향, 열정적 자위, 그리고 혼자만의 동굴을 사랑할 수 있어야 한다. 그리고 무엇보다 이별에 익숙해져야 한다.

길가에는 대형마트와 음식점, 노래방과 잡화점이 어지럽게 간판을 걸어놓고 있고, 교통체증으로 몸살을 앓는 사거리에는 무리하게 달리다가 멈춰선, 신호가 바뀌어 앞으로도 뒤로도 움직이지 못하는 자동차까지 있어 경적소리가 사방에서 요란하다. 대기마저 미세먼지와 숨막히는 열기로 꽉 차 밀도를 견디지 못하고 터질 듯하다. 내가 들어설 자리가 없는 곳에 몸을 비집고 들어선 느낌이다. 횡단보도 앞에 선다. 신호가 바뀌자 건너편에서 대기하고 있던 사람들이 우르르 이쪽으로 달려온다. 노인과 아이, 여자와 남자, 청년과 중년, 희망과 절망, 친절한 웃음과 욕지거리가 한꺼번에. 갑자기 그들의 팔이 무릎까지 길어지고, 이마가 뒤로 물러나는 대신 크고 강한 턱과 입이 튀어나온다. 셔츠와 치마 밑으로 드러난 팔다리엔 털이 부숭부숭하게 나 있다. 인육을 먹는 호모 에렉투스, 네안데르탈인의 피가 느껴지는 눈빛. 세상어딜 가나 마주치는 충혈된 야만인들의 눈빛. 잠시 허둥대는 동안 신호등이 깜박이기 시작한다. 그때 맞은편에서 한 여자가 건널목으로 뛰어들어 도로를 횡단하기 시작한다. 여자가 내 어깨를 툭 치더니 강제로 내 손에 무언가를 쥐여준다. 그리고는 뒤도 돌아보지 않고 앞으로 달려간다. 여자가 미처 다 건너기도 전에 신호가 바뀌자, 여자 몸뚱이를 향해 자동차들이 일제히 경적의 화살을 쏘아댄다. 화살을 맞아 잠시 비틀대던 여자는 건너편의 인파 속으로 파고들어 더럽혀진 상앗빛 드레스를 간신히 숨긴다. 나는 여자와 강하게 부딪친 한쪽 어깨를 쓰다듬으며 손에 들린 구겨진 백 달러를 주머니에 쑤셔넣는다. 가슴속으로 서늘한 바람이 분다.

"떠난다고? 얼굴 코빼기도 보지 못했는데, 벌써?"

공항으로 가는 차 안에서 떠난다는 소식을 전하자 누나는 깜짝 놀란다. 그러고는 작은 분식점에 매여 꼼짝할 수 없는 자신의 처지를 원망하기 시작한다. 이런 더러운 놈의 세상, 한번 들러야지 하면서도 통시간이 나야 말이지, 네 매형이 며칠째 집에 안 들어와서 나 혼자 주방일에 손님 시중에 무진장 바빴어, 애고, 이 원수를 그냥, 하면서. 젖은 목소리로 미안해,라고 말한다. 누나는 결국 왈칵 눈물을 쏟는다. "네가 좋아하는 고들빼기김치 잘 삭혀놨는데……"라며 다음 말을 잇지 못하는 누나. 갑자기 내 눈에도 눈물이 맺힌다. 슬프지도 않은데 왜 그러는지 모르겠다. 아마 시신경이 극도로 피로해진 탓이겠지. 기내에 비치된 신문을 꺼내어 다음 목적지인 홍콩의 날씨와 환율변동, 주가 등에 대한 정보를 탐색한다. 면세점에서 살 쇼핑목록도 뒤적인다. 결국 경찰이 진압대와 물폭탄을 동원해 농성자들을 말끔히 데려가준 덕에 내 몫의 수주 커미션은 고스란히 남았다. 최형은 내 제안을 거절하는 걸로 명분과 자존심을 지켰는지 모르지만 결국 아무것도 손에 쥐지 못한 채 철창에 갇히고 말았다. 가슴아픈 일이지만, 어쩔 수 없다.

다음주에 맨해튼 본사에 돌아가면 새로 주문한 벤츠 오픈카가 나와 있을 거다. 눈을 감고 기분을 전환해보려 애쓴다. 오픈카를 타고 나이아가라 폭포가 있는 버펄로 씨티까지 달리는 상상을 해본다. 17번 국도를 따라 아름다운 숲과 호수가 어우러진 쎄븐레이크를 달리자. 우드버리 아웃렛매장에 들러 구찌 시계랑 니꼴밀러 서류가방도 장만해야겠다. 자동차는 어느새 캣츠킬마운틴을 가로지르는 도로를 달리고 있다. 옆자리엔 누굴 앉히지? 갑자기 생각이 멈춘다. 옆에 앉아 함께 기뻐해줄 사람이 떠오르지 않는다. 상상은 거기에서 한걸음도 더 나아가지 못한다. 이 행복한 순간에, 어째서 난 혼자인 거지? 자동차가 갑자기 길이 아닌 곳을 달리기 시작한다. 햇빛조차 들어가지 않는, 바람조차 피해가는 무시무시한 숲속의 빈터. 눈앞에 연못이 보인다. 핸들잡은 손이 부들부들 떨린다. 나는 온힘을 다해 브레이크를 깊이 밟는다. 비쩍 마른 사내가 내 앞에서 포획된 채 끌려가고 있다. 알 수 없는 힘에 이끌려 차에서 내린 나는 숲으로 숨어들어간다. 온몸이 꽁꽁 묶인 사내의 뒤통수를 커다란 돌멩이로 세게 후려친다. 퍽, 하는 소리가 숲을 뒤흔들고, 비릿한 피내가 공기중에 퍼진다. 나는 반사적으로 숨을 멈춘다. 죽어가는 자의 목구멍에서 새어나온 뜨거운 탄식이 만들어낸 공기의 흔들림, 그 미세한 바람이 곧바로 호흡기를 통해 내 몸속으로 들어와 숨통을 끊어놓을 것 같다. 나는 필사적으로 숨을 참는다. 사내의 마지막 탄식은 쉽게 숲을 빠져나가지 못하고 여기저기서 바람을 일으킨다. 숲이 서서히 움직인다. 피비린내나는 바람이 사방에서 거세게 인다.

복수초가 노랗게 꽃을 피우고 있었다. 온몸으로 열기를 내뿜어 언 땅을 녹이면서 꽃을 피운다는, 작고 가련한 복수초 사진을 바라보다가 나는 들고 있던 신문을 거칠게 접어 던졌다. 그새 복수초가 피다니. 고것들이 나한테 복수할 일 있나. 연일 영하 추위가 이어지고 가로수마다 폭설 끝에 얼어붙은 흰눈을 얹고 있기에 아직은 봄이 멀리 있겠거니 했거늘.

복수초가 피었으니 이제 머지않아 매화와 동백, 산수유, 벚꽃, 진달래가 차례로 피어날 테고, 망할놈의 신문은 온갖 꽃축제 소식을 다투어 싣겠지. 장인영감 신세타령도 나날이 만개해 처가 신세나 지는 무능한 사위를 잡아먹을 듯이 노려볼 게 뻔하다. 사실 한 가정의 가장이 고시원에 처박혀 삼년 넘게 지내다보면 가까운 가족이란 지치게 마련이다. 더군다나 애지중지 키운 고명딸을 데려간 사위가 그 지경이라면 어떤 장인이 속타지 않겠는가. 하여 내 난감한 처지를 면하려면 장인영감 기분전환도 시킬 겸 하루쯤 가까운 벗님들 모시고 봄나들이라도 다녀와야 마땅하다. 더불어 시장 노인네들 앞에서 한껏 사위 자랑거리를 만들어줘야 그냥저냥 다음 시험 때까지 견딜 수 있는 것이다.

달력을 들춰 날짜를 꼽아보았다. 장인영감 모시고 속리산 단풍놀이 다녀온 뒤, 앞으로 육개월은 눈치보지 않고 그럭저럭 지낼 수 있겠지, 생각하며 흐뭇해한 게 엊그제 같은데…… 개울에 빠진 비누처럼 어이없이 닳아버린 시간이 가슴을 아리게 했다. 하긴 단풍놀이 다녀온 뒤로 한동안 입가에 미소가 어리고 말투마저 은근해졌던 장인이 근래 들어 눈초리를 갈치꼬리처럼 날카롭게 치켜올리는 걸로 보아 약발이 떨어지고 있구나, 짐작은 했다. 나는 책갈피에 꽂아놓은 비상금을 꺼내보았다. 고작 삼만삼천원. 어쩐다. 지난겨울, 크리스마스에 딸아이한테 짝퉁이 아닌 진짜 바비인형을 선물한 거하고 설날에 시골 부모님께 갈비를 사들고 갔던 게 새삼 후회스러웠다. 그나마 아내한테 받은 용돈을 아끼려고 고시원 옆자리 후배와 찌개 하나에 공깃밥 추가로 점심을 때워왔건만, 결과는 고작 삼만삼천원. 사위 만족도를 육개월 동안 지속시키려면 화끈한 봄꽃놀이 이벤트를 벌여야 하는데, 턱없이 모자라는 액수였다.

시장을 가로질러 장인영감이 운영하는 정육점까지 가는 내내 좌판마다 늘어놓은 봄나물이 눈에 들어와 신경이 거슬렸다. 매운 꽃샘추위에 귀까지 목도리로 꽁꽁 싸맨 할망구들의 억센 손가락 끝에서, 거짓말처럼 꼬물대는 연둣빛 보리싹이라니. 전 같으면 구수한 된장국을 떠올리며 입맛을 다셨을 테지만, 오늘따라 명치가 묵직해 허리를 꼬부린 채 걸었다. 보리돼지, 녹차돼지, 올리엘캐나다돼지…… 색지로 큼지막하게 오려붙인 글자들 사이로 정육점 유리문 안을 살폈다. 처남은 어디 갔는지 보이지 않고 장인영감 혼자다. 식육진열장 안쪽에 놓인 커다란 도마 앞에서 느린 동작으로 고기를 다듬고 있는 장인영감 뒷모습이 눈에 들어왔다. 몇가닥 남은 옆 머리카락이 탈모로 황폐해진 뒤통수를 가까스로 가리고 있는 작은 머리와 젊어서 힘깨나 썼을 법한 널따란 어깨가 부조화를 이루면서도 묘하게 정감을 불러일으켰다. 나는 눈과 입술을 양옆으로 길게 늘여 한번 웃어보았다. 안면근육이 너무 굳어 있었다. 두어번 더 웃어보고는 문을 열고 안으로 들어섰다.

"왔냐?"

"예, 장인어른. 근데 어째 기운이 없으십니다요."

"봄인께 그런갑다. 민구 니는 찌뿌덩하지 않냐?"

"찌뿌덩하긴요, 장인어른. 이리 힘이 펄펄 치솟는데. 봄 되려면 아직 한참 멀었습니다. 나물전 나주할매만 해도 오리털잠바에 목도리꺼정 친친 동여매고 앉아서 연방 재채기를 해대던걸요."

"그야, 한데 장사니까 그렇지. 요래 햇살 퍼지는 것 보믄 다 안다. 잘 숙성된 살치살에 기름 꼼꼼하니 박힌 거마냥 햇살이 꽉찼잖냐. 경칩이 낼이던가, 모레던가."

고놈의 개구리새끼들을 그냥! 무의식중에 손으로 힘이 뻗쳐 식육진열장 유리를 탁, 때렸다. 창밖을 바라보던 장인이 못마땅한 눈초리로 돌아보았다. 아이쿠, 그새 파린가?라며 슬쩍 말을 돌리고 나서 마블링 상태가 꽤 좋은 소 등심에서 기름을 제거하는 장인 옆으로 바짝 다가갔다. 일 좀 도와드릴까요, 했더니 이내 퇴짜다. 장차 손에서 먹물내 풍기며 살 사람이 피맛부터 보면 재수가 없다나.

장인 등뒤로 물러나 손바닥을 슬쩍 펼쳐보았다. 형광펜으로 얼룩진 손가락 끝에서 휘발성 염료 냄새가 났다. 공무원시험 준비 삼수 만에 책에 밑줄 그을 데가 더는 없어 형광펜으로 글자들을 물들이는 요즈음이다.

아내를 처음 만났을 때만 해도 나는 직장이 있었고 아내는 없었다. 내 일이란 병원 냉동창고 앞에서 시신들과 하룻밤을 함께 지내는 거였다. 때때로 냉동창고에 갇혀 시신들 틈에서 허우적대는 꿈을 꾸는 것 말고는 그다지 힘들 게 없었다. 아내는 같은 병원에서 간호사한테 말대꾸했다가 해고된 간호조무사였다. 밤새 졸다 깨기를 반복한 끝에 눈을 비비며 병원 문을 열고 나서면 날카로운 아침햇살과 함께 나이가 비슷비슷해 보이는 아가씨들이 눈앞에 버티고 서 있었다. 아가씨들은 병원 로비까지 쳐들어와 피켓을 들고 구호를 외쳐대기까지 했다. 복직을 시켜달라, 일당 삼천원을 올려달라는 간단한 요구 때문에 나비처럼 여리고 어여쁜 아가씨들이 우악스러운 경비들의 몸에 가 부딪히는 게 안쓰러웠다. 나는 삼천원도 안되는 돈으로 꽃샘추위 속에서 떨고 있는 아가씨들에게 자판기커피를 빼서 돌렸다. 그뿐이었다. 그런 사소한 이유로 병원에서 해고될 줄은 정말 몰랐다. 운이 나쁘려면 그러기도 하는가보다. 나는 자연스레 그녀들의 동지가 되었다. 냉동창고를 지키는 일이 그리 썩 맘에 드는 것도 아니어서 처음엔 복직투쟁까지 할 생각은 없었다. 하지만 아가씨들이 나한테 유별나게 미안해했고, 삼만원어치 이상의 술을 샀으며, 내 체격에 어울리도록 하얗고 큼지막한 피켓을 새로 만들어주기까지 했기에 할 수 없이 따라다녔다. 어쨌거나 백일쯤 지나 그녀들은 모두 복직되었고 나는 그녀들 중에서도 노랑나비처럼 어여쁜 지금의 아내 순정과 사귀게 되었다.

그러나 행복에는 언제나 고통이 뒤따르게 마련이다. 십원짜리 뒷면에 다보탑이 새겨져 있는 것만큼 분명하다. 불심을 빌려서라도 마음을 비우라는 뜻이겠지. 순정은 어느날 우리가 함께 찍은 사진 한장을 방바닥에 흘렸다. 내가 그녀의 어깨를 한쪽 팔로 감싼 채 웃고 있는 모습이었는데 아마 단둘이 남이섬으로 놀러 갔다가 찍은 건가보다. 그녀의 아버지가 펄펄 뛰며 반대하고 나섰다. 변변한 직업도 없는 놈한테 홀아비몸으로 애지중지 키운 딸을 내줄 수 없다는 거였다. 그뒤 그녀의 아버지는 시장 입구의 백마사진관에서 특별히 돈을 얹어주고 찍은 딸 사진을 수십장 인화해 사방에 뿌리고 다녔다. 그러자 온갖 사람들이 마땅한 신랑감이 있다며 정육점에 들락거렸다. 누가 봐도 탐낼 정도로 야무지고 예쁜 아가씨였으니까. 하지만 중매쟁이들 대부분 욕을 바가지로 먹고 돌아가기 일쑤였다. 도대체가 변변한 직업을 가진 청년이라곤 눈을 씻고 찾아도 보기 힘든 세상이었다. 자동차회사 신규대리점 말단영업사원이거나, 제약회사 계약직원, 근로복지공단 임시파견직원, 대형할인매장 주차관리요원 따위가 고작이었다. 그나마 나은 게 소방관이었다. 얼굴이 일그러지는 순정을 그녀의 아버지는 온갖 감언이설로 설득했다. 이래봬도 정규직이란다, 정년까지 처자식 굶기진 않을 거다, 요즘 세상에 정규직 신랑감 만나기가 하늘의 별따기란 걸 모르느냐며. 심지어 평생 시장판에서 굴러먹은 아버지 소원이 제복입은 사위 보는 거라며 터무니없이 졸라댔고, 남자란 모름지기 밥그릇부터 탄탄하게 챙겨놓아야 제구실한다고 윽박질렀다. 그 이야기를 할 때면 몇년이 지난 지금까지도 순정은 부르르 몸을 떨곤 한다.

순정은 하는 수 없이 아버지를 따라 맞선자리에 나갔다고 했다. 그런데 막상 신랑감을 보자마자 얼굴이 일그러진 것은 그녀보다 아버지였다나. 사진에선 제법 괜찮다 싶었는데 막상 실물을 보니 영 딴판이라. 볼살이 축 처진 중년사내였다. 순정은 그길로 뒤돌아서 집으로 오다가 시장 한복판에 핸드백을 내동댕이치며 엉엉 울었더란다. "밥그릇이고 뭐고, 시집가서 밥만 먹고 사나?"

그러니까 내가 정육점집 외동사위가 된 데는 바로 그 밥 외의 능력 때문이었다. 사실 키도 이만하면 제법 크고 얼굴도 모난 데 없이 우묵주묵 복스럽게 생겼다. 게다가 연장도 짱짱해 장가간 첫달에 그만 애가 들어서고 말았다. 나야말로 확실한 밥그릇이 절실해졌다. 병원 영안실에서 졸고 있는 것보다는 좀더 나은 일감을 찾아야 했다. 나도 남들처럼 정규직에 도전해보기로 했다. 하지만 아내가 병원에 출근한 뒤 낮동안 아기를 봐가며 시험준비를 하자니 영 속도가 나질 않았다. 그렇다고 쥐꼬리만한 간호조무사 월급으로 생활하는 처지라 탁아시설을 이용할 형편도 아니었다. 고민 끝에 짐을 꾸렸다. 가을비는 추적추적 내리는데 선잠에서 깨어 칭얼대는 아기를 안고 처갓집 현관으로 들어서자니, 참 인생살이가 꽤나 매웠다. 비맞은 살림도구를 아내가 처녓적에 썼다는 이층 다다미방에 들여놓으면서 취직할 때까지만 어떻게든 버텨보라며 아내의 어깨를 두드린 다음, 나는 시장 건너편 고시원으로 들어갔다. 기필코 소방대원이라도 되리라. 이를 악물며 고시원 계단을 오르던 기억이 어제 일처럼 선명한데 벌써 삼년 전 일이다. 알록달록 물든 손으로 얼굴을 쓸어내린 뒤 나는 다시 냉장 식육진열대 앞 의자에 앉았다. 한두 해 열심히 공부하면 어디든 취직해 밥벌이하며 살지 않겠나, 생각했건만 시험이란 게 그리 만만치가 않았다. 젊으나 늙으나 너도나도 덤벼들어 시험을 치르는 판이니까.

그나저나 장인영감 낯빛이 시큰둥하니 어째 약발이 다 떨어지긴 떨어졌나보다. 두 손을 구부정한 등허리에 바짝 올려붙이고 정육점을 대각선으로 오락가락하며 자꾸 입술을 물어뜯는 걸로 봐서 몹시도 답답한 모양이다. 손님은 뜸하고 햇볕은 나른한데, 세 평 반짜리 가게에 갇혀 있자니 감옥살이가 따로 없을 터. 하긴 작년 가을에 벌인 이벤트로 여태 잠잠한 것만도 다행이라면 다행이다.

"에잇, 겨우 송아지만한 놈을 갖고 소꿉장난했더니 온몸이 다 근질거리누만. 집채만한 암소 세 마리쯤 척 걸어놓고 작업해야 일할 맛이 나지. 요새처럼 장사가 안돼서야 어디…… 이달엔 임대료나 빠질는지 모르겠네. 원 참, 세상 참!"

장인영감이 푸념 끝에 연거푸 빨아대는 담배연기로 실내가 뿌옇다. 고기색깔 다 버릴 줄 알면서도 그러는 걸 보니 속이 타긴 타는가보다. 생활비조차 제대로 내지 못하면서 처자식을 얹혀놓고 있는 내 처지가 난감하기 이를 데 없다.

기어코 일을 벌여야 할까보다. 봄꽃놀이 비용 마련도 바쁜데 어쩐다? 할 수 없지. 급한 불이라도 끄는 수밖에. 일만원짜리 프로젝트 카드를 꺼낸다.

"장인어른, 저, 몸도 찌뿌듯한데 목욕탕에라도 어떻게……"

장인영감 얼굴에 금세 화색이 돈다. 그래도 선뜻 나서질 않는 것이 본시 그의 기질인지라 늘 그렇듯이 나는 손목을 잡고 억지로 끌어당긴다.

"아, 이 사람이 왜 자꾸, 목욕은 무슨 목욕…… 하긴 요 앞 새로 생긴 보석싸우나가 썩 괜찮다고는 하드만……"

아내가 수간호사의 트집잡기를 더 견디다가는 암에 걸려 죽을 거라면서 병원을 그만뒀다. 장인영감 모시고 일만원 이벤트를 벌인 날 저녁에 들려온 소식이었다. 목욕탕 바닥에 두 개의 수건을 깔아 장인을 누인 뒤 때를 밀고 안마까지 해준 날 말이다. 해본 사람만이 안다. 노인들의 주름진 갈피갈피마다 숨어 있는 속때가 얼마나 많은지를. 한달에 한번 있는 날을 기다리기라도 한 듯이 때들이 국숫가락처럼 몰려나온다. 게다가 어깨며 허리, 장딴지까지 살이란 살은 다 북어처럼 단단하게 굳어 있어 그 근육들을 말랑말랑한 젤리처럼 만든다는 건 결코 만만하지 않다. 한 시간 넘게 온몸이 땀투성이가 되도록 힘을 써봤자 장인영감 입에선 겨우, 힘들 텐데 그 정도만 해둬,라는 은근히 더해주길 바라는 미묘한 투의 한마디가 나온다. 그래도 그 말을 곧이듣고 그대로 안마를 마쳤다가는 그날 사업은 성공하지 못한다. 적어도 세번 이상은, 무신 말씀입니까,라며 펄쩍 뛰고는 아직 멀었다는 듯이, 나는 조금도 지치지 않았다는 듯이 콧노래를 불러가며 권해야 한다. 그러면 장인영감은 어허, 이 사람 참, 정 그렇다면 쪼깨만 더,라며 봄날 담장 밑에 앉아 볕을 쬐는 병아리처럼 눈을 지그시 감는다. 연부운 홍 치마아가 봄바아람에 휘나알리이더라아~ 왜 하필 이 노래라야 하는지는 잘 모른다. 어쨌거나 이 노래를 불러주었을 때 장인의 써비스 만족도가 최고로 올라간다. 그렇게 두세 번 간곡히 더 부탁해서 안마를 해주다보면 장인영감 어느새, 쿨쿨 잠에 빠진다. 그제야 막간을 이용해 나도 잠깐 쉴 수 있는데 대신 노래만은 계속 불러야 한다. 그사이 내 몸도 뜨거운 물에 담그고, 얼른 비누질까지 마친다. 그러고나서 은근한 말투로 장인 귀에 입을 대고 속삭인다. 저, 시장하실 텐데 맥반석달걀이라도 좀…… 잠에서 퍼뜩 깨어난 장인은 조금 민망해한다. 나는 수면 직후의 어리벙벙한 순간을 놓치지 않고 얼른 장인영감을 일으켜 밖으로 모시고 나간다. 물론 어깨와 팔을 부축해 거의 안다시피 해서. 목욕을 너무 오래해선지 어째 어질어질하네,라며 은근슬쩍 내 어깨에 머리를 기대는 장인영감한테 나는 달걀 세 개와 사이다 한 병을 안긴다. 그러면 딱 만원이 깨진다. 해질 무렵 밖으로 나와 시장을 가로질러 장인어른을 정육점까지 모셔다드린다. 절대로 그냥 집으로는 가지 않는다. 그래야 어물전 송영감이며 순대국집 박영감, 나물전 나주할매까지 어딜 다녀오는데 그리 신수가 훤하냐고 물어올 테니까. 아니, 그들이 꼭 묻게끔 해야 한다. 그게 이 이벤트의 하이라이트다. 때때로 사람들이 알아채지 못하면 일부러 내가 먼저 말을 건다. 아저씨, 오늘따라 혈색 좋으십니다, 하고 먼저 상대를 띄워주면, 그들은 그제야 나와 영감을 번갈아 보며 눈을 크게 뜨고 칭찬으로 답례하는 것이다. 장인영감은 아, 싫다는데도 사위놈이 자꾸 목욕탕엘 가자 해싸서, 어찌나 꼼꼼히 닦아주던지 살갗이 다 얼얼하네그려, 하고 수염 없는 턱을 만진다. 그러면 시장 노인네들 이구동성으로 떠들어댄다. 아따, 어데서 그리 훌륭한 사위를 골랐소. 하모 거저 자네마치 가깝게 데불고 사는 사위가 최고인 기라. 우리 자석들은 공부 갤쳐노니까네 얼굴 코빼기도 보기 힘들다 안카나.

시장 노인들한테 사위 칭찬을 잔뜩 듣고 나면 장인 얼굴에 비로소 만족의 미소가 떠오르고 나의 만원 이벤트도 완전히 막을 내리는 것이다. 비로소 나는 보름에서 한달간은 처가살이가 제법 녹녹하겠지, 생각하며 회심의, 그러나 꽤나 지친 미소를 몰래 짓는다.

그날따라 장인영감이 돼지목살을 잘라줬다. 아주 드문 경우지만 그래도 일년에 두어번은 그런다. 특별히 만족했다는 뜻일 거다. 어쨌거

212

나 나도 힘을 다 쏟아낸 뒤라 속이 헛헛하기도 해서 고시원으로 가지 않고 집으로 곧장 들어갔다. 현관문이 열려 있기에 웬일인가 하면서 안으로 들어서니 아내가 이미 퇴근해 집에 와 있었다. 라면냄비에 얼굴을 들이대고 허겁지겁 먹다 들킨 아내는 그만 사레가 들려 기침을 해댔다. 콧구멍에서 애벌레만한 라면가락이 튀어나온 뒤에야 겨우 소동이 멎었다. 사실 병원을 그만둔 지 일주일이 넘었다고 했다. 나한테 말하기가 미안해서 그동안 친구 집으로 출근했는데, 그날따라 친구 남편이 집에 머무는 바람에 종일 거리를 쏘다니다 돌아왔다며 고개를 떨어뜨렸다. 아내의 다리가 면발만큼이나 퉁퉁 부어 있었다. 가뜩이나 진이 빠져 있던 차에 온몸이 축 늘어졌다. 딸아이 보육원에 보내는 비용은 아내가 대신 돌보는 걸로 대체한다 해도 가계에 보태라며 쥐꼬리만큼이나마 내놓던 명목상 생활비는 어찌할 것인가. 게다가 내 고시원 비용이랑 책값, 그리고 가끔씩 벌이는 이벤트 값은? 다음번 시험을 볼 때까지 적어도 팔개월 이상 버텨야 하고 그러자면 아주 특별한 이벤트를 벌여야 하는데, 낮에 일만원을 썼으니 잔고는 다시 이만삼천원. 나머지를 어떻게 마련한단 말인가. 머릿속으로 복잡한 계산을 하느라 우두커니 서 있는 내 앞에서 아내는 갑자기 눈물을 뚝뚝 흘렸다. 다 자기가 못난 탓이라고, 계약직 주제에 남들처럼 아부도 하고 선물도 바쳤어야 했는데 못한 탓이라고 뒤늦은 후회를 했다. 심지어 이제라도 다시 병원에 찾아가서 수간호사한테 잘못했다고 싹싹 빌고 일주일에 한번쯤은 가슴을 만지더라도 소리지르지 않겠다고 사정해볼까,라며. 환장할 노릇이었다.

　나는 오랫동안 침묵했다. 얼마쯤 시간이 지나자 저녁의 노을빛이 창문을 넘어와 아내의 들썩이는 어깨를 물들였다. 아내한테 그토록 처연한 아름다움이 있다는 걸 처음 깨달았다. 나는 아내에게 다가가 눈물젖은 옷을 벗기기 시작했다. 우선 연한 하늘색 블라우스와 청바지, 그다음엔 소맷부리가 늘어진 내복, 그리고 캡이 찌그러진 브래지어와 결혼기념일에 내가 사준 분홍 팬티 순으로. 바나나 껍질을 벗길 때처럼 하얗고 매끈한 알몸이 그 속에서 나왔다. 빳빳하게 일어선 짱짱한 연장을 아내 허리춤에 바짝 갖다대며 나는 속삭였다. "이것 봐. 당신과 난 아직 이렇게 젊어. 조금만 참자." 그런 걸 순발력이라고 해야 하는 건지, 뭔지 모르겠다. 어쨌든 나는 그날 아내의 눈물을 혀로 닦아주고, 입술을 빨아대고 유두를 깨물어주고 엄지발가락마저 쪽쪽 핥은 뒤 아내의 몸속으로 미끄러져들어갔다. 아내의 살에서 야생의 달맞이꽃 내가 진동했다. 싱싱하게 살아 있는, 못된 상사한테 대들어버린 생명체가 풍겨대는 강렬하고 벅찬 향기였다.

제주 유채꽃이 노랗게 피어나더니 이어 오동도 동백꽃, 광양의 매화, 구례 산수유가 시샘하듯 피어났다. 꽃소식이 화개장터를 지나 영취산 진달래 계곡, 벚꽃 흐드러진 진해를 넘어설 무렵엔 장인영감도 더는 참을 수 없었나보다. 온갖 신세타령에 술주정이 예사가 아니었다. 평생을 좁아터진 가게 지키다가 뒈져버릴 팔자라는 둥, 마나님도 없는 홀아비 신세가 처량하기 이를 데 없다는 둥, 자식들이라고 하나같이 제 앞가림도 못하는 얼간이라는 둥, 입에 담기 민망한 욕까지 마구 쏟아져나왔다. 그러거나 말거나 봄은 꼬리에 불붙은 호랑이처럼 미친 듯이 서울을 향해 달려왔다. 말할 나위 없이 나도 똥줄이 탔다. 차라리 다시 병원 냉동창고 일이나 알아보는 게 낫지 싶었다. 시신들 틈에서 악몽을 꾸는 것만 빼면 그다지 힘든 일도 아닌데다 가끔 유족들로부터 웃돈을 받기도 하니까. 다만 냉동실 문을 열 때마다 맡아지던 미미한 시취를 참아야 한다는 게 조금 걸렸다. 이제 곧 여름이 올 것이고 유난히 후각이 발달한 나로서는 남보다 더 속이 거북할 거다. 내가 그 말을 꺼내자 아내가 펄쩍 뛰었다. 거긴 계약직만 뽑는다고, 계약직이라면 질색이라고 머리채를 거세게 흔들어댔다.

그즈음 한가닥 희망이 생겼다. 아내가 다시 일을 시작한다는 거였다. "어릴 때 내 소원이 뭐였는지 알아? 선생님이 되는 거였어." 아내는 학습지 한묶음을 가방에서 꺼냈다. 아이들에게 매주 학습지를 나눠주고 십분 남짓 문제 푸는 원리를 가르쳐주면 되는 거라 했다. 한 과목당 만원. 하지만 신입회원을 꾸준히 늘려 점수를 쌓으면 수수료 비율이 십 퍼센트가량 더 오른다던가. 아내는 문제없다고 했다. 누구보다 잘 가르칠 자신이 있으며, 게다가 아이들을 자기만큼 예뻐하는 사람도 드물 거라며 팔뚝을 세워 연거푸 파이팅 동작을 해 보였다. 나는 고개를 끄덕여주었다. 아내의 블라우스 속으로 손을 집어넣는 수간호사 밑에서 일하는 것보다야 백번 낫겠지.

얼마간의 연수교육을 받은 아내는 빨간 테를 두른 도수 없는 안경을 사서 끼고 일하러 다녔다. 아이들의 시선을 자기에게 쏠리게 하는 비법이라 했다. 안경의 위력인지는 몰라도 아내는 생각보다 쉽게 일을 배워나갔다. 몇몇 친해진 학부모가 여기저기 학생을 소개해 제법 신입회원도 생겼다며 뿌듯해했다. 신인왕을 탄 날은 와인과 케이크를 사들고 귀가했다. 우리는 창가에 상을 펴놓고 와인을 마시며 오랜만에 행복한 미래를 꿈꾸었다. 머지않아 아내는 밀레니엄——그 회사에선 실적을 쌓아 최고의 수수료율을 받게 되는 경우를 그렇게 말한다——이 되고 나는 정규직 시험에 붙는 달콤한 꿈이었다. "회사에 경

품이 걸렸는데 뭔 줄 알아? 앙코르 와트행 티켓이야, 여보. 어떡하든
꼭 그걸 타고 싶어."

아내는 정말 열심히 뛰었다. 마침 그즈음에 회사를 그만둔 선배 교
사의 교실—특정지역을 담당해 가르치는 걸 그렇게 불렀다—을
인수받게 되었다고 했다. 약간의 인수비가 추가로 지불되었다. 아내
의 첫 월급은 써보지도 못하고 고스란히 회사로 되돌아갔다. 그렇지
만 뭐 회원수가 늘었으니 앞으로는 나아질 거야,라며 아내는 조금만
더 기다리라고 했다. 나는 아내에게 힘을 내라는 뜻에서 앙코르 와트
에 관한 정보가 화보와 함께 자세히 나와 있는 여행책자를 사주었다.
봄꽃놀이 비용 마련만도 벅찼지만, 하는 수 없었다.

웅장한 앙코르 와트 사원, 아발로키테스바라의 신비한 미소, 춤추
는 요정 압사라, 눈부신 태양, 향기로운 열대과일, 그리고 거대한 판
야나무…… 아내는 한동안 밤이면 여행책자를 들춰보다 잠들곤 했
다. 하지만 그 버릇이 그리 오래가지는 않았다. 책 보는 걸 썩 좋아하
지 않는 탓도 있겠지만 잠자리에 누우면 셋도 세기 전에 잠들어버릴
만큼 녹초가 되어 퇴근하기 때문이었다. 아내는 본격적으로 영업을
하기 시작했다. 밤늦게까지 어딘가로 전화해 학습지로 공부를 시켜보
라며 아양을 떨다시피 했고, 심지어 주말마저 홍보지를 돌리러 다녔
다. 본인이 원해서 그러기도 하겠지만 팀장이나 국장의 압력도 만만
치 않아 보였다. "하지만 뭐, 블라우스에 손을 집어넣지는 않아." 그
렇게 말하는 아내의 얼굴은 피로와 스트레스 탓인지 매우 칙칙해 보
였다. 땀에 전 속옷에선 좋지 않은 냄새까지 났다. 말하자면…… 미
미한 시취를 떠올리게 하는 냄새였다. 어느날 밤 나는 잠자리에서 아
내를 꼭 안아준 뒤 뭐든 어려움이 있으면 말하라고 했다. 한참을 망설

이다가 아내가 입을 열었다. "실은, 나한테 교실 넘겨준 선임 교사가 말이야…… 그러니까 그만둔 게 아니라 수업하다 죽었대. 심장마비 라나. 유령 때문에 몹시 힘들었나봐."

"유령이라니, 무슨 소리야?" 나는 깜짝 놀라 자리에서 일어나 앉았다.

"밀레니엄이 되려고 가짜 회원을 만들거든. 게다가 변덕스러운 학부모들이 학습지를 요것조것 바꿔대거나 학원으로 갈아타서 휴회가 생기게 마련이야. 회사에 사실대로 말하면 점수가 깎이니까 할 수 없이 대납하게 되는데 가끔 팀장이 억지로 유령을 만들라고 시켜. 그래야 우리 지부가 인쎈티브를 받는다면서. 한데 내가 왜 지부장을 위해 유령을 써야 하는 거냐고? 에구, 골치야. 일하기 쉬운 덴 아무데도 없나봐."

아내는 자기도 벌써 유령 수십명을 데리고 있다고 했다. 유령 없인 누구도 앙코르 와트에 갈 수 없다면서. 마침 거실 벽시계가 새벽 두시를 알리는 소리를 냈다. 아내는 아침일찍 홍보지를 나눠주러 가야 한다면서 이불을 뒤집어쓰고 잠을 청했다. 그러고는 이내 잠들어버렸다. 하지만 나는 잠들지 못했다. 갑자기 등줄기가 서늘해졌다. 병원에서 일해본 사람들은 다 안다. 새벽 두시란 사람들이 많이 죽는 시간이란 걸. 그거랑 이 유령은 전혀 별개인데도 어쩐지 섬뜩했다. 선임 교사의 교실을 이어받아서가 아니라, 똑같은 일을 하다보면 누구든 그렇게 될 수 있다는 생각을 떨쳐버릴 수 없어서였다. 게다가 속을 끓이다가 죽은 시신은 유난히 냄새가 심한 편인데…… 그날 난 오랜만에 냉동창고에 갇혀 허우적대는 꿈을 꾸다가 놀라 깨어났다. 새벽빛이 희붐히 창문을 물들이고 있었다. 나는 허공을 향해 눈을 부릅떴다. 무슨 수를 써서든 육개월만 더 버텨보자. 기어코 시험에 붙어 아내를 구출해내리.

인천 월미도 벚꽃이 어느결에 피었다 지고, 서울대공원 벚꽃마저 봄비에 뚝뚝 떨어져내렸다. 내가 거금 십오만원을 겨우 장만했을 때는 이미 소백산 철쭉마저 지고 원주 장미축제만 남아 있었다. "고만 둬라. 거 얼라들이나 가는 장미밭에 늙은이들이 뭐 할라꼬 가노. 혹 산복숭아나 따러 갈라면 또 몰라도, 으흠." 그렇게 해서 산복숭아를 따러 가려고 오늘 아침 은좌다방에서 모두 모이기로 한 것이다. 모두라고 해봤자 장인영감하고 송영감, 잡화점 주영감, 그리고 나주할매까지 해서 다섯 명이니 승용차 한대로 다니기에는 딱 안성맞춤이었다.
약속시간이 임박해서야 나는 겨우 집에서 나왔다. 하필 늦잠을 잔 것이다. 시간을 단축하려고 발걸음을 재촉했지만 매맞은 것처럼 온몸이 욱신욱신 쑤셔 그럴 수도 없었다. 전날까지 며칠간 연속으로 아르바이트를 한 게 아무래도 무리였다. 편의점이나 주유소 같은 시급제 아르바이트는 돈도 적을뿐더러 사나흘만 일하겠다는 사람은 쓰지도 않았다. 수소문 끝에 알아낸 일감이 인쇄소에서 종이를 나르는 거였다. 자동차가 드나들기 힘들 정도로 비좁은 골목 끝자락에 자리잡은 아주 영세한 인쇄소였는데 아마 어쩌다 큰 물량을 맡은 듯했다. 수십 킬로그램이나 나가는 종이뭉치를 등에 얹어 길가에 세워둔 트럭에서 인쇄소까지 옮겨놓는 게 내 일이었다. 등에 짐을 올렸다가 내려놓기를 반복하는 단순한 노동이었지만 어깨가 빠지고 허리가 주저앉을 것처럼 힘들었다. 막판에는 다리에 쥐가 나서 한발짝도 옮기지 못할 지경이었다.

은좌다방 문앞에는 벙거지모자에 사진기까지 멘 노인들이 벌써 당도해 기다리고 있었다.

"아이고, 왜들 나와 계십니까. 안에서 쌍화차라도 시켜 드시지 않고."

"차는 무신 놈의 차, 돈 아깝게."

송영감 한마디에 모두들 고개를 끄덕이지만 절대 그럴 순 없다. 사소한 사치가 전체 품위를 높여주는 법. 다방 안으로 들어서니 아침부터 들이닥친 의외의 손님들을 맞은 오마담 입이 함박꽃처럼 벌어졌다.

"쌍화차 넉 잔에 메추리알 동동 띄워주소!"

의기양양 큰 소리로 주문하니 오마담이 엉덩이를 흔들며 차를 내왔다. 허름한 시장 찻집이지만 인심만은 후했다. 잣가루 듬뿍 뿌린 쌍화차에 노인네들 벌써부터 흐뭇한 표정. 만육천원이 날아갔다.

"자, 그럼 차에 기름부터 넣겠습니다. 여기, 삼만원."

출발 직전에 기름을 넣었다. 그래야 고객들이 더욱 황송해할 테니까. 이는 어느 이벤트에서건 꼭 지켜야 할 철칙이다. 가능한 한 많은 사람이 볼 때 베풀 것. 예를 들면 이렇다. 시장 상조회에서 가끔 단체 야유회를 갈 때면 나는 소주와 사이다를 한상자씩 기부하는데, 적은 돈으로 시장 사람들의 환심을 살뿐더러 장인영감을 하루종일 우쭐하게 할 수 있어 놓치지 않는 이벤트다. 이때에도 꼭 골목에 숨어 있다가 사람들이 다 타고 막 출발하려고 할 때 버스를 향해 달려가야 한다. 술과 음료수를 번쩍 들어 차 안에 실은 뒤, 사람들이 보는 앞에서 잘 다녀오시라고 깊숙이 인사를 한 다음, 버스에서 내려 손을 흔들며 배웅까지 해야 한다. 그리하면 그 모습이 상인들 뇌리에 박혀 족히 두어 달은 장인영감 앞에서 내 칭찬을 하게 마련이다.

낡았지만 깨끗이 세차한 승용차를 타고, 우리 일행은 통일로를 지나 법원읍 근처 자운서원으로 향했다. 날은 화창하고 바람에선 들꽃 향내가 났다. 율곡 이이 선생을 봉안한 서원 경내는 오래된 신갈나무와 소나무숲으로 둘러싸여 눈부시게 푸르렀다. 사괴석 담장을 따라가다 내삼문 앞 묘정비를 배경으로 사진 한번 찍고, 주강당과 율곡 선생 묘지를 둘러본 뒤, 생모 신사임당이 남편 이공과 합장한 무덤 앞에서 잠시 숨을 돌렸다. 등줄기로 제법 땀이 났다. 잔디 위에 앉아 잠시 쉬는 동안 나는 준비해간 찬 미숫가루음료를 한잔씩 돌렸다. 이번에는 잡화점 주영감이 먼저 운을 뗐다.

"거참, 오랜만에 먹어보는 고향 맛일세. 그나저나 역시 자네 사위는 안목이 있네그려. 서원을 다 둘러보게 하다니."

"아무렴, 공부하는 사람이 이 정도쯤이야…… 게다가 사위 조부께서 향리 선생이었으니. 이보게 이서방, 자네 조부님이 가색대부라 했던가?"

장인영감의 뜬금없는 질문에 화들짝 놀란 나는 잠시 어찌할 바를 몰랐다. 신혼 초에 아내와 함께 선산을 찾은 적이 있는데 선조부 비문에 새겨진 글자가 가색대부(稼穡大夫)였던 것이다. 씨뿌릴 가에 거두어들일 색을 써서 농부를 일컫는 말인 것을 아내는 대단한 벼슬자리라도 되는 줄 알고 장인한테 자랑했나보다. 하지만 이왕 엎어진 물인걸 어쩌랴. 보아하니 한자깨나 아는 척하는 주영감도 전혀 알아채지 못한 눈치다.

"아 예, 뭐 자랑거리도 아니고 해서……"

겸양지덕은 만고의 진리라. 천원짜리 입장료를 낸 것치곤 제법 성과가 높다. 장인양반 이번엔 일부러 그러는 건지, 정말로 몰라 그러는 건지 새삼 율곡이 왜 어린시절 파주 친가에서 자라지 않고 강릉에서 자랐느냐고 묻는다. 나는 말이 나온 김에 비문을 소리내어 읽은 뒤 겸손히 대답했다.

"어릴 적에 외가에서 자랐다는구먼요. 그러니까 음, 저, 사임당 남편이 처가살이를 오래 한 모양인데…… 조상들의 오랜 전통이었다고 할까, 뭐 그런 거지요. 헤헤."

이쯤 되면 처가살이하는 내 처지가 이상하기는커녕 양가의 전통으로 여겨지는 분위기라. 입가로 마구 번지는 웃음을 억지로 참으며 자리에서 일어났다. 일행을 이끌고 율곡 선생과 신사임당 유물전시관을 마지막으로 둘러본 뒤 서원에서 빠져나왔다.

서원 앞에는 소갈비집이며 장어구이 전문점이 늘어서 있었다. 다행히 장인영감, 의외로 입맛이 까다로워 밖에서는 절대 소고기를 먹지 않는다. 맛도 없고 값만 비싸 사기당한 기분이라나. 아무래도 정육 인생 삼십년의 자존심일 터라. 혹시 장어라면 모를까, 하고 말끝을 흐리는 장인에게 나는 재빨리 요즘 중국산 장어에서 납이 발견됐다던데, 라며 은근히 겁을 주었다. 그러자 장인영감 얼굴이 금세 일그러졌다. 비싼 장어 때문에 프로젝트에 차질이 생길 뻔했기에 위기를 간신히 넘긴 나는 속으로 안도의 숨을 내쉬었다. 자동차는 자운산 계곡을 끼고 난 가파르고 좁은 길로 접어들었다. 한참을 올라가니 토종닭을 직접 길러 파는 집이 나왔다. 닭백숙에 매운 닭찜까지 푸짐하게 시켰다. "어르신들, 모자라면 더 시킬 테니 걱정마시고 맘껏 드시소." 내가 인심좋게 큰소리치니 노인들 얼굴이 대만족이라. 한참 걸어다닌 끝이라 식욕은 그 어느 때보다 왕성해 맛있다고 야단할밖에. 모든 게 계획대로 척척 맞아떨어졌다. 식사를 마친 세 노인은 평상에 앉아 화투를 쳤고, 그동안 장인영감과 나는 근처 숲에서 야생 털복숭아를 땄다. 털복숭아를 한자루 따면 장인영감이 술을 담글 테고, 술 익는 동안만은 절대 오늘을 잊지 못하리라. 밥값, 술값 다 합해서 육만천원이 들었다.

해는 서산으로 기울어가고, 온몸이 노곤할 때쯤 나는 마지막 코스를 향해 차를 몰았다. 그만하면 됐네그려, 자네 덕에 자알 먹고 실컷 놀았어, 등등의 온갖 칭찬이 쏟아져도 절대 넘어가선 안된다. 뒤돌아보면 돌이 된다는 신화 속 주인공처럼 나는 꿈쩍도 하지 않고 앞으로 내달렸다.

통일전망대를 지나 임진강 근방에 세워진 대형 온천에 도착해서야 나는 뒷좌석을 돌아보며 약장수처럼 떠들기 시작했다. "당뇨 신경통에 효험이 있는 일본식 온천이랍니다. 뭐, 힘들게 일본까지 갈 거 있습니까." 내 너스레에 모두들 고개를 끄덕였다. 흡족한 표정이다. "이래봬도 천연 게르마늄 암반수를 이용한 탕과 한약재를 이용한 약탕이 있다 아닙니까. 딴데하곤 급수가 벌써 다르지요. 스포츠 의학과 동양 의학을 이용한 열여덟 가지 다양한 기능성 싸우나, 거기에 일곱 가지 물 안마 코스까지 맘껏 누리십시오. 숙변 제거, 혈압, 당뇨, 신경통 할 것 없이 다 낫는답니다. 노천탕에 옥싸우나, 참숯싸우나까지 없는 게 없어요." 인터넷으로 미리 입수한 정보를 다 전달한 뒤 노인들을 일단 탕 입구에 앉아 기다리게 하고 나는 입장권을 사러 갔다. 그런데 이를 어쩐다. 예산에 차질이 생겼다. 오천원 하던 입장권이 육천원으로 올랐다. 아무래도 나는 빠져야겠다. 하지만 빠지는 데도 명분이 필요하니…… 입장권을 파는 아주머니 앞에서 묘안을 찾으려 서성대는데 마침 전화기 옆에 있는 물파스가 눈에 띄었다. 불현듯 학창시절 공부하기 싫은 애들이 눈병을 위장하던 조퇴 수법이 떠올랐다. 나는 물파스를 빌려 급하게 화장실로 뛰어갔다. 그러고는 아무도 보지 않는 틈을 타 물파스를 눈알에다 힘껏 찍었다. 눈알에서 불이 났다. 속옷에 오줌을 지릴 정도로 쓰리고 아팠다. 얼마쯤 지나 화끈거리는 게 조금 가신 뒤에야 밖으로 나갔다. 나는 눈을 까뒤집어 빨간 눈알을 사람들에게 보였다. "장인어른, 제가 실은 지난봄 황사 때 결막염이 생겨서 목욕을 못합니다. 모시지 못해 죄송합니다. 다녀오이소."

차 안에 들어가 혼자 있자니 등의 통증이 되살아났다. 갑자기 피로가 몰려왔다. 반쯤 열린 창문으로 초여름 저녁의 훈훈하면서도 습기 어린 바람이 불어와 저절로 눈이 감겼다. 바람에선 꽃향기가 났다. 갑자기 이국풍의 아름다운 노랫소리가 들려왔다. 금빛 목걸이에 화려한 금관을 머리에 얹은 미녀가 내 귀에 대고 금동 요령을 흔들어댔다. 명랑한 요령소리와 향유를 바른 아름다운 아가씨의 크고 검은 눈동자에 이끌려 나도 모르게 야자나무숲 속으로 걸어들어갔다. 짙은 녹음 속에서 황금색으로 일렁이는 빛 그림자에 잠시 의식을 놓았던가. 다시 정신을 차려보니 야자나무숲 끝에 세워진, 검은 이끼가 잔뜩 낀 돌문이 눈에 들어왔다. 돌문으로 들어가 햇빛이 새어들어오는 어둡고 긴 회랑을 지났다. 벽에 새겨진, 전쟁을 하거나 밥을 짓거나 마차를 끄는 그림 속 인물들과 춤추는 압사라 여신을 바라보며 걷는데, 갑자기 벽 속 사람들이 꿈틀대기 시작했다. 벽에서 걸어나온 사람들은 미친 듯이 앞으로 달려갔다. 왼쪽 이마가 함몰된 청년이 내 팔을 잡아끌며 이봐 뛰어,라고 소리쳤다. 나는 영문도 모르면서 무조건 뛰기 시작했다. 등뒤에서 말발굽 소리가 들려왔고 뽀얗게 먼지가 일었다. 그때 갑자기 뒤에서 누군가 내 등에 거대한 돌을 올려놓았다. 반항하며 몸을 뒤

틀었더니 키가 크고 눈이 부리부리한, 갑옷 입은 병사가 나를 노려보았다. 주위를 둘러보니 모두들 돌을 하나씩 등에 지고 있었다. 햇볕에 검게 그을은, 몹시 마른 몸뚱이에 비해 유난히 크고 흰 사암(砂巖)이었다. 어리둥절 서 있으려니 어디선가 채찍이 날아와 내 몸을 후려쳤다. 별수없이 돌을 지고 행렬을 쫓아갔다. 어깨가 짓눌리고 허리가 부러질 것 같았다. 뜨거운 태양 아래, 그늘 한점 없는 황톳길을 한참 걸어가자 사진에서 본 거대한 앙코르 와트 사원이 눈앞에 나타났다. 좁고 가파른 계단을 올라가 돌을 내려놓기 무섭게 누군가 다시 내 등허리에 더 무거운 돌을 얹었다. 끝도 없는 혹독한 노동과 살을 가르는 매서운 채찍이 이어졌다. 나는 마침내 소리쳤다. 야, 이 새끼들아, 아무리 노예라도 쉬어야 또 일할 거 아냐! 그러자 아까 나를 잡아끌었던 청년이 깜짝 놀란 표정으로 말했다. 노예라니, 무슨 소리야. 고귀한 비슈누의 섭리대로 살아가는 신의 자식들한테. 저 밖의 줄선 사람들을 좀 봐. 이 일자리 기다리다 굶어죽는 사람 천지잖아. 게다가 우리 중에 가끔 병사가 되는 수도 있는데 그건, 그야말로 평생 밥그릇이야. 계속 일하고 싶으면 게으름피우지 마. 청년에게 나도 한마디해줬다. 너희를 후세 사람들은 노예라고 불러. 비참한 노예! 그러자 청년은 입술을 비틀며 나를 한껏 비웃더니 침을 뱉었다. 정신차려, 이 얼간아. 청년의 침에서 지독한 시취가 맡아졌다. 청년이 가버리자 향유를 바른 아가씨들이 손에 든 붉은 꽃을 흔들며 다시 나타났다. 그녀들은 풍성한 가슴을 드러낸 채 압사라춤을 추고 노래를 불렀다. 술과 기름진 음식을 먹어치우던 병사들이 아가씨들을 한명씩 번쩍 안았다. 그중에 낯익은 여자가 있었다. 손이 유난히 크고 검은 병사가 그녀의 가슴을 마구 주물러댔다. 가까이 다가가 자세히 보니 순정이 아닌가.

순정은 뜻모를 노래를 열심히 불러댈 뿐, 꼼짝없이 가슴을 대주고 있었다. 노랫소리가 점점 더 커졌다. 순정아, 거기서 뭐 해? 도망쳐. 내가 악을 쓰며 불러대자 순정은 눈물을 흘리기 시작했다. 하지만 분홍빛 유두에서 피가 배어나도록 주물림을 당하면서도 여전히 입이 찢어져라 노래를 불렀다. 노랫소리는 차차 천둥소리처럼 커져 고막을 찢을 듯 사방에 울렸다. 나는 귀를 막고 소리쳤다. 그만해, 제발!

나는 눈을 번쩍 떴다. 사방은 어두웠고 어디선가 집요한 음악소리가 들려왔다. 주머니에 손을 넣어보니 휴대전화기가 번쩍이며 울려대고 있었다.

"나야, 여보. 뭐 하는데 그렇게 전화를 안 받아?"

나는 머리를 흔들어보고 눈을 껌뻑거려본 다음 겨우 입을 열었다.

"으응, 저기 앙코르 와트……"

엉뚱한 말에 아내가 오히려 놀란 목소리로 되물었다.

"어떻게 알았어, 앙코르 와트 티켓 놓친 걸? 겨우 십점이 모자랐대. 이럴 줄 알았으면 유령을 좀더 쓸걸 그랬나봐. 속상해죽겠어."

나는 한숨을 쉬었다. 그러고는 의자에 기대었던 상체를 일으켜세웠다. 흥건하게 젖어 등에 착 달라붙은 속옷을 손으로 떼어냈다. 서늘해진 저녁바람이 그 틈으로 파고들어와 부르르 몸서리가 쳐졌다. 나는 목소리를 낮춰, 제법 권위를 가지려고 애쓰며 말했다.

"아무 말 말고 회사에서 나와. 앙코르 와트 따윈 생각지도 말고."

멀리 거대하게 치솟은 씨멘트 건물에서 목욕을 끝낸 노인들이 걸어나오는 게 보였다.

"아하, 이게 바로 저 임진강에서 잡은 청정새우 젓갈이로구나. 아줌마, 그렇죠? 맞죠?"

눈웃음을 지으며 연거푸 물어대니 그제야 젓갈장수 아주머니는 무표정하게 나를 올려다보았다. 서방한테 얻어터지고 시앗이라도 봤는지 도대체가 의욕이 없어 보였다. 이런 곰탱이 여편네가 있나. 어떻게든 비위맞춰 값을 깎아보려던 나는 속으로 욕을 퍼붓고는 다른 가게로 발길을 돌렸다. 끝이 좋아야 모든 게 좋은 법이다. 마지막 마무리로 이 고장 특산품인 민물새우젓 한통씩 안겨야 노인네들의 칭찬이 쏟아질 테고, 이거야말로 약발 오래가는 특효약이란 걸 이벤트 경력 삼년이 웅변하지 않는가. 한데 가격이 만만치 않았다. 남은 돈은 만사천원인데 젓갈 한통에 팔천원씩이다. 뒷주머니에 꼬불쳐놓았던 최후의 비상금 만원까지 보태도 네 통을 사기엔 모자랐다. 이걸 어쩌나. 옆 가게에서 다시 흥정을 붙여볼까 어쩔까, 생각하며 걷다 전봇대 옆에 놓인 쓰레기통을 걸어찼다. 새까맣게 앉았던 파리떼가 일제히 날아올랐다. 그래 이거다. 미안하지만 니들이 좀 죽어줘야겠다. 앞가슴에 달라붙은 파리 두 마리를 손바닥으로 내려쳐서 잡은 뒤 주머니에 넣었다. 이번엔 무조건 규모가 큰, 주인 외에 종업원이 따로 있는 번듯한 가게를 찾아들어갔다. 우선 표정을 근엄하게 짓고 목표물을 겨냥한 다음 뚜껑을 열어 맛을 보았다. 종업원이 와서 흥정을 걸었다. "맛은 보나마나 최고예요." 나는 두 통을 더 달라고 주문했다. 종업원이 안쪽 진열대로 가서 물건을 꺼내오는 틈에 잽싸게 파리를 꺼내 젓갈을 발랐다. "아니, 이게 웬 파리야. 내 참, 기가 막혀. 당장 주인 나오라고 해." 큰소리 한번 치고 나자 그다음부턴 일사천리였다. "무슨 일입니까, 손님…… 아니, 어쩌다 이런 일이……" 죄없는 종업원한테 눈을 부라린 주인은 이내 태도를 바꿔 내 앞에서 코가 땅에 닿도록 머리를 조아렸다. 구경꾼 몰려들기 전에 사태를 빨리 마무리하려는 주인한테 한통쯤 더 얻어내기란 일도 아니었다. "늙은 어머니가 하도 젓갈을 좋아해서 가져간다만, 앞으로 조심하쇼." 충고까지 던지고 당당하게 돌아섰다. 뭐 좀 미안하긴 하지만 어차피 흥정하려던 거, 수단 좀 부려서 일찍 끝냈을 뿐이다. 실랑이질도 덜하고 시간도 절약하니, 좋잖아?

발걸음이 새처럼 가벼웠다.

차 안은 온통 코고는 소리로 가득했다. 목욕 뒤의 혼곤한 잠이라 시동을 걸고 출발하는데도 모두들 세상모르고 잤다. 시장에서 빠져나와 통일로로 접어드니 콧노래가 절로 나왔다. 꽃이 피면 새가 울고, 새가 울면…… 알뜰한 그 매애앵세, 봄날은 간다. 이제 집앞까지 노인들을 데려다주면서 선물을 하나씩 안기면 '자네 사위 말이야, 거, 사람 참 속이 깊더라고……'로 시작되는 입에 발린 칭찬이 쏟아질 테고, 그러면 처가살이 차후 육개월은 발뻗고 잘 수 있겠지. 욱신대는 눈알과 뻐근한 허리쯤 달콤한 비명이렷다. 창밖에선 날벌레가 사랑 비행을 하고, 길가에 핀 장미는 시름없이 향기를 뿜어대는 초여름밤, 오호, 태평성세로다!

젓갈 소동에 쓰고 남은, 기절했다가 되살아난 파리가 주머니에서 빠져나와 내 시야를 가린 건 그때였다. 놈의 서툰 비행 탓이었을까. 아님 근래 내가 너무 과로한 탓일까. 순간 세상이 지진 난 것처럼 심하게 흔들렸고, 자동차는 중앙차선을 침범해 위태롭게 질주했다.

작고 작은 은빛 물고기 한쌍을 찾아서

홍기돈

1. 21세기의 자화상과 '반제'의 필요성

자끄 아딸리(Jacques Attali)는 『21세기 사전』에서 20세기의 종언에 관하여 흥미로운 주장을 펼친 바 있다. "20세기는 악마의 세기였고 20세기가 물려준 세상은 말 그대로 도저히 살 수 없는 지경의 세계"라고 비판하면서 그 시작과 끝을 다음과 같이 정리하고 나섰던 것이다. "20세기는 1918년에 시작되었다. 21세기는 아마도 1989년에 시작된 것이 아닌가 싶다."[1] 주지하다시피 1918년이라면 러시아혁명이 성공적으로 마무리된 해이며, 1989년은 베를린장벽이 무너져 사회주의 기획이 실패로 돌아갔음을 환기시켜준 연도이다. 그러니까 자본주의와 사회주의의 대결이 20세기를 관통하는 커다란 틀이었으며,

---

1) 자끄 아딸리 「서문」, 『21세기 사전』, 중앙M&B 1999, 13면.

이제 자본주의의 기칠 것 없는 질주를 전제로 펼쳐지는 새로운 시대가 21세기라는 주장인 셈이다. 자, 현재 우리가 살아나가고 있는 21세기의 자화상은 어떠한 모습일까. 아마도 2001년 미국 뉴욕에서 발생한 9·11테러가 이를 상징적으로 드러내는 사건이 아닐까 싶다. 세계질서가 미국 중심의 자본주의로 재편되면서 가능해진 '팍스 아메리카나'(Pax Americana)의 실상이 이로써 적나라하게 폭로되었기 때문이다.

『폭식』은 뉴욕의 바로 그 현장에서부터 펼쳐지기 시작한다. 예컨대 9·11테러가 벌어졌던 장소 주변의 추모시설을 서술해나가는 「앵초」의 다음 장면이 대표적이다. "연두색 바탕에 '2001년 9월 11일의 영웅들'이라고 씌어진 흰 글씨가 눈에 들어온다. 수많은 희생자들의 이름이 적혀 있다. 낸씨, 대니얼, 마틴…… 민욱의 이름은 보이지 않는다. 헤롤드, 엘리자베스, 루이스…… 민욱은 이 나라에서 아직 죽음조차 인정받지 못한 걸까. 하긴 그의 국적은 한국이었다. 그렇다면 한국인 희생자들 명단은 어디 있지? 중국이나 베트남, 이집트 따위의 외국에서 온 사람들의 이름은? 사방을 둘러봐도 눈에 띄지 않는다."(53면) 이 순간 허울 좋은 세계화의 이면을 확인하게 된다. 세계화의 심장이라 부를 수 있는 그 곳에서도 국적은 여전히 유효할 뿐만 아니라, 이는 "죽음마저 국경이 갈리고 이해관계에 따라 귀천이 나뉘는 현실"(54면)로까지 이어지면서 강력하게 작동하고 있기 때문이다. 이렇게 유통되는 국가의식이 제국의 논리와 잇닿아 있다는 점에서 이 대목은 눈여겨볼 필요가 있다.

추모공원 한쪽에 설치된 '희망의 종'을 언급하는 장면에서 작가의 메씨지는 더욱 분명하게 드러난다. "미디어를 통해 본 기억이 난다.

부시를 비롯한 미국 정치가들이 해마다 구월이면 타종하던, 비장한 표정으로 악의 축을 선정하고 전쟁을 선포하던, 영광에 마음 들뜬 젊은이들을 불러모아 오래된 거짓말, 조국을 위해 죽는 건 감미롭고 지당하도다, 라고 외치던 그 장소, 그 종이다."(54면) 9·11테러가 벌어진 현장에서 진행되는 애도는 평화를 향해 나아가지 않는다. 그것은 피로써 피를 씻는 악순환이 이어지는 계기이자, 과정에 불과할 따름이다. 21세기는 그렇게 우리 앞에 모습을 드러내었다. "시체가 있는 곳에 독수리가 모여드는 법이라더니. 누군가는 테러와의 전쟁을 선동했고, 어떤 이들은 먼 나라를 침략했다. 아무도 죽음 자체를 슬퍼하지 않았다. 억울한 죽음들은 번쩍이는 미 정부 홍보지에 실려 총알이 되고 폭탄이 되고 미사일이 되어 다른 죽음을 불러들일 뿐이었다."(41면)

「롱아일랜드의 꽃게잡이」 또한 뉴욕을 배경으로 삼은 작품이다. "뉴욕 맨해튼은 지금 전세계 여러 나라를 자본과 전쟁, 그리고 상업 문화로 지배하고 있다"(146면)라는 문장을 보건대, 제국으로서의 면모가 분명한 미국에 대하여 작가의 비판적인 시선은 여전하다고 할 수 있다. 아마도 이러한 비판을 거두어버린다면 뉴욕을 지나 대서양으로 흘러드는 허드슨 강물 속에서 이방인은 자신의 정체성이랄까 존재가치를 제대로 유지해나가지 못하리라. 그래서 작가는 등장인물 '수'를 통해 다음과 같이 진술하고 나섰다. "허드슨 강은 '그림자도 가라앉는 강'처럼 보였다. 해가 밝은 날에도 그림자 하나 보이지 않는, 옛이야기에 나오는 강…… 그 강에 닳아버린 자신의 존재가 송두리째 빠져 사라질 것 같은 두려움에 수는 부르르 몸을 떨곤 했다."(144면)

등장인물 '수'가 느끼는 두려움은 충분히 근거가 있다. 그래서 『폭식』에는 허드슨 강에 영혼이 마모되어가는 인물들이 등장하게 된다.

어머니가 미국 시민권을 포기한 데 대하여 비난하는 한편 미군 장교가 되어 테러로부터 아메리카를 지키겠노라고 떠벌리는 「앵초」의 재미교포 2세 '보람'과 "거금 주고 미국 시민권 샀잖아. 그것도 모자라 한국 선거권 사려고? 다 때려치워. 우리한테 고국이 무슨 소용이야"(141면)라고 외치는 「롱아일랜드의 꽃게잡이」의 어머니가 대표적이다. 다국적기업 스위치 사의 플랜트 수주 비즈니스를 하는 「폭식」의 '민 팀장' 또한 이러한 범주에 넣어도 무방하다. 결국 회사의 이익과 자신의 안위를 위하여 과거 동료를 배신한 인물이니 그의 영혼은 이미 뉴욕 맨해튼의 논리에 포섭되어 있는 형국인 까닭이다. 물론 이들의 반대편 자리에도 인물들이 포진해 있다. 「앵초」에는 한국과 미국이 싸우게 되면 미국 편에서 싸우겠습니까, 라는 마지막 질문에 일부러 오답을 선택하여 미국 시민권을 포기한 '하윤'이 등장하며, 「롱아일랜드의 꽃게잡이」에는 "고국이 잘살아야 우리도 이국 땅에서 무시당하지 않는다는 거 몰라? 그리고…… 언젠가는 돌아가야지"(141면)라고 주장하는 아버지가 있다. 「폭식」에는 자본의 논리를 거스르며 몇번이고 철창행을 감수하는 '최형'이 존재한다.

그렇다면 『폭식』에는 제국과 민족(국가)에 관한 작가의식이 분명하게 드러내는 셈이다. 작가는 제국의 위협에 맞서는 단위로 민족(국가)이라는 단위의 필요성을 분명하게 인식하고 있다. 즉 반제국주의를 견지해나갈 단위로서 민족(국가)을 설정하고 있는 것이다. 그러니 작가가 「M역의 나비」[2] 「롱아일랜드의 꽃게잡이」 「앵초」 등의 배경으로 왜 하필 미국의 뉴욕을 선택하였는가를 이해할 수 있다. 제국의 한

---

[2] "세계 제일의 경제규모를 자랑하는 그 도시"(76면)라는 표현에서 이러한 사실을 알 수 있다.

복판에서 제국의 실상을 파악하는 한편 민족(국가)의 필요 여부를 확인해나갈 필요가 있었던 것이다. 이러한 작가의식의 반대편에는 2000년대 들어 급격하게 확산된 소위 탈식민주의 관점이 자리한다. 이는 '민족은 상상의 공동체'에 불과하다면서 민족(국가)의 폐해를 강조하며 민족(국가) 부정으로 나아가는 입장이다. 제국의 논리가 막강하게 작동하는 현실에서 이렇게 민족(국가)을 부정하고 해체해야 한다는 주장은 제국의 논리 속으로 순순히 포섭되어버리는 자발적인 무장해제로 귀결하지 않을까. 이러한 위험을 환기하면서 경고하고 있다는 점에서 『폭식』의 첫번째 의미를 확인할 수 있을 것이다.

2. 비민족주의적 반식민주의의 가능성

기실 첫번째 작품집 『코끼리』를 상재할 때만 하더라도 작가는 세계화를 계급의 관점에서 파악하는 입장이었다. 가령 표제작 「코끼리」를 보면, 구멍가게 주인이 공장 프레스에 손가락이 잘린 외국인 노동자를 향해 다음과 같이 일갈하는 장면이 제시되어 있다. "옛날에 내가 공장에서 일할 땐 손가락은 유도 아녔어. 팔뚝이 날아가고 모가지가 뎅겅뎅겅 했으니까. (…) 늬들도 자르면 피 나오고 누르면 똥 나오는 사람이다, 이거냐? 웃기는 소리들 마. 한국 놈들한테도 안 해준 걸 늬들한테라고 해 주겠냐? 아니꼬우면 돌아가. 젠장, 어차피 늬들도 고국으로 돌아가서 공장 차리고 사장 되려고 여기 왔잖냐."[3] 그러니까

---

3) 김재영 『코끼리』, 실천문학사 2005, 26면.

과거 한국에서 묵인되어온 열악한 노동현장의 문제는 여전하며, 이를 둘러싼 계급간의 모순이 이제 일국을 뛰어넘어 세계 차원에서 펼쳐진다는 인식이 작품의 전면을 차지하고 있는 것이다. 자본의 논리 앞에서 노동자들의 동일한 처지를 확인하게 되는 이러한 태도는 국제주의(internationalism)의 연장이라고 할 수 있겠다.

따라서 『폭식』에 이르러 민족(국가)을 하나의 단위로 설정해가는 시도는 이전 작품집과 차별되는 면모라고 파악할 수 있다. 그렇지만 이러한 변화가 계급 문제를 포기하고 민족주의(nationalism)로 선회한 결과라고 규정지어서는 곤란할 수밖에 없다. 제국과의 관계를 냉정하게 파악하여 민족(국가)을 저항의 단위로 설정하는 동시에 작가는 한국의 제국주의적인 속성 또한 몰각하지 않고 있기 때문이다. 즉 아(亞)제국주의(sub-imperialism) 국가로서 감당해야만 하는 긴장을 적실하게 드러냄으로써 세계질서 속에서 한국이 차지하는 곤혹한 처지를 통찰력있게 환기시키고 있다는 것이다. 이는 세계와 시민 사이에 존재하는 국가라는 매개단위를 지워버림으로써 성립하는 세계주의(cosmopolitanism)와도 현격히 다른 관점이다. 그러니 제국에 대한 저항과 스스로에 대한 반성을 동시에 밀고나가면서 다른 민족(국가)과의 공존 가능성을 열어놓았다는 점에서 일단 비민족주의적 반식민주의(non-nationalistic anti-colonialism)에 근접해 있다고 정리하는 것이 타당할 듯하다.

이러한 면모는 「꽃가마배」를 통해 확인할 수 있다. ㉠동남아시아 국가(태국)와 한국의 관계: 하반신이 마비된 아버지는 딸 정도 나이에 불과한 처녀를 아내로 맞이하였다. "이게 훨씬 더 싸. 파출부 부르는 거보다 색시 들이는 게 훨씬 싸다니까. 월급 안 주고 밥만 먹여주면 되니까"(16면)라는 의도에서 진행된 결혼이었으니 계모(태국 신부)가 제대로 대우를 받을 리 만무하다. 계모는 아버지와의 사랑도 전혀 인정받지 못하며, 도망가거나 재산을 빼돌릴까봐 '수경'과 고모의 집요한 감시를 받기도 한다. ⓛ한국과 미국의 관계: 미국으로 돌아간 애인 마이클에게서 연락이 끊긴 지 벌써 한참이다. 수경은 그를 찾아 미국으로 떠나고자 하지만 비자가 승인되지 않는다. "태국에서 온 계모 외에는 호적상 어떤 보호자도 없을뿐더러 미국인들이 신뢰할 만한 걸 가지고 있지 않기 때문이라고 했다. 나는 미국인들이 신뢰할 만한 게 뭐냐고 대사관 직원에게 따졌다. 당연히 큰 재산, 그리고 확실한 직업을 뜻하지요. 미국으로 갔다가 도망쳐 불법체류자로 남기 십상이니까, 라고 직원은 대답했다."(32면) 이렇게 정리하면 '동남아시아 국가(태국) : 한국 = 한국 : 미국'이라는 등식이 성립한다. 누군가를 향해 날린 무자비한 혐의가 마치 부메랑처럼 자신에게 되돌아오는 자리, 그곳에 한국이 위치해 있는 셈이다.

이 곤혹한 처지를 탈출하기 위한 가장 일반적인 방법이 세계질서의 정점인 뉴욕(자본)의 논리에 순응하여 나비처럼 가볍게 팔랑팔랑 날아오르는 일이다. 바로 「폭식」의 민팀장이 택한 방식이다. 그렇지만 이러한 선택이 그리 순탄해 보이지는 않는다. 「폭식」의 내용을 보건대, 그는 다국적기업의 판단에 따라 언제고 내버려질 수 있는 도구에 불과하기 때문이다. 「롱아일랜드의 꽃게잡이」에서는 결국 아일랜드계 전남편으로부터 버림받은 교포2세 '싸브리나'가 등장한다. 결혼생활 십년 만에 전남편이 이혼을 선언하는 이유는 퍽 간단하다. "나한텐 백인 아내가 필요해."(127면) 비상(飛上)을 시도하였으나 결국 실패하고 만 셈이다. 「M역의 나비」에서도 마찬가지다. 미란은 "돈이 꼭 필요할 때만 찾아가는 아저씨"인 백인 노인과 결혼했다. 그렇지만 이렇게 시작한 결혼생활이 행복하지는 못했을 터, 결국 그녀는 달려오는 기차에 뛰어들어 스스로 목숨을 끊고 만다. 이러한 인물들은 모두——자본의 거점 맨해튼 역을 암시하는 듯한데——M역으로 몰려드는 한마리 나비라고 할 수 있겠다. 이 작품의 한 구절 "프라다 가방을 빼앗아 멀리 내던져버렸다. 잔디 위에 거꾸로 처박힌 새빨간 가방으로 나비떼가 달려들었다"(90면)에서 빨간 색깔과 프라다 상표는 욕망을 가리키고 있으며, 이때 들끓는 욕망으로 정신없이 날아드는 존재의 상징이 나비라는 사실은 분명해지기 때문이다.

뉴욕 맨해튼으로 날아든 이들의 삶이 그렇게 우울하게 펼쳐지고 있다면, 그 반대편에 놓인 동남아시아 국가(태국)로 나아간 경우는 어떠할까. "방콕 후알람퐁 역에서 아유타야로 가는 열차는 잠을 청하기엔 너무 밝다"(8면)라는 문장으로 시작하는 「꽃가마배」가 그 양상을 드러내고 있다. 수경이 아유타야를 향해 길을 나선 까닭은 그곳이 계모의 고향이고, 거기에 자신의 배다른 동생이 살고 있기 때문이다. 그녀가 아유타야에 도착함으로써 맺는 작품의 끝을 보면 평온한 풍경 묘사에서 확실한 안정감이 느껴진다. "까르륵 웃어대는 아이 모습은 영락없는 나무요정이다. 아니, '토종 감나무'를 아비로 둔 내 동생이다. 나는 아이를 번쩍 안아올린다. 수동아, 나 수경이 누나야. 잘 지냈어? 낯선 손길에 놀란 아이는 눈을 동그랗게 뜨고 쳐다본다. 작고 작은 은빛 물고기 한쌍, 찬란하게 빛을 발한다."(37면) 마지막 문장의 '작고 작은 은빛 물고기 한쌍'이란 배다른 동생의 동그랗게 뜬 눈을 가리키는 것이다. 이 물고기가 '성스러운 물고기'를 뜻하며, "집에 물이 들어오면 이 물고기가 집안사람들 안전을 지켜준다"(20면)라는 사실을 염두에 둘 때, 아버지와 계모가 사랑으로 낳은 결실, 즉 한국과 동남아시아(태국)의 국경을 가로지르는 뜨거운 연대에 작가의 기대가 머무르고 있음을 확인할 수 있다.

「꽃가마배」의 주제의식과 더불어 놓치지 말아야 할 또 하나의 사항은 수경이 독서를 통해 가야 수로왕의 부인인 허황옥(許黃玉)의 경로를 추적해가는 의미다. 『삼국유사』에서 허황옥은 자신이 아유타국 공주라고 밝혀놓았는데, 아유타국이 계모의 고향 아유타야와 유사한 명칭이라는 사실은 그저 우연의 산물에 머무르는 것이 아니다. 이를 드러내기 위하여 작가는 다음과 같은 사실을 끼워놓았다. "기원전 1세기 초, 아요디아 왕족의 일부가 타이로 넘어가 메남 강 어귀에 나라를 세웠고, 지금은 '아유타야'라는 지명으로 남았어요."(10면) 그러니까 수경이 보여주는 수로왕비에 대한 관심은 계모를 이해하고자 하는 노력과 일치한다고 볼 수 있다. 그렇게 기원으로 거슬러올라가다보면 자연스럽게 단일민족, 단일핏줄의 한민족 신화는 깨어지게 된다. 김해 김씨, 김해 허씨, 양천 허씨 등이 수로왕과 허황옥의 후손이고 보면, 그들의 몸속에는 외국인의 피가 면면히 흐르고 있다고 판단할 수 있기 때문이다. 작가가 민족(국가)을 이야기하고는 있지만, 그 민족(국가)의 상이 혈연에 근거한 민족 관념과는 거리가 멀다는 사실을 여기서 확인할 수 있다. 민족의식이 경계의 대상으로 떠오르는 까닭은 파씨즘과 연동되기 때문인데, 그러한 지점을 작가가 어떻게 돌파해나가는가가 드러나는 것이다.

민족문학이 "민족의 주체적 생존과 그 대다수 구성원의 복지가 심각한 위협에 직면해 있다는 위기의식의 소산"[4]이라고 이해되던 시절이 있었다. 애초부터 민족문학은 "어디까지나 그 개념에 내실(內實)

을 부여하는 역사적 상황이 존재하는 한에서 의의있는 개념이고, 상황이 변하는 경우 그것은 부정되거나 보다 차원 높은 개념 속에 흡수될 운명에 놓여 있는 것"[5]이었다. 그렇다면 1987,88년 이후 급격하게 달라진 한국의 세계적인 위상과 역할에 맞추어 민족문학론은 어떻게 재구성해야 할 것인가. 세계화가 진행되는 데 적절하게 대응하기 위해서는 어떠한 쇄신이 필요한 것일까. 『폭식』은 이러한 구상을 전개하는 데 필요한 사유 지점들을 풍성하게 끌어안고 있다. 민족관념을 새롭게 정의하고, 이를 계급문제와 통일시켜 파악해나가는 작가의 관점이 민족문학론을 재구성해갈 방향과 긴밀하게 맞닿아 있으리라는 것이다. 『폭식』의 두번째 의미는 바로 여기에 놓인다.

3. '죽음의 시대'와 문학

아마도 자본주의 질서는 당분간 변화하지 않을 것이다. 대부분의 사람들이 변화를 원하기보다는 질서에 적응하여 자신의 욕망을 채울 것을 꾀하고 있기 때문이다. 서민으로 분류할 수 있는 「달을 향하여」의 덕호를 보라. 달나라의 토지를 분양하겠다고 사무실을 차려놓고 있다. 돈이 될 것 같아서 다른 누구보다 먼저 그러한 사업에 뛰어든 것이다. 이제 밤하늘도 더이상 동경과 낭만의 대상일 수는 없게 되었다. 또 한명의 서민 박병찬은 어떠한가. 엄동설한에 길거리로 나앉을

---

4) 백낙청 「민족문학 개념의 정립을 위해」, 『민족문학과 세계문학』, 창작과비평사 1978, 125면.
5) 같은 면.

지경에 처한 가난한 가족의 절박함을 목도하지만, 딸의 피아노 교습 비용을 위하여 그들에게 편의를 제공하는 대신 끝내 "눈을 내리깐 채 주먹을 풀지 않았다."(114면) 그러니까 박의 가족과 세입자 가족은 자신들의 이익을 위해 서로 갈등하고 서로를 딛고 올라서야 하는 관계인 셈이다. 「폭식」에 등장하는, 십년 전 외환위기가 닥쳤을 때 대신그룹에서 함께 해고된 민팀장과 최형의 관계 또한 마찬가지다. 해고된 이후 그들의 선택은 달랐는데, 작가는 이렇게 담담하게 기술하고 있다. "해고자 복직싸움에 적극 뛰어든 그와 일치감치 포기하고 새 일자리를 찾아 전국을 누빈 나. 0.7평 감옥으로 추방된 그와 망망대해 같은 외국으로 추방된 나"(162면). 십년이 흐른 뒤 그들은 각각 협상단의 맞은편에 앉아 한 사람은 다국적기업의 이익을 대변하느라, 다른 한 사람은 노동자의 권리를 옹호하느라 갈등을 빚는다. 그리고 「십오만원 프로젝트」에는 직장에서 아내의 가슴을 주무르는 상사의 모습이 그려지기도 한다. 여기 어디에도 누군가의 안식처가 되어주는 인물은 드러나지 않는다. 21세기는 바로 이러한 논리를 바탕으로 나아가고 있다.

이러한 21세기의 질서 안에서 인간의 말랑말랑한 부드러움과 따뜻한 온기를 꿈꾸기란 무척이나 지난할 수밖에 없다. 이를 하나의 증세로 상징하여 드러낸다면 「폭식」에 나타나는 '신체 석화과정' 정도가 되지 않을까. 몸뚱이가 딱딱하게 굳어간다는 것은 생명의 상징인 물방울이 몸 안에서 서서히 말라간다는 의미가 될 것이며, 이것이 "몸에 있는 항체가 서로를 적으로 여기고 싸우다가 세포를 죽게 하는 병"(178면)이라고 하였으니 지금 우리 사회의 기본 동력과 연관되어 있음이 선명하게 드러난다고 하겠다. 그런 점에서, 자끄 아딸리가 20

세기를 악마의 세기였다고 명명한 데 빗대어, 어떤 희망도 섣불리 가질 수 없다는 의미에서 21세기를 '죽음의 세기'라고 불러도 무방할 것이다. 인간의 생명력은 시시각각 고갈되어가며, 만인이 만인에 대하여 끊임없이 싸움을 전개해야 하니 이러한 세계야말로 죽음의 가치로 뒤덮인 시대가 아니고 다른 어떤 시대일 수 있겠는가.

　　루카치는 『소설의 이론』을 다음과 같은 문장으로 펼쳐나갔다. "별이 빛나는 창공을 보고, 갈 수 있고 또 가야만 하는 길의 지도를 읽을 수 있던 시대는 얼마나 행복했던가? 그리고 별빛이 그 길을 훤히 밝혀주던 시대는 얼마나 행복했던가?"[6] 다시, 길이 보이지 않고, 길의 지도조차 가지고 있지 않은 시대임을 절감하게 된다. 그래서 더욱더, 무모한 도전에 그칠지라도 누군가는 새롭게 길을 만들어나가겠노라 다짐하고 나서야 하리라고 판단할 수밖에 없다. 우리에게 문학이 여전히 필요하다면 문학은 마땅히 그 방향으로 나아갈 수 있어야 한다. 문학의 자리는 원래 거기에 그렇게 놓여 있었으니 새삼스럽게 호들갑을 떨 일도 아니다. 아마 새롭게 만들어나가는 그 길은 작고 작은 은빛 물고기 한쌍을 찾아나서는 길에서 그리 멀지 않을 것이다.

洪基敦 | 문학평론가

6) 게오르그 루카치, 반성완 옮김 『루카치 소설의 이론』, 심설당 1998, 25면.

갑자기 기온이 뚝 떨어지더니, 밤새 서리가 내리고 자동차 앞유리
가 하얗게 얼었다. 나는 노모에게 전화했다. 김장을 아직 담그지 않았
는데 배추가 다 얼어버렸으면 어쩌나, 하는 염려 때문이었다. 귀가 어
두운 노모는 전화로 괜찮다, 괜찮다, 살아 있으니 괜찮다, 같은 말만
되뇌었다. 농사경험 없는 내가 재미삼아 기른 배추지만, 그 때문에 더
욱 소중하게 느껴지는 배추들이었는데, 괜찮기는 뭐가 괜찮다고 그러
시는 거야. 나는 속으로 불만을 품고 아이들 등교시키자마자 집에서
멀지 않은 작은 텃밭에 가보았다. 과연 서리 내린 밭은 처참해 보였
다. 푸릇하던 겉잎은 이미 누렇게 시들어버린데다 차갑게 얼어 있어
언 김치를 담글 판이었다. 절기상으로 해월(亥月)이란 천지간에 따뜻
한 양(陽) 기운은 하나도 없고 온통 찬 음(陰) 기운으로 가득할 때라
고 했던가. 과연 그러하다 싶게 들판은 차갑고 황폐해 보였다. 방심하
고 있을 때 갑자기 닥친 초겨울 추위에 부르르 몸서리를 치며 집으로

돌아온 나는 신문 사이에 끼어 있는 할인점 광고지를 뒤적이며 배추 값을 알아보았다. 며칠 뒤 다시 날이 풀리고 햇살이 환하게 퍼지기에 나는 배추를 사러 가려다 말고 혹시나, 하는 마음으로 다시 밭에 나가 보았다. 그런데 이게 어찌된 일인가. 얼어 죽은 줄만 알았던 배추들이 멀쩡하게 살아 다시 푸릇푸릇, 말랑말랑해져 있었다. 호들갑을 떨며 기뻐하는 내게 노모는 여태 그것도 모르고 살았더냐, 그러기에 뿌리 가 살아 있으면 괜찮다고 했잖아, 라며 이번에도 대수롭지 않게 대답 했다.

하긴, 살아 있기만 하면 언제고 다시 기회의 문이 열리곤 하는 게 인생인지 모른다. 절망의 가지 끝에 다시 희망이 고추처럼 오이처럼 열리듯이. 언 땅 밑에서 더운 기운을 퍼올려 다시 제 몸을 덥히고 살 린 배추 뿌리를 새삼스레 바라보며 나는 또다른 의미의 뿌리를 떠올 렸다. 새로운 삶의 터전을 찾아 먼 이국의 땅으로 떠났던 사람들. 끝 내 자신의 언어와 문화적 뿌리를 잃지 않으려 애쓰던 디아스포 라…… 그들의 삶, 그들의 웃음, 그들의 눈물.

이번 소설집에는 나 자신이 고국을 떠나 낯선 땅, 낯선 문화 속에서 이방인으로 살면서 보고 느낀 것들, 어려울 때 만나 정을 주고 아픔을 나눈 한인들의 이야기가 많다. 국경을 넘어 우리 사회 안으로 들어와 살아가는 이방인들도 만났다. 아낌없이 마음을 나누고 기꺼이 자신들 삶의 이력을 들려준, 아프게 속내까지 드러내 보여준 사람들이 새삼 보고 싶다. 그들은 모두 아름다웠다. 역경을 딛고 끝내 살아남았기에, 제각각 가슴에 살아숨쉬는 슬픔을 품고 있기에, 그래서 때론 더욱 뜨 겁게 사랑할 수 있기에 아름다웠다.

내게 소설 쓰기란 인생을 알아가는 것과 같았다. 삶은 시시각각 다른 모습으로 다가와 놀라게 하고 아프게도 하지만, 그러기에 살아볼 만한 게 아닐까. 그러기에 소설로 담아낼 만한 이야기가 되는 게 아닐까. 주제넘게도 요즘 나는 그렇게 느낀다. 삶을 견디고 살아가는 방식이 천태만상이라면, 그 삶을 담아내는 방식은 그보다 더 각양각색이다. 아직 발굴되지 않은 인간의 존재양식과 소설의 형식들이 얼마나 많은가. 그러니 소설가들은 아직 얼마나 행복한가.

나에게 행복한 글쓰기를 할 수 있게 도와준 분들이 너무 많다.

소설이 무엇인지 가르쳐주고 이끌어주신 신상웅 교수님, 전영태 교수님을 비롯한 중앙대학교 여러 교수님들께 진심으로 감사의 말씀을 전하고 싶다. 첫 창작집 해설을 써주신 인연으로 두번째 창작집을 묶을 때까지 내내 소설을 봐주고 조언을 아끼지 않은 평론가 정호웅 선생님과 일상 속에서 귀중한 지혜를 나눠준 손세실리아 시인은 각별히 고맙다. 함께 고민하고 기뻐하며 작가의 길을 가고 있는 선후배 문인들에게도 일일이 인사를 해야 마땅하지만 그러지 못하고 한줄 평범한 글로 대신한다. "고맙습니다. 앞으로 더욱 열심히 쓰겠습니다."

묵묵히 사랑과 믿음으로 지켜봐준 양가의 부모님들과 내 소설을 아껴준 형제자매, 친구 들의 도움 덕분에 글쓰기를 멈추지 않고 계속하고 있는지 모르겠다. 무엇보다 글을 쓰는 동안 종종 자리를 비워야 했던 나를 대신해 빈 곳을 채워주고 격려해주고 힘이 되어준 남편, 그리고 건강하게 지혜롭게 잘 자라준 아이들에게 어떻게 고맙다는 말을 전해야 할까. 특별히 맛있는 저녁을 준비해야겠다.

책을 묶기까지 함께 고민하고 애써준 창비 편집부 여러분에게도 감사의 마음 전한다.

나와 함께 지난 몇년을 함께 살아온 소설 속 인물들이 살갑다. 그들은 모두 내 안에서 살아숨쉬며 나와 함께 웃고, 울고, 비명지르고, 살 부비고, 속삭였다. 그들을 독자에게 보낸다. 부디 행복한 만남으로 새 롭게 태어나길……

2009년 초겨울
김재영

| 수록작품 발표지면 |

꽃가마배　　　　　　　『작가세계』 2007년 여름호

앵초　　　　　　　　　『창작과비평』 2008년 여름호

M역의 나비　　　　　　『좋은 소설』 2008년 가을호 (발표 당시 「M기차역」)

달을 향하여　　　　　　『문장 웹진』 2007년 2월

롱아일랜드의 꽃게잡이　『황해문화』 2007년 겨울호

폭식　　　　　　　　　『작가세계』 2009년 가을호 (발표 당시 「숲속의 빈터」)

십오만원 프로젝트　　　『실천문학』 2006년 여름호